ÜBER ELLY SELLERS

Die Autorin ist Rechtsanwältin und Mediatorin mit dem Schwerpunkt Familienrecht. Sie hat zusammen mit anderen Autoren bereits mehrere Fachbücher erfolgreich veröffentlicht. *Die kleine Kanzlei am Markt* ist ihr erster Roman, den sie unter Pseudonym veröffentlicht.
Sie lebt mit ihrer Familie in München.

Die kleine Kanzlei am Markt

Elly Sellers

„O Zeit! Du selbst entwirre dies, nicht ich:
Ein zu verschlungner Knoten ists für mich!"

(William Shakespeare, Was ihr wollt)

1. Kapitel

„Sarah kommt!"

„Wer kommt?"

„Typisch", dachte Kerstin, „Helen redet einfach drauflos und geht davon aus, dass man sie hört." Sie ging zum Zimmer ihrer Anwaltskollegin, lehnte sich an den Türrahmen und fragte erneut: „Wer kommt?"

„Sarah, meine Nichte, du erinnerst dich doch?"

„Natürlich! Sie lebt in New York."

„Stell dir vor, sie will wieder nach München ziehen und zunächst bei mir wohnen."

„Das freut mich. Ich weiß noch, wie schwer es dir gefallen ist, Sarah loszulassen, als sie in die USA ging. Ab diesem Zeitpunkt gab es auch keine gemeinsamen Wellness-Wochenenden mehr, die du immer gesponsert hast."

„Sarah ist wie eine Tochter für mich. Wenn man keine eigenen Kinder hat, stürzt man sich eben auf Nichten und Neffen. Und so groß ist die Auswahl bei mir da auch nicht."

„Mit den beiden Brüdern von Sarah bist du früher auch gerne Skifahren gegangen."

„Aber seitdem sie älter sind, gehen sie mit ihren Freundinnen und haben keine Zeit mehr. Nur Sarah ist mir geblieben. Sie hat einmal gesagt, dass sie mit mir über alles reden kann."

„*Reden* ist ein gutes Stichwort. Ich soll dir von unserer Sekretärin ausrichten, dass sie erst in einer Stunde wieder in der Kanzlei sein wird. Frau Vogt hat einen

Zahnarzttermin und rechnet damit, dass es dauern kann, bis sie wieder da ist. Sie bleibt dafür auch etwas länger. Während du in der Mittagspause warst, hat Herr Bosch angerufen. Er bittet baldmöglichst um deinen Rückruf."

„Jetzt ist es auf einmal dringend. Ich habe ihn zweimal angeschrieben, dass er mir seine Auskünfte zu seinem Einkommen und seinem Vermögen übersenden soll und der Mandant schiebt das nun sechs Wochen vor sich her. In fünf Tagen haben wir mit der Gegenseite eine Besprechung."

„Sei doch froh, dass er sich jetzt meldet!"

„Herr Bosch ist Geschäftsführer eines Logistikunternehmens, da sollte er von Organisation ein wenig Ahnung haben und wissen, dass Entscheidungen vorbereitet werden müssen."

„So einfach ist das auch wieder nicht. Schließlich geht es um den sensiblen persönlichen Bereich. Da neigt man manchmal dazu, etwas hinauszuschieben."

„Sicher, aber ich hatte es bei Herrn Bosch einfach nicht erwartet."

„Mir kam er recht sensibel vor."

„Wie du das in den fünf Minuten, in denen er seinen Fragebogen vorne am Empfang ausgefüllt hat, feststellen konntest, ist mir ein Rätsel. Aber vielleicht hast du dir in der Zwischenzeit eine Art Röntgenblick angeeignet für die Frage: ‚Ist dieser Mandant für mich als Mann interessant?'"

„Hör auf", meinte Helen. Es ärgerte sie, dass Kerstin annahm, sie würde sich für die Scheidungsmandanten ihrer Kollegin interessieren. Sie warf zwar immer mal wieder einen Blick auf diese Herren. Mit 42 Jahren hatte sie die Hoffnung noch nicht aufgegeben, dass ihr eines Tages der Richtige über den Weg laufen würde. Allerdings war in letzter Zeit niemand dabei gewesen, der sie interessiert hätte.

„Übrigens, Sarah kommt schon nächsten Samstag."

„Prima", antwortete Kerstin. Sie freute sich für ihre Kollegin, von der sie wusste, dass ihr mancher Herbst- und Winterabend etwas leer vorkam, da sie stets allein in ihre Wohnung zurückkehrte. Im Sommer war das anders, da fuhr Helen mit dem Fahrrad abends zum See oder ging joggen. Das fiel in der dunkleren Jahreszeit weg. Kerstin hätte sich gar nicht vorstellen können, abends alleine in ihr Haus zurückzukommen. Auf sie wartete stets ihre meist hungrige, insgesamt vierköpfige Familie. „Immer wird das nicht so sein", dachte sie, aber dann schob sie den unangenehmen Gedanken beiseite. Inzwischen hatte sie in ihrem Arbeitszimmer Platz genommen und wählte die Telefonnummer von Herrn Bosch. Während sie der Melodie lauschte, die die Wartezeit verkürzen sollte, atmete sie tief durch, um ruhiger zu werden. Sie hatte sich in ihrer Mittagspause beeilt, da sie nach einem Geburtstagsgeschenk für ihre Tochter Lisa gesucht hatte. Lisa wurde vierzehn und hatte genaue Vorstellungen. Aus einer Liste von zehn Wünschen hatte Kerstin sich dafür entschieden, eines der Kleidungsstücke zu besorgen und ihrem Mann den technischen Teil (schnurlose Kopfhörer) zu überlassen. Sie hatte vier Geschäfte in der Innenstadt aufgesucht, bis sie endlich den gewünschten Long-Pulli in Königsblau aufgetrieben hatte.

Sie überlegte gerade, ob sie ihrer Tochter auch noch einen dazu passenden Schal kaufen sollte, als ein lautes „Bosch" an ihr Ohr drang.

„Guten Tag, Herr Bosch, schön, dass ich Sie erreiche. Wie sieht es mit Ihren Unterlagen aus?"

„Ich habe inzwischen einiges zusammengesucht. Die Belege vom Wohnungskauf, meine beiden Bausparverträge und die Steuerbescheide der letzten Jahre."

„Gut. Können Sie auch Angaben zu Ihren Versicherungen machen?"

„Das ist schwierig. Diese Unterlagen befinden sich bei meiner Frau. Ich habe ihr auf den Anrufbeantworter gesprochen, aber sie hat sich bisher nicht gemeldet."

„Wenn die Gegenseite genaue Berechnungen und Vorschläge haben möchte, muss sie die Unterlagen herausrücken. Sie können nicht alles im Kopf haben."

„Das habe ich auch nicht. Wir haben zahlreiche Versicherungen abgeschlossen, einige laufen gemeinsam, andere nicht."

„Können Sie mir die vorhandenen Schriftstücke per E-Mail senden oder faxen?"

„Ich wollte sie mit der Post schicken."

„Wenn wir Pech haben, kommen sie erst in zwei Tagen, das ist mir zu knapp. Eingescannt oder als Fax wären sie mir am liebsten."

„Momentan bin ich zu Hause. Hier habe ich kein Fax. Ich kann aber noch einmal ins Büro gehen und sie von dort versenden. Können Sie mir Ihre Faxnummer geben?"

„Sie steht auf unserem Briefkopf."

„Leider habe ich die gesamten Unterlagen im Büro gelassen."

„Sehr praktisch", dachte Kerstin. „Wozu gebe ich jedem Mandanten eine Visitenkarte, die er sich in seine Geldbörse stecken kann?" Um die Angelegenheit abzukürzen, gab sie die Faxnummer durch.

„Bis wann werden die Unterlagen bei mir sein?"

6

„Ich sende sie heute Abend."

„Gut, dann kann ich die Sache morgen bearbeiten und werde Ihnen meine Berechnungen per E-Mail senden. Anschließend sollten wir die Angelegenheit telefonisch besprechen. Am besten, wir vereinbaren einen Telefontermin. Ich kann Ihnen Freitagmittag um elf Uhr dreißig anbieten."

Am anderen Ende der Leitung war es still.

„Vermutlich sieht Herr Bosch auf seinem Kalender nach", dachte Kerstin und wartete einige Sekunden. Als immer noch nichts zu hören war, fragte sie: „Herr Bosch, suchen Sie Ihren Terminkalender?"

„Ja, ich finde ihn gerade nicht, aber ich glaube, elf Uhr dreißig passt."

„Gut, dann wünsche ich Ihnen noch einen schönen Tag."

„Ich Ihnen auch."

Kerstin legte auf.

„Ein Stück sind wir schon vorangekommen", überlegte sie. Ganz zufrieden war sie allerdings nicht. Erfahrungsgemäß fehlte immer etwas, sodass Berechnungen ergänzt und erneut besprochen werden mussten. Erst danach hatte sie einen ungefähren Überblick, was an Zahlungen zu leisten war und wie das in der Ehe erworbene Vermögen aufgeteilt werden konnte. Am besten wäre es, wenn sie heute Nachmittag ihren Schreibtisch leer bekäme, dann konnte sie sich morgen für die Sache Bosch Zeit nehmen.

Gerade als Kerstin die erste Akte von dem neben ihr liegenden Stapel nehmen wollte, klopfte es an der Tür.

„Frau Bärenreuther, kann ich reinkommen?"

„Natürlich, Frau Vogt, ich habe Sie gar nicht kommen hören. Wie sehen Sie denn aus?"

Frau Vogt war trotz ihrer hochhackigen Schuhe eine sehr kleine Frau – knapp 1,50 Meter – mit dunkelblond gefärbtem Haar. Sie hielt eine Eispackung an ihre linke Wange.

„Tut mir leid, dass es so spät geworden ist, aber ich musste mir den Zahn ziehen lassen."

„Einen Backenzahn oder einen Weisheitszahn?"

„Backenzahn! Weisheitszähne habe ich schon lange nicht mehr."

„Das war sicher ein größerer Eingriff. Gehen Sie lieber nach Hause."

„Nein, nein, ich wollte noch die Vollstreckung Kunz & Berewski bearbeiten."

„Das wird doch bis morgen Zeit haben. Sie sehen mitgenommen aus und sollten sich besser schonen."

Kerstin stand auf und ging zu ihr. „Kommen Sie bitte mit zu Helen. Es ist ihr Mandat, sie soll entscheiden, ob das bis morgen Zeit hat."

„Helen, schau dir Frau Vogt an. Sie sollte sich heute Nachmittag besser zu Hause erholen. Hat der Arzt Sie nicht krankgeschrieben?"

„Sicher. Aber ich kann doch nicht wegen einer Kleinigkeit alles liegen lassen."

„Liebe Frau Vogt", meinte Helen, „wie wollen Sie am Computer schreiben und gleichzeitig Ihre Wange kühlen? Sie wird sicher noch dicker werden und dann sehen Sie aus wie Quasimodo und verschrecken unsere Mandanten."

„Ich könnte mich nach hinten in den Raum setzen, in dem der Kopierer steht."

„Kommt nicht infrage. Sie fahren jetzt nach Hause."

„Helen, ist es notwendig, dass die Vollstreckungssache Kunz und – wer war es?"

„Berewski?", nuschelte Frau Vogt.

„Genau, Kunz und Berewski, also kann die heute noch bearbeitet werden?"

„Natürlich ist es hilfreich, wenn die Unterlagen bald beim Vollstreckungsgericht sind, aber auf einen Tag mehr oder weniger kommt es nicht an."

„Ich finde schon", murmelte Frau Vogt, aber ihr Widerstand schien abzunehmen.

„Wissen Sie", meinte Helen, „ich muss heute noch ein paar Besorgungen machen. Das erledige ich gleich und fahre Sie vorher durch die Stadt Richtung Ismaning. Dann haben Sie es nicht mehr weit nach Hause."

„Das ist eine gute Idee", erwiderte Kerstin.

„Aber dann ist das Telefon nicht besetzt", wandte Frau Vogt ein.

„Kerstin, du könntest doch den Anrufbeantworter besprechen, dass wir heute Nachmittag telefonisch nicht zu erreichen sind, die Mandanten aber eine Nachricht hinterlassen können. Bitte holen Sie Ihren Mantel, dann fahren wir los."

„Wenn Sie meinen", sagte Frau Vogt, und ging zur Vorratskammer, in der sie ihre Sachen deponiert hatte.

„Lieber Himmel", meinte Kerstin, „es war nicht einfach, sie zu überzeugen. Ich kann mich gar nicht erinnern, dass Frau Vogt einmal krank gewesen ist. Ich glaube, vor vier Jahren ist sie einmal kurz vor Weihnachten zu Hause geblieben. Wenn ich mich recht erinnere, war damals ihr Mann krank."

„Sie ist klein, aber oho", kommentierte Helen.

„Sag ihr, sie soll auch morgen zu Hause bleiben, falls die Wange recht geschwollen ist oder sie sich nicht wohlfühlt."

„Ich kann es versuchen."

Frau Vogt kam zurück, Helen hakte sie unter und ging mit ihr zur Eingangstür.

„Gute Besserung", rief Kerstin ihnen nach.

„Kann ich brauchen", meinte Helen und Kerstin musste lachen.

Nachdem die Tür ins Schloss gefallen war, besprach Kerstin zunächst den Anrufbeantworter und stellte dann in der Küche die Kaffeemaschine an. Sie wollte sich einen kleinen Energieschub gönnen, bevor sie sich an ihren Aktenstapel machen würde. Während sie wartete, dass das Wasser sich erwärmte, suchte sie im Küchenschrank nach etwas Süßem und war sehr zufrieden, als sie eine angebrochene Packung mit weißen und schwarzen Schokoladentrüffeln entdeckte. „Vielleicht leiste ich mir heute zwei Stück, erstens ist niemand da, der darüber lästern könnte, und zweitens habe ich noch viel vor." Sie steckte sich einen in den Mund und sah aus dem Fenster. Es war ein schöner, klarer Tag Ende März, noch kühl, aber der herannahende Frühling ließ sich bereits erahnen. Die Kanzlei lag in der Münchner Innenstadt und hätte das Fenster ein klein wenig weiter rechts gelegen, hätte Kerstin einen Blick auf den Viktualienmarkt werfen können. So sah sie nur die Straße vor sich und den kleinen Laden gegenüber, der Tee- und Kaffeespezialitäten verkaufte. Kerstin liebte diesen Laden. Er war bereits da gewesen, als Helen und sie vor fünf Jahren diese Kanzleiräume gemietet hatten. Es hatten auch Räume in der Residenzstraße zur Auswahl gestanden. Die Gegend dort war nobler, aber Kerstin hatte sich in dieses lebendige Viertel hier verliebt und das Gefühl gehabt, dass die Räume zu ihr passten. Helen war skeptisch gewesen. Als Single konnte sie sich einen gehobeneren Lebensstil leisten als Kerstin, die zusammen mit ihrem Mann zwei Kinder zu ernähren hatte. Zu Helen hätte die Residenzstraße vielleicht besser gepasst, aber schließlich gab sie Kerstins Wunsch nach und unterschrieb mit ihr den Mietvertrag. Beide Frauen waren mit ihrem Mandantenstamm, den sie in den letzten fünf Jahren gewonnen hatten, zufrieden. Hatte Helen bei der Überlegung, die Kanzleiräume in der Residenzstraße zu mieten, noch daran gedacht, dass dort eventuell reichere Mandanten sie aufsuchen würden, so war sie inzwischen von der Klientel, die man als „gemischt" bezeichnen konnte, angetan. Von Anfang an waren Menschen aus allen Schichten zu ihnen gekommen und beide Frauen empfanden das als abwechslungsreich.

Helen ging aber mindestens einmal in der Woche am Abend in den vornehmeren Teil der Stadt, kaufte bei Dallmayr Feinkost ein und ließ sich in den Geschäften mit gehobenem Preisniveau zu dem einen oder anderen Kauf inspirieren. Kerstin hingegen eilte stets, so schnell sie konnte, zur S-Bahn, um nach Hause zu gelangen und den Arbeitstag in ihrem Wäschekeller, in der Küche oder mit der Unterstützung ihrer Kinder bei den Hausaufgaben fortzusetzen.

„Wie still es in unserer Kanzlei ist, wenn Frau Vogt nicht da ist", dachte Kerstin. Ihre Sekretärin war eine umtriebige Person, bei der PC, Drucker und Fax ständig in Betrieb waren. Sie hatte sich angewöhnt, nur eine Akte auf dem Tisch zu haben, damit nichts durcheinanderkam, und sauste daher häufig zwischen Registratur und ihrem Arbeitsplatz hin und her.

Betrat ein Mandant die Kanzlei, so fiel sein Blick als Erstes auf den ausladenden Empfangsbereich von

Frau Vogt. Anfangs hatte sie einen einfachen Schreibtisch gehabt, auf dem ein großer Computer gethront hatte. Im Laufe der Jahre hatte sich ihr Arbeitsplatz zum Bürozentrum entwickelt, das alle Geräte enthielt, von der Papierwaage bis zum Aktenvernichter. Helen und Kerstin nannten ihn das „Oval Office". Beiden war klar, dass Frau Vogt in ihrer beharrlichen Art die Organisation der Kanzlei an sich gezogen hatte und sie nur noch für den juristischen Bereich zuständig waren. Alles andere unterstand dem – wie sie es heimlich nannten – „Vogtschen Regiment". Die Sekretärin war es, die den Erstkontakt mit einem neuen Mandanten am Telefon übernahm, ihn in Empfang nahm, wenn er zum ersten Mal in die Kanzlei kam, und ihm Daten mittels des von ihr entworfenen Basisbogens entlockte. Sie verwaltete sämtliche Zahlungseingänge und -ausgänge. Seit Frau Vogt im Haus war, hatte die Kanzlei nahezu keine Außenstände. Kerstin und Helen hatten den Eindruck, dass die Mandanten lieber zahlten, bevor sie sich mit Frau Vogt anlegten. Sie pflegte nach der ersten Erinnerung den Mandanten anzurufen und zu fragen, warum keine Zahlung eingegangen sei. Kerstin hatte ein Gespräch mitgehört, bei dem der Mandant behauptet hatte, er sei im Urlaub gewesen und Frau Vogt ihn triumphierend widerlegt hatte. Dies könne nicht der Wahrheit entsprechen, da er am Zahltag den Besuchstag bei seinem Sohn in München gehabt habe, hatte sie erwidert. Frau Vogt verbuchte es als persönlichen Erfolg, wenn ein Mandant noch am Tag ihres Anrufes die Überweisung vornahm.

Inzwischen war die Espressomaschine betriebsbereit und Kerstin freute sich, dass der Kaffee heute besonders cremig aussah. Sie gab einen Löffel ihres geliebten braunen Zuckers dazu, rührte sorgfältig um und trank im Stehen. Dann steckte sie sich einen zweiten Trüffel in den Mund. Jetzt fühlte sie sich gestärkt, die Sache Ali/Baba anzugehen.

2. Kapitel

Mittlerweile waren Helen und Frau Vogt an der Stadtgrenze von München angelangt. Im Radio war gemeldet worden, dass es bei der S-Bahn Richtung Ismaning wegen einer Stellwerkstörung zu erheblichen Verzögerungen komme, sodass Helen sich entschloss, Frau Vogt nach Hause zu fahren. Sie stauten sich durch den beginnenden Feierabendverkehr und Helen warf jedes Mal, wenn sie an einer Ampel warten mussten, einen Blick auf Frau Vogt, die still dasaß, eine Hand an ihre Wange hielt und von Minute zu Minute weiter in sich zusammensank.

„Frau Vogt, wir sind gleich da."

„Ich weiß."

„Das Beste wäre, wenn Sie bald eine Schmerztablette nähmen, bevor die Wirkung der Spritze nachlässt."

„Ich nehme ungern Tabletten und warte lieber erst einmal ab."

„Aber es wäre gut, wenn Sie für alle Fälle etwas zu Hause hätten."

„Der Arzt hat mir ein Rezept gegeben. Das kann mein Mann einlösen."

„Wir können zu einer Apotheke fahren."

„Ich möchte Ihnen keine Umstände machen."

„Das dauert nur ein paar Minuten. Sagen Sie mir einfach, wo eine Apotheke ist, dann sind Sie versorgt und können sich zu Hause entspannen. Da vorne sehe ich doch schon ein Apotheken-A." Helen fuhr darauf zu und parkte in Reichweite.

„Gut, wenn Sie meinen." Frau Vogt ließ es sich nicht nehmen, selbst in die Apotheke zu gehen. Zum Glück war kein weiterer Kunde im Geschäft, sodass sie nicht warten musste.

Anschließend fuhr Helen zu dem Wohnblock, in dem Frau Vogt im vierten Stock wohnte, „von Sonne gesegnet", wie sie gelegentlich erwähnte.

„Vielen Dank, Frau Binz, das werde ich Ihnen nicht vergessen."

„Sie sind der gute Geist unserer Kanzlei. Es ist schön, wenn ich Ihnen einmal etwas Gutes tun kann."

Frau Vogt bekam ganz rote Wangen. Helen konnte nicht einschätzen, ob vor Freude oder vor Verlegenheit.

„Bis morgen", nuschelte Frau Vogt, und schloss die Autotür, bevor Helen noch etwas sagen konnte. Helen öffnete die Fahrertür, stieg mit einem Bein aus dem Wagen und rief Frau Vogt nach: „Wenn Sie sich morgen nicht wohlfühlen, dann bleiben Sie bitte zu Hause!" Aber Frau Vogt schien sie nicht mehr zu hören.

Helen entfuhr ein Seufzer. Es war nicht einfach, ihrer Sekretärin etwas Gutes zu tun. Sie war sich mit Kerstin darüber einig, dass sie mit Frau Vogt einen Glücksgriff getan hatten. Nach der Gründung der Kanzlei hatten sie anfangs mit einer 400-Euro-Kraft gearbeitet, die in erster Linie das Telefon bedient und den einen oder anderen Schriftsatz geschrieben hatte. Sämtliche Briefe an die Mandanten, Abrechnungen und Vollstreckungen hatten die Anwältinnen selbst verfasst. Das war im ersten Jahr noch möglich gewesen. Die Kanzlei wurde bald bekannter und schließlich wurde es Helen und Kerstin zu viel. Sie gaben eine Anzeige in einer Fachzeitschrift auf. Frau

Vogt war die einzige von fünf Bewerberinnen, die ihnen gefiel. Sie war früher Notarangestellte gewesen und brachte ein ausgezeichnetes Zeugnis mit. Nachdem ihr erster und einziger Sohn geboren worden war, hatte Frau Vogt ihre Stelle aufgegeben und war zu Hause geblieben. Ihr Mann war Schichtarbeiter bei BMW und konnte oder wollte sich nur wenig an der Kinderbetreuung beteiligen. Als ihr Sohn größer wurde und sie sich als Hausfrau langweilte, absolvierte Frau Vogt PC-Kurse und brachte sich bei den Fachprogrammen für Rechtsanwaltskanzleien auf den neuesten Stand. Mit ihrem neu erworbenen Wissen bewarb sie sich bei der Kanzlei Binz & Bärenreuther. Helen und Kerstin waren zunächst nicht sicher gewesen, ob sie auf Dauer ausreichend Arbeit für eine Fachkraft haben würden. Frau Vogt aber schien die Arbeit direkt an sich zu ziehen, sodass die Anwältinnen sich entlastet, manchmal aber auch entmündigt vorkamen.

Eines Tages hatte Frau Vogt den Erstkontakt zu einem Mandanten vollständig übernommen und einen Termin mit ihm bei Kerstin vereinbart, ohne dass diese mit dem Anrufer gesprochen hatte. Das ging Kerstin zu weit. Sie besprach sich mit Helen. Beide legten folgende Strategie fest: Frau Vogt sollte potenzielle neue Mandanten zunächst telefonisch an Helen oder Kerstin weiterleiten. Die genaue Klärung ihrer Anliegen sollte durch die Anwältinnen erfolgen, sodass sie entscheiden konnten, ob sie das Mandat übernehmen wollten. Frau Vogt war von dieser Einschränkung nicht begeistert.

„Aber warum? Ich weiß doch, dass Sie, Frau Binz, lieber streitige Mandate übernehmen, und Sie, Frau Bärenreuther, sich auf einvernehmliche

Ehescheidungen spezialisiert haben. Ich höre doch heraus, ob eine Seite es streitig angehen will oder ob sie zu Gesprächen mit der anderen Seite bereit ist."

„Liebe Frau Vogt", hatte Helen argumentiert, „ich glaube gern, dass Sie das unterscheiden können, aber wir wollen uns mit dem Anrufer zunächst einmal selbst unterhalten, um ein Gefühl dafür zu bekommen, ob das Mandat zu uns passt."

„Gab es schon einmal ein Mandat, für das ich einen Termin vereinbart hatte, mit dem Sie nicht zufrieden waren?"

„Nein, das nicht", erwiderte Helen, „aber wir möchten das Gefühl haben, dass wir das Heft noch in der Hand haben."

„Es geht also um Macht", konstatierte Frau Vogt.

„Genau wie bei mir zu Hause."

„Wie das?", fragte Helen.

„Da werden auch die Gebiete abgesteckt. ‚Das musst du machen', sagt mein Mann, ‚das übernehme ich, usw.' Ich will nicht weiter darüber sprechen, sonst ärgere ich mich nur."

Kerstin und Helen hatten sich bemüht, das Gespräch im Guten enden zu lassen. Sie hatten Frau Vogt versichert, wie zufrieden sie mit ihrer Arbeit seien, dass sie ihre Eigeninitiative schätzten und, wie Kerstin humorvoll hinzufügte, es nur an diesem einen Punkt gewagt hatten, Terrain zurückzuerobern. Frau Vogt schien nicht überzeugt zu sein und lächelte erst wieder, als Kerstin ihr eine Packung der von allen geschätzten Schokoladentrüffel mitbrachte.

Mittlerweile war Helen wieder in der Innenstadt angelangt. Es war bereits halb fünf. Sie überlegte, ob sie noch einmal in die Kanzlei oder gleich zu ihrer

Wohnung nach Schwabing fahren sollte. Es war etwas früh für den Feierabend, aber sie war heute Morgen bereits um acht Uhr im Büro gewesen, sodass sie zu dem Ergebnis kam, sie könne heute etwas früher Schluss machen. „Vielleicht gönne ich mir einen Cappuccino beim Italiener um die Ecke", überlegte sie. Sie parkte im Hinterhof auf dem Stellplatz, der zu ihrer großzügigen Vierzimmerwohnung gehörte. Für diese Möglichkeit war sie dankbar, da in der Nähe des Englischen Gartens häufig kein Parkplatz zu finden war. Helen stieg aus und war froh, sich die Beine vertreten zu können. Sie nahm ihr Smartphone aus der Handtasche und wählte Kerstins Nummer. Niemand meldete sich. „Vermutlich hat sie eine konzentrierte Diktatphase", dachte Helen und sprach kurz auf die Mailbox. Sie wünschte Kerstin einen schönen Feierabend, machte sich auf den Weg zu ihrem Lieblingsitaliener und war freudig überrascht, dass einige Stühle des Cafés noch in der Sonne standen. Sie waren mit Sitzkissen bedeckt und hatten eine Decke über der Lehne hängen. Helen setzte sich und wandte ihr Gesicht der Sonne zu. „UV-Strahlung hin oder her", dachte sie, „das gönne ich mir jetzt."
Als der Ober ihr den bestellten Cappuccino brachte, fühlte sie sich wie im Urlaub.

3. Kapitel

Mittlerweile hatte Frau Vogt ihre Wohnung betreten und sah, dass ihr Mann noch nicht zu Hause war. Herbert war seit einem halben Jahr in Rente und sein Alltag hatte eine feste Struktur. Er stand spät auf und frühstückte lange, sah nebenbei, wie er es nannte, „die Zeitung durch", und ging dann zum Einkaufen. Seither war der Kühlschrank immer gut gefüllt. Als Herbert noch gearbeitet hatte, war das nicht immer so gewesen. Zwar hatte Frau Vogt sich stets bemüht, bereits am Montagabend den Einkauf für die ganze Woche zu erledigen und zwischendurch nur Brot, frisches Gemüse und Obst nachgekauft, aber manchmal war doch etwas ausgegangen, der Kaffee, das Salz oder auch nur der Senf. Frau Vogt war es nicht nachvollziehbar, wie man jeden Tag zum Einkaufen gehen konnte, aber seitdem sie die Planung für das Essen an ihren Mann abgegeben hatte, mischte sie sich nicht mehr ein.

Meist aß Herbert mittags die Reste vom Vortag und machte anschließend eine kleine Ruhepause. Nachmittags unternahm er einen längeren Spaziergang oder ging in die nächstgelegene Kneipe, in der Sport- und Fußballübertragungen angeboten wurden. Frau Vogt hatte den Eindruck, dass er diese Kneipe auch am Wochenende am liebsten nicht mehr verlassen hätte, denn seitdem die Spielzeiten der Fußball-Bundesliga weiter auseinandergezogen worden waren, konnte ihr Mann sich vom frühen

Freitagnachmittag bis zum Sonntagabend mit Direktübertragungen und ihrer Meinung nach sinn- und endlosen Wiederholungen der Spiele unterhalten lassen.

Frau Vogt war ebenfalls Fußballfan, aber nicht in diesem Umfang. Sie fand, dass ihr Mann zu viel Zeit damit verbrachte. Früher hatten sie zusammen mit ihrem Sohn abends vor der Sportschau gesessen und alles Wesentliche in eineinhalb Stunden erfahren. Mittlerweile hatte sie das Gefühl, dass Herbert mindestens zwei Tage darauf verwandte.

Sie musste allerdings zugeben, dass sie nichts dagegen hatte, dass ihr Mann am Samstagnachmittag außer Haus war. Sie hatte dann die Wohnung für sich und konnte machen, was sie wollte, die Fensterbretter besteigen, um die großen Panoramafenster zu putzen, oder mit dem Staubsauger jede Ecke in der Wohnung bearbeiten. Anschließend widmete sie sich meist ihrem Hobby, dem Zumba-Tanzen. Dazu schob sie im Wohnzimmer die Sessel beiseite, zog eine ihrer kessen lila Leggins und ein ärmelloses T-Shirt an, legte die Übungs-CD – inzwischen für Fortgeschrittene – ein und bewegte sich nach lateinamerikanischen Rhythmen.

Frau Vogt legte ihren Mantel ab und besah ihr Gesicht im Spiegel. „Meine Wange ist ganz schön dick geworden", dachte sie. „Kein Wunder, das Eis kühlt auch nicht mehr."

Als sie sich die Schuhe auszog, bemerkte sie, wie erschöpft sie war. „Vielleicht lege ich mich vor dem Abendessen noch ein bisschen hin. Dann bin ich später wieder fit", überlegte sie, schlüpfte in ihren bequemen Hausanzug, legte sich ins Bett, ein neues

Eis-Pad auf der Wange und schlief sofort ein.

Es dämmerte bereits, als sie wieder wach wurde. Vermutlich war sie von dem Licht geweckt worden, das vom Flur ins Schlafzimmer und fast auf ihr Gesicht fiel. Jetzt hörte sie auch die Stimme ihres Mannes, der ins Telefon sprach, oder war es sein Smartphone? Frau Vogt versuchte, genauer zu hören, mit wem er da sprach, und konnte seine Worte plötzlich gut verstehen, weil er inzwischen näher gekommen war. „Ich bin froh, dass du es gut nach Hause geschafft hast. Aus dem Internet habe ich erfahren, dass es eine Stellwerkstörung gegeben hat. Das dauert oft länger, bis die Bahnen dann wieder fahren. Das nächste Mal fahre ich dich nach Hause. Es kann doch nicht sein, dass so ein wunderbarer Nachmittag für dich so ungemütlich endet."

Dann hörte Frau Vogt nichts mehr. Offensichtlich sprach die Person am anderen Ende der Leitung. Erst nach einiger Zeit, die ihr ewig vorkam, sagte er: „Tschau, Sami, es war schön. Du sollst wissen, dass ich mich mit dir wieder lebendig fühle. Ich muss jetzt auflegen." Dann Schweigen und dann ein „Ich dich auch."

„Oh Gott", dachte Frau Vogt, „das darf doch nicht wahr sein." Sie schloss die Augen und lag im Bett wie erstarrt. Als ihr Mann einige Minuten später das Schlafzimmer betrat, stellte sie sich schlafend.

4. Kapitel

Kerstin hatte mittlerweile ihre Diktate beendet und an Frau Vogt weitergeleitet. Sie war mit sich zufrieden, weil sie den gesamten Aktenstapel abgearbeitet hatte und ihr Schreibtisch nun bis auf Notizblock und Kalender leer war. Sie legte sich die Akte Bosch für den nächsten Tag bereit und fuhr ihren Laptop herunter. Anschließend räumte sie ihre Espresso-Tasse in die Geschirrspülmaschine und wischte ein paar Brösel auf. Bevor sie die Kanzlei verließ, prüfte sie, ob sämtliche Fenster geschlossen und alle Lichter ausgeschaltet waren. Dann begann das Fax zu summen. Kerstin zögerte einen Moment, ob sie nachsehen sollte, was da ankam. Meistens waren es Schriftsätze in streitigen Sachen, die von den Kollegen mit kurzer Fristsetzung an die Kanzlei gesandt wurden. Kerstin ärgerte sich häufig über diese Schreiben, aber die meisten von ihnen waren zum Glück für Helen, die gerne und kampflustig streitige Sachen bearbeitete. Sie ließ sich davon nicht aus der Ruhe bringen, sondern beantragte bei den Kollegen zunächst einmal eine Fristverlängerung mit der Begründung, sie oder ihre Mandanten seien demnächst in Urlaub. Ein Kollege hatte Helen einmal zurückgeschrieben, er fände es seltsam, dass sie nahezu jeden Monat im Urlaub sei, und zwar ausgerechnet dann, wenn die von ihm gesetzte Frist zu Ende gehen würde, aber

22

er sei ein großzügiger Mensch und würde ihr so viel Freizeit gönnen. Dennoch würde er in Zukunft längere Fristen setzen, in der Hoffnung, dass sie dann nicht mehr so häufig „in Urlaub" sei. Helen hatte diese Stellungnahme so sympathisch gefunden, dass sie den Kollegen bei einem gemeinsamen Gerichtstermin darauf angesprochen hatte. Seitdem pflegten die beiden einen freundlichen Kontakt.

Kerstin entnahm dem Fax ein einzelnes Blatt. Es enthielt eine Kinderzeichnung, auf der unter einer Wolke und einer strahlenden Sonne ein windschiefes Haus zu sehen war. Neben dem Haus standen ein großes und ein kleines Strichmännchen. Das kleinere hatte eine Sprechblase: „Mama, wann kommst du nach Hause?" Und die Sprechblase des großen Strichmännchens enthielt „Mach dein Smartphone an." Kerstin blickte auf die Uhr. Es war bereits halb sieben. „Ich komme gleich", rief sie laut und suchte nebenbei in der Tasche nach ihrem Smartphone. Da der Akku leer war, nahm sie den Telefonhörer auf dem Schreibtisch von Frau Vogt und wählte die Nummer von zu Hause.

„Hier ist Julian Bärenreuther", krähte ihr eine hohe Kinderstimme entgegen.
„Hallo Julian, ich bin's, Mama. Ich habe gerade dein Fax bekommen und bin schon auf dem Weg nach Hause."
„Wie kannst du dann das Fax bekommen haben?"

„Ich bin noch in der Kanzlei und wollte gerade gehen, als es ankam."

„Ach so, da habe ich Glück gehabt."

„Hast du das gezeichnet?"

„Ja, und auch geschrieben. Findest du, dass ich gut geschrieben habe?"

„Ich finde, dass du sehr gut geschrieben hast. Du kannst Papa sagen, dass ich in einer halben Stunde zu Hause bin."

„Papa ist gar nicht da."

„Wo ist er denn?"

„Er ist heute Nachmittag weggegangen und hat gesagt, dass du bald nach Hause kommst. Jetzt habe ich meine Hausaufgaben gemacht und eine Stunde fern geschaut. Lisa sagt, ich soll damit aufhören. Aber zu essen gibt es auch nichts."

„Tut mir leid, das war anders geplant. Ich dachte, Papa sei bei euch."

„War er auch, als wir aus der Schule kamen. Aber dann musste er weg."

„Weißt du, wo er hin ist?"

„Nein."

„Heute hat es bei mir einfach ein bisschen länger gedauert, weil meine Sekretärin krank geworden ist und ich die Einzige in der Kanzlei bin."

„Das war sicher langweilig."

„Langweilig war es nicht, ich hatte hier auch Hausaufgaben zu machen."

„Wenn ich alleine mit meinen Hausaufgaben bin, ist mir langweilig, und du hast nicht einmal einen Fernseher."

„Das stimmt. Ich komme gleich nach Hause und mache Abendessen. Vielleicht könnt ihr schon den Tisch decken. Wir machen Pfannkuchen."

„Super! Lisa, wir machen Pfannkuchen!"

„Bis gleich, mein Schatz!"

„Ja, Mama."

Kerstin eilte zur Eingangstür, löschte das Licht, schloss die Tür zweimal ab und eilte die Treppen hinunter. Sie überquerte rasch den Viktualienmarkt und versuchte dabei, mit keinem der zahlreichen Passanten zusammenzustoßen. Sie war froh, als die S-Bahn kam, die sie schnell nach Hause bringen würde.

Als Kerstin das Haus betrat, schallten ihr undeutlich die Worte einer TKKG-Kassette entgegen und ein technoartiges Wummern. Sie legte Schuhe und Mantel ab, wusch sich die Hände und lief in den ersten Stock, um ihre Kinder zu begrüßen. Julian warf sich ihr entgegen und war sichtlich erleichtert, dass sie zu Hause war. Bei Lisa war sie sich nicht so sicher. Da ihre Tür geschlossen war, klopfte Kerstin an und versuchte, das Klopfen in eine der Pausen zu setzen, in der die Bässe nicht so laut waren. Lisa öffnete mit einem „Du kommst aber spät!"

„Weißt du, warum Papa heute Nachmittag nochmal weggehen musste?"

„Nein."

„Seltsam", dachte Kerstin, „sonst funktionieren die Absprachen eigentlich immer. Wenn einer von uns einen Termin hat, dann sagt er das vorher dem anderen, damit man sich darauf einstellen kann. Unvorhergesehene Termine hat Mark als Architekt im Allgemeinen nicht, außer wenn etwas auf einer Baustelle aus dem Ruder läuft. Das lässt sich heute Abend bestimmt aufklären.

Erst einmal mache ich etwas zu essen."

„Ich mache uns ein paar Pfannkuchen. Habt ihr schon den Tisch gedeckt?"

„Das habe ich gemacht", meinte Julian, „Lisa hat gar nichts gemacht."

„Du hast mich nicht gefragt."

„Ich habe mir gedacht, ich kann das auch alleine."

„Finde ich gut", sagte Kerstin, und Lisa nickte.

„Der Kleine wird langsam", meinte sie.

„In einer Viertelstunde gibt es Essen. Mach die Musik ein bisschen leiser, damit du mich hörst, wenn ich rufe."

„Ich werde pünktlich sein", versprach Lisa hoheitsvoll, verschwand in ihrem Zimmer und drehte die Bässe wieder hoch.

Julian folgte seiner Mutter in die Küche. Während sie das Mehl abwog und dann mit Salz und Milch verrührte, brachte er ihr sechs Eier aus dem Kühlschrank. Kerstin überlegte, ob sie mit ihm üben sollte, Eier aufzuschlagen, ließ es dann aber sein. „Heute muss es schnell gehen", dachte sie. Laut sagte sie: „Julian, du kannst schon einmal sämtliche Marmeladen, die wir haben, aus dem Kühlschrank holen."

„Die Schokocreme auch?"

„Du weißt, die gibt es nur am Sonntag, aber von mir aus auch heute, als Ausgleich dafür, dass ich so spät gekommen bin."

„Dann kannst du öfter zu spät kommen."

„Gut, dass ich nicht alleinerziehend bin", dachte Kerstin, „anderenfalls würde ich ständig solche Zugeständnisse machen. Ohne Mark könnte ich das alles nicht schaffen." Ihr Mann hatte sich im

Hobbyraum im Souterrain sein Arbeitszimmer eingerichtet. Dort arbeitete er vormittags, bis die Kinder von der Schule kamen und er mit ihnen zu Mittag aß. Anschließend war er wieder tätig, sofern er Lisa und Julian nicht zu Kursen oder Freunden fahren musste. Meistens wurde um halb vier eine Kakaopause eingelegt, weil die Kinder dann mit den Hausaufgaben fertig waren. Danach sah er ihre Hausaufgaben durch und wenn sie Hilfe benötigten, konnte er sich dafür Zeit nehmen. Vokabeln wurden abends von Kerstin abgefragt.

Kerstin versuchte immer wieder, einen Haushaltsnachmittag einzulegen, damit Arbeiten wie Wäschewaschen und Bügeln nicht ausschließlich am Abend oder Wochenende erledigt werden mussten. Manchmal schaffte sie es, freitags die Kanzlei um vierzehn Uhr zu verlassen oder den Mittwochnachmittag früher frei zu nehmen, oft auch nicht. Trotzdem war sie mit ihrer Situation zufrieden. Sie war glücklich darüber, dass sich ihre Beziehung zu Mark, seitdem die Kinder geboren worden waren, noch intensiviert hatte und sie beide Freude daran hatten, ihre Kinder zu unterstützen und heranwachsen zu sehen. Und sie wusste es zu schätzen, dass sie einen Beruf ausüben konnte, der ihr Freude bereitete und in dem sie erfolgreich war.

Nachdem sie mit zwei Pfannen insgesamt sechs Pfannkuchen produziert hatte, rief sie Lisa zum Essen. Gerade als ihre Tochter die Treppe herunterlief, hörte sie wie Mark die Tür aufsperrte. „Passt prima, dass du kommst. Das Essen ist fertig", rief sie ihm entgegen.

„Ich komme gleich", antwortete Mark.

„Ich bin gespannt, wo er gesteckt hat", dachte sie. „Aber ich werde ganz die souveräne Ehefrau sein und nicht mit der Tür ins Haus fallen, sondern ihn erst fragen, wenn wir mit dem Essen fertig sind."

5. Kapitel

Am nächsten Morgen verließ Frau Vogt wie immer gegen viertel vor acht ihre Wohnung und machte sich auf den Weg zur S-Bahn. Mit jedem Schritt, den sie sich von zu Hause entfernte, hatte sie das Gefühl, wieder in ihr bisheriges Leben zurückzukehren. Der gestrige Abend erschien ihr rückblickend irgendwie unwirklich. Sie war abends noch einmal kurz aufgestanden, hatte in der Küche etwas getrunken und das kombinierte Schmerz- und Schlafmittel genommen, das ihr vom Arzt verschrieben worden war. Sie hatte es aber nicht über sich gebracht, ins Wohnzimmer zu gehen, wo ihr Mann fernsah, sondern war gleich wieder ins Bett gegangen.

Die Nacht hatte sie wohl auf Grund der Tablette gut durchgeschlafen. Als sie am Morgen aufstand, war Herbert noch nicht wach. Im Bad war sie über ihre dicke Wange erschrocken. Da sie kaum Schmerzen hatte, überlegte sie: „Es wird schon gehen und wenn ich während der Fahrt noch einmal Eis auflege, wird die Schwellung bald zurückgehen." Für den Weg zur Arbeit hatte sie sich ein Kopftuch umgebunden und weit nach vorne gezogen, sodass man die Veränderung in ihrem Gesicht nicht sofort wahrnehmen konnte. Die meisten Fahrgäste waren in der S-Bahn morgens mit sich oder ihrer Lektüre beschäftigt, niemand würde sich für sie interessieren.

Als sie in der Bahn saß, kam sie wieder ins Grübeln. Wie konnte es sein, dass in ihrer Ehe so etwas passierte? Ihr Ehemann hatte eine Geliebte. Es hatte keinen Sinn, das zu leugnen. Seit wann hatte Herbert diese Beziehung? Wer war diese Sami? War sie hübsch und jung oder in ihrem Alter? Vermutlich war wohl Ersteres der Fall. Was sollte sie jetzt machen? Herbert zur Rede stellen und seinen Auszug fordern? Selbst ausziehen? Keine der Möglichkeiten, die ihr einfielen, fühlte sich richtig an. Warum war es überhaupt so weit gekommen? Führten sie und ihr Mann eine schlechte Ehe? Hatte sie als Ehefrau etwas falsch gemacht? Sicher hatten Herbert und sie sich in den letzten Jahren etwas auseinandergelebt. Er hatte seine Hobbys und sie die ihren. Aber dennoch war es ein gemütliches und meist freundliches Zusammenleben gewesen. War es Herbert jetzt einfach langweilig? War es ein Problem, dass sie noch arbeitete, während er bereits in Rente war?

Die Stelle, wo der Zahn gezogen worden war, begann wieder zu pochen. Frau Vogt hielt ihre Hand an die Wange. „Ich muss eines nach dem anderen angehen", versuchte sie sich zu beruhigen. „Wichtig ist, dass die Schmerzen nachlassen und ich mich wieder besser fühle. Vielleicht ist es am besten, wenn ich zu Hause erst einmal gar nichts sage. Ich fühle mich einer Auseinandersetzung momentan nicht gewachsen. Außerdem sollte ich erst einmal genauer wissen, was da eigentlich läuft. Ich könnte mir einen Nachmittag freinehmen und meinen Mann überraschen, um zu sehen, was sich zu Hause abspielt, wenn ich nicht da bin. Je mehr man weiß, desto besser kann man verhandeln." Bei diesem Gedanken fühlte sie sich ein klein wenig besser. Eigentlich hatte sie sich ihr ganzes

Berufsleben lang mit Konflikten beschäftigt. Sämtliche Schriftsätze, die sie geschrieben hatte, handelten in der einen oder anderen Weise davon. Wenn sie sich in der Kanzlei damit befasste, fühlte sich das interessant an. Oft war sie richtig neugierig, wie ein Verfahren ausgehen würde. Die eigene Sache Vogt ./. Vogt fühlte sich nur belastend an. „So ist es, wenn man selbst betroffen ist", dachte sie. Frau Vogt war so vertieft in ihre Überlegungen, dass sie beinahe vergessen hätte, am Marienplatz auszusteigen. Lediglich dadurch, dass die meisten Leute das Abteil verließen, wurde ihr bewusst, wo sie war. Eilig machte sie sich auf den Weg nach oben, sparte die vollbesetzten Rolltreppen aus und lief, um ihren Kreislauf in Schwung zu bringen, die Treppen hoch. Oben angekommen, genoss sie wie immer ihren Weg über den Viktualienmarkt, vorbei an den Obst- und Gemüseständen, die gerade mit frischer Ware beladen wurden. Sie fasste ihren Plan für die nächsten Tage noch einmal zusammen:
1. wieder gesund werden
2. Informationen sammeln
3. anschließend über das weitere Vorgehen entscheiden.

Als sie gegen halb neun die Tür zur Kanzlei aufsperrte, freute sie sich wie immer, dass sie die Erste war. Sie genoss es, die großzügig geschnittenen Altbauräume zumindest ein paar Minuten für sich zu haben.
Nachdem sie ihre Sachen abgelegt hatte, öffnete sie die Fenster, um zu lüften. Anschließend stellte sie die Kaffeemaschine an und sah zufrieden, dass alles aufgeräumt worden war. „Das wäre wahrscheinlich

anders, wenn ich mit Männern zusammenarbeiten würde", überlegte sie. „Wir sind ein tolles Team. Jede nimmt auf die Anderen Rücksicht." Sie wusste, dass die Anwältinnen ihre Arbeit schätzten. Die beiden hatten studiert und dadurch ein umfassendes Wissen. Sie aber hatte Ahnung im Bereich der Textverarbeitung, der Vollstreckung und von Computerprogrammen, von denen Anwälte gerne die Finger ließen. „Wir ergänzen uns gut", dachte Frau Vogt.

Als sie sich ihre Wange im Wandspiegel besah, erschrak sie erneut. Sicherheitshalber legte sie wieder eines ihrer Eis-Pads in das Tiefkühlfach, band sich nach kurzer Überlegung ihr Kopftuch um und schob sich ein Kühlelement zwischen Tuch und Wange. Sie startete ihren Computer, setzte sich die Kopfhörer auf und machte sich an die Sache Ali./.Baba.

6. Kapitel

Helen kam kurz vor neun Uhr ins Büro. Sie war erst um halb acht aufgewacht und hatte es genossen, die Tageszeitung im Bett zu lesen. Ihre große Wohnung hatte sie elegant, aber auch gemütlich eingerichtet. Helen hatte dafür gesorgt, dass es neben schicken Möbeln auch genügend persönliche Stücke gab wie die selbst bestickten Kissen ihrer Oma, eine gestrickte Decke ihrer Mutter und ausreichend Familienfotos. Überall lagen Bücher und Zeitschriften herum. Es gab niemanden, den das gestört hätte.

Anschließend hatte sie Frühstück gemacht. Sie liebte diese Zeit. Ihre Küche lag zur Ostseite hin und hatte genügend Platz für einen Essplatz für vier Personen. Da Helen meist alleine war, konnte sie auf einem der Stühle bequem ihre Füße hochlegen und dabei ihr Müsli löffeln. Einen Kaffee würde sie sich erst im Büro gönnen, wenn sie richtig loslegen musste. Anschließend war sie unter die Dusche gegangen und hatte sich fürs Büro fertiggemacht. Bekleidet mit einem beigen Wollrock und einer hellgrünen Seidenbluse sah sie zufrieden in den Spiegel. Die Bluse passte farblich gut zu ihren großen Augen und ihre blonden Haare lockten sich bis zu den Schultern. Sie half mit ein wenig Wimperntusche und einem dezenten lachsfarbenen Lippenstift nach und war mit ihrem Erscheinungsbild einverstanden. „Mit 42 sehe ich eigentlich recht passabel aus", dachte sie. In der Schule war sie immer das größte Mädchen gewesen.

In der Pubertät hatte sie zunächst unter ihrer Größe gelitten, weil nur wenige Jungs für sie infrage zu kommen schienen. Aber nach und nach hatte sie sich daran gewöhnt und große Männer kennengelernt, die sie attraktiv fanden. Inzwischen hatte sie die Vorteile ihrer Größe schätzen gelernt und trug selbst bei Gericht High Heels. In manchen Verhandlungen hatte sie beobachtet, dass es offensichtlich Eindruck machte, wenn sie sich zu voller Größe aufrichtete und die anderen zu ihr aufsehen mussten.

Zweimal hatte Helen bisher mit einem Mann zusammengelebt. Das erste Mal während ihrer Studienzeit. Eigentlich waren Stefan und sie nie richtig zusammengezogen, aber Helen hatte sich die meiste Zeit in seinem Zweizimmer-Apartment aufgehalten. Als sie sich gegen Ende des Studiums trennten – Stefan wollte unbedingt in den USA arbeiten und Helen sah für sich dort keine beruflichen Möglichkeiten –, hatte sie sich entschlossen, ein schönes Apartment zu suchen. Bald darauf hatte sie Jarrett kennengelernt. Jarrett war Australier. Er war gerade dabei, ein Reisebüro für Eventreisen in Australien aufzubauen. Helen traf auf ihn, weil ihre Wohnung über dem Reisebüro lag und Jarrett freundlicherweise immer ihre Pakete entgegengenommen hatte, die geliefert worden waren, während sie bei der Arbeit war. Sie hatten darüber gelacht, dass es „Liebe auf den dritten Blick" gewesen war, denn es hatte erst beim dritten Paket „gefunkt". Helen hatte damals gerade den Abschiedsschmerz von Stefan einigermaßen überwunden. Auch Jarrett hatte sich erst zwei Monate zuvor von seiner langjährigen Freundin getrennt. Helen hatte sich in sein spitzbübisches Grinsen, das auch zu einem fünfjährigen Jungen gepasst hätte, und seinen athletischen Körper verliebt. Es war eine wunderbare Zeit gewesen. Helen fühlte sich frei und alles passte zusammen, bis Jarretts Reisebüro immer schlechter ging, er aufgeben musste und es ihm in Deutschland nicht mehr gefiel, da ihm die Gläubiger wegen offener Forderungen hinterherliefen. Helen hatte ihm zu einem Insolvenzverfahren geraten. Aber Jarrett hatte für so etwas keine Geduld. Er sah für sich nur die Möglichkeit, wieder nach Australien zurückzukehren, und bat sie, mit ihm zu kommen. Helen hatte sich mittlerweile in einer etablierten Kanzlei eingearbeitet und erste berufliche Erfolge. In Australien hätte sie vermutlich nicht als Juristin arbeiten können. Jarrett und sie kamen überein, dass er zunächst einmal für drei Monate nach Australien gehen sollte, um für sich zu entscheiden, ob er wieder dort leben wollte. Im ersten Monat hatten sie noch häufig Kontakt. Dann wurden Jarretts Anrufe und Mitteilungen immer spärlicher. Schließlich fragte Helen ihn, ob er eine neue Beziehung habe. Zunächst stritt Jarrett das ab, aber zwei Wochen später gab er zu, dass es wieder eine neue Frau in seinem Leben gab. Helen war enttäuscht, dass er so schnell eine neue Liebe gefunden hatte. Sie hatte die Hoffnung gehegt, dass Jarrett wieder zurückkommen würde. Aus ihrer Sicht hatten sie wunderbar zusammengepasst. Helen war zu diesem Zeitpunkt 32 Jahre alt. Sie hatte sich vorgenommen, sich nie mehr so intensiv auf jemand anderen einzulassen, sondern mehr für sich zu sorgen. Obwohl es in den letzten Jahren einige kürzere Beziehungen gegeben hatte, konzentrierte sie sich seitdem hauptsächlich auf ihre Arbeit. Bald darauf hatte sie Kerstin auf einem Seminar kennengelernt. Die Frauen überlegten, gemeinsam eine Kanzlei zu gründen. Helen hatte diesen Entschluss nie bereut. Auch wenn Kerstin anders war als sie und eine völlig andere Lebenssituation hatte, ergänzten sie sich als Kolleginnen und unterstützten sich gegenseitig. Hier war ihr Vertrauen nie enttäuscht worden. Das war einer der Gründe, warum sie jeden Tag gerne ins Büro ging.

Als Helen Frau Vogt sah, war sie erstaunt, dass diese mit Kopftuch bekleidet im Empfangsbereich saß. „Guten Morgen, Frau Vogt, ist ihnen ein Friseurbesuch missglückt?", fragte sie laut, da sie wusste, dass die Sekretärin sie aufgrund der Kopfhörer nicht gut hören konnte. Frau Vogt sah von ihrer Tastatur auf. „Entschuldigen Sie, Frau Binz, ich habe Sie gar nicht kommen hören. Ich trage das Kopftuch nur, weil meine Wange noch dick ist. Ich kann es auch abnehmen." „Wenn es besser für Sie ist, können Sie es gerne tragen", entgegnete Helen. Aber Frau Vogt hatte es bereits abgenommen und war dabei, ihr Haar zu richten.
„Ihre Wange ist ganz schön dick."
„Ja, das ist mir auch etwas unangenehm. Meinen Sie, es wäre besser, wenn ich in der Registratur arbeite?"
„Nein, ich finde, Sie sehen prima aus. Wie jemand, der sich trotz einiger Widrigkeiten durchs Leben schlägt. Sämtliche Besucher unserer Kanzlei können sich heute davon überzeugen, dass wir unser Äußerstes geben. Selbst mit einer dicken Wange sind wir für sie da. Bleiben Sie nur, wo Sie sind."
„Wenn Sie meinen", sagte Frau Vogt, setzte Kopftuch und Kopfhörer wieder auf und wandte sich erneut

dem   Diktat   zu.

7. Kapitel

Eine Viertelstunde später traf auch Kerstin ein. Atemlos sperrte sie die Tür zur Kanzlei auf. Sie hatte die Treppen in den zweiten Stock im Laufschritt genommen. Es war ihr unangenehm, dass sie so spät war. Ebenso wie Helen wollte sie um neun Uhr im Büro sein, obwohl sie wusste, dass Frau Vogt um keine Ausrede verlegen war, wenn Mandanten oder Kollegen anriefen. Vormittags entschuldigte die Sekretärin sie mit „Frau Bärenreuther ist noch bei Gericht", nachmittags mit „Frau Bärenreuther hat heute einen auswärtigen Termin." Die Form wurde gewahrt, aber die Arbeit verschwand nicht einfach vom Schreibtisch. Heute hatte sie sich verspätet, weil sie das Gespräch mit ihrem Mann gesucht hatte. Gestern Abend hatte sie dazu keine Gelegenheit mehr gehabt, da Mark unmittelbar nach dem Essen zum Squashspielen aufgebrochen war. Kerstin hatte sich Zeit für Lisa und ihre Französischvokabeln genommen. Dabei war ihr aufgefallen, dass ihre Tochter den Grammatikteil nicht verstanden hatte. Sie war mit ihr einige Übungen zum passé simple durchgegangen und hatte anschließend die Vokabeln der letzten beiden Lektionen abgefragt. Danach hatte sie Julian zwei Kapitel aus Christine Nöstlingers *Konrad oder das Kind aus der Konservenbüchse* vorgelesen. Darauf hatte sie sich schon den ganzen Abend gefreut. Obwohl sie das Buch kannte, erfreute sie sich an der pfiffigen Geschichte. Als in beiden

Kinderzimmern schließlich das Licht aus war, hatte sie noch kurz die Zeitung durchgesehen. Anschließend war sie ins Bett gegangen und sofort eingeschlafen. Sie wusste nicht, wann Mark vom Squashspielen zurückgekehrt war.

Am nächsten Morgen wollte sie Mark fragen, warum es gestern bei der Kinderbetreuung zu einem Durcheinander gekommen war. Mark und Kerstin setzten sich an Schultagen stets um sieben Uhr mit Lisa und Julian zum Frühstück, da sie der Meinung waren, ihre Kinder sollten sich vor der Schule Zeit nehmen und etwas essen. An diesem Morgen war keine Ruhe aufgekommen, da Julian seinen Beutel mit den Schwimmsachen gesucht hatte. Dreimal war er bereits mit den Worten „Ich find nix, ich find nix" aufgetaucht. Kerstin und Mark hatten ihn zunächst in sein Zimmer, dann in den Flur und in den Wäschekeller geschickt. Schließlich hatte Kerstin angeboten: „Setz dich hin und iss etwas, ich mache mich derweil auf die Suche." Sie hatte in allen Ecken im Kinderzimmer nachgesehen, nebenbei das Bett aufgeschüttelt, die Kuscheltiere ordentlich hingesetzt und anschließend den Kleiderschrank durchsucht, war aber bei ihrer Suche ebenfalls nicht erfolgreich gewesen. Julian hatte Tränen in den Augen gehabt. Schließlich lieh Lisa ihm ihren Turnbeutel. Kerstin hatte rasch im Keller eine weitere Badehose gesucht und ihm ein Handtuch eingesteckt. Beide Kinder hatten später als sonst das Haus verlassen. Danach hätte Kerstin beinahe vergessen, Mark zu fragen, aber dann war es ihr doch wieder eingefallen, als sie die Küche aufräumte. „Warum bist du gestern Nachmittag weg gewesen?", hatte sie ins Wohnzimmer gerufen, wo Mark eine Fachzeitschrift durchsah. Als er nicht antwortete, war sie zu ihm gegangen und hatte ihre Frage wiederholt. Mark hatte konzentriert in die Zeitung geblickt. „Hallo!", hatte sie nachgeschoben. „Ich hab dich was gefragt."

„Ich war wegen eines Notfalls in der Architektenkammer."

„Was hat denn die Architektenkammer für Notfälle? Soll einer eurer Kollegen aus der Kammer ausgeschlossen werden?"

„Nein, es hatte etwas mit einer Baustelle zu tun."

„Mit welcher denn?"

„Das ist eine komplizierte Sache, ich möchte nicht darüber reden."

Kerstin hatte sich gewundert, dass Mark nicht zu ihr aufsah, sondern nach wie vor etwas in der Zeitung zu betrachten schien.

„Mir geht es auch nicht um Details, sondern nur darum, dass das nicht wieder passiert. Es tat mir leid, dass die Kinder abends länger alleine waren."

„Normalerweise haben wir das gut im Griff. Es wird ihnen kaum geschadet haben. Andere Kinder kommen nach der Schule alleine nach Hause und müssen sich das Essen aufwärmen."

„Achtjährige Jungs wahrscheinlich nicht", hatte Kerstin entgegnet. Mark hatte sie angesehen. „Ich glaube nicht, dass das eine große Sache war, wir sollten es darauf beruhen lassen."

„Gut, ist auch schon gelaufen. Ich möchte dich nur bitten, dass du mich in Zukunft anrufst, wenn du nicht bei den Kindern bist."

„Sicher", hatte Mark geantwortet und sich wieder in seine Zeitschrift vertieft. „Seltsam", hatte Kerstin gedacht, „Mark ist so verschlossen." Normalerweise erzählte er ihr gerne aus seinem Berufsleben.

Vermutlich war das heute eine Ausnahme. Aber als sie das Haus verließ, hatte sie immer noch ein ungutes Gefühl.

In der Kanzlei fiel Kerstin der veränderte Anblick von Frau Vogt nicht auf. „Guten Morgen", sagte sie kurz zu ihr, da sie sah, dass die Sekretärin mit einem Diktat beschäftigt war. Sicher waren die Unterlagen in der Sache Bosch mittlerweile per Fax eingetroffen. Sie ging zu ihrem Schreibtisch, um zu sehen, ob Frau Vogt die Schriftstücke dort abgelegt hatte. Da sie nichts fand, sah sie beim Fax nach. Auch dort war nur ein Schreiben für Helen eingetroffen. Sie nahm es zum Anlass, um bei ihr anzuklopfen. „Herein", rief Helen.

„Hier ist ein Schreiben für dich."

„Du bist spät dran."

„Bei uns zu Hause lief es heute Morgen nicht ganz rund. Aber jetzt bin ich hier und möchte die Sache Bosch bearbeiten. Der Mandant wollte mir gestern Abend seine Unterlagen schicken. Hast du sie gesehen?"

„Nein. Vielleicht liegen sie bei Frau Vogt. Hast du schon ihre dicke Wange bemerkt?"

„Nein." Es war Kerstin unangenehm, dass sie so unaufmerksam gewesen war.

„Die Arme, sie wollte sich schon ins hintere Zimmer zurückziehen, um niemanden zu verschrecken, aber ich habe ihr geraten, an der Front zu bleiben und zu ihrer Wange zu stehen."

„Eine gute Entscheidung", sagte Kerstin, die es mit Äußerlichkeiten nicht so genau nahm. Ihre braunen Haare waren mittellang, gewellt und praktisch zu pflegen. Sie ging daher nur selten zum Friseur. Ihre

Augen waren groß und braun und, wie sie fand, das Hübscheste an ihrem Gesicht. Zum Schminken nahm sie sich keine Zeit. Allenfalls, wenn sie abends ausging, trug sie etwas Lippenstift auf. Was ihre Kleidung betraf, so mochte sie es lieber sportlich denn elegant und hatte sich eine praktische Kombination von mehreren Hosen, Blazern und Blusen zusammengestellt. Durch verschiedene bunte Tücher brachte sie Farbe in ihr Outfit. Heute war sie mit dunkelblauer Hose und hellblauer Bluse bekleidet und trug ein türkises Seidentuch.

„Ist bei dir alles okay?", fragte sie.

„Ja, Sarah kommt schon in vier Tagen, ich will heute das Gästezimmer herrichten. In den letzten Monaten hat dort niemand übernachtet, mit der Folge, dass es zur Rumpelkammer verkommen ist. Ich muss den Schrank ausräumen und kann dabei den Saisonwechsel für Frühjahr und Sommer vornehmen. Ich werde auch die Gelegenheit nutzen, einiges auszusortieren, sonst hat Sarah keinen Platz. Sie wird alle ihre Sachen aus New York mitbringen. Das dürfte, so wie ich sie kenne, einiges sein."

„Sie wird sich hoffentlich von ein paar Sachen trennen, bevor sie die Heimreise antritt. Jetzt halte ich dich nicht länger auf. Ich muss das mit dieser Bosch-Sache klären. Bis später."

Sie warf noch einen letzten Blick auf Helens blonden Lockenkopf, der bereits wieder über eine Akte gebeugt war, und ihre langen Beine, die unter dem Schreibtisch hervorlugten. Helen war einen Meter achtzig groß. Kerstin war zwanzig Zentimeter kleiner und hätte auf ihrem Stuhl ganz nach unten rutschen müssen, um das Gleiche zu erreichen.

8. Kapitel

Am Vormittag hatte Frau Vogt zunächst die Diktate von Kerstin und anschließend die Vollstreckungssache für Helen bearbeitet und beiden die Mappen zur Unterschrift in die Arbeitszimmer gebracht. Gegen Mittag bekam sie wieder Schmerzen. „Ich denke, ich muss meine Wange wieder kühlen und werde die Mittagspause nutzen, mich mit einem Eis-Pad in das hintere Zimmer zu setzen." Für ihr Mittagessen hatte sie immer ein paar Joghurts und Puddings im Kühlschrank. Meistens nahm sie sich noch etwas Obst mit. Heute würde sie sich aus den vorhandenen Vorräten etwas zusammenstellen. Sie hatte immer noch keinen richtigen Appetit. Gerade als sie sich setzen wollte, klingelte es an der Tür. Sie ging, um zu öffnen. Vor ihr stand Herr Bosch.

„Guten Tag! Sie müssen mir helfen", sagte er.

„Kommen Sie doch erst mal herein, Herr Bosch. Was kann ich für Sie tun?"

„Ich habe die Unterlagen für Frau Bärenreuther dabei. Sie hat mir heute Morgen mitgeteilt, dass sie das Mandat kündigt, da ich ihr meine Belege nicht wie versprochen gestern gesandt habe. Ich möchte aber, dass sie die Sache weiterbearbeitet."

„Hat Ihnen Frau Bärenreuther schriftlich eine Mandatskündigung zukommen lassen?"

„Soweit ich weiß, nicht. Aber am Telefon hat sie mir gesagt, dass sie das Mandat kündigt." Herr Bosch öffnete seine Aktentasche und gab Frau Vogt ein

Bündel Papiere.

„Letztendlich muss Frau Bärenreuther das entscheiden. Im Moment ist sie in der Mittagspause. Es macht keinen Sinn, wenn ich Ihre Unterlagen annehme, wenn sie bei uns nicht weiterbearbeitet werden", erklärte Frau Vogt und drückte ihm den Stapel wieder in die Hand. „Ich schlage vor, dass Sie hier warten. Frau Bärenreuther dürfte in einer halben Stunde zurück sein. Kann ich Ihnen einen Kaffee anbieten?"

„Wenn Sie vielleicht ein Mineralwasser hätten."

„Gerne!"

Herr Bosch wollte sich gerade in den Wartebereich setzen, als Helen aus ihrem Zimmer kam.

„Guten Tag, Herr Bosch", begrüßte sie ihn und reichte ihm die Hand. „Schön, Sie zu sehen."

„Sie sind sicher Frau Rechtsanwältin Binz. Ich hoffe, Sie können mir weiterhelfen. Ihre Kollegin will mir das Mandat kündigen."

„Will sie oder hat sie das schon gemacht?"

„Ich glaube, sie hat gekündigt. Aber das möchte ich nicht."

„Meine Kollegin war heute Morgen aufgebracht, weil sie sich darauf verlassen hat, dass Sie ihr die Unterlagen zukommen lassen. Sie müssen wissen, dass wir ein sogenanntes Vierergespräch mit der Gegenseite sorgfältig vorbereiten. Vermutlich wird der Anwalt Ihrer Ehefrau Forderungen stellen, und es ist unsere Aufgabe zu prüfen, ob diese berechtigt sind oder nicht."

„Sie haben Recht. Aber wissen Sie, diese Trennung ist für mich schwierig. Ich sehe meine Kinder nur noch jedes zweite Wochenende. Es fällt mir schwer, mich an den Gedanken zu gewöhnen, dass das so bleiben wird. Daher schiebe ich alles, was damit zusammenhängt, vor mir her. Am liebsten möchte ich nichts davon hören. Wenn ich nach der Arbeit die Unterlagen durchsehe, fühle ich mich kraftlos und bringe alles durcheinander. Beruflich habe ich viel mit Zahlen, Angeboten und Verträgen zu tun, da bin ich gut. Aber bei meinen eigenen Sachen bereitet mir das fast ein körperliches Unbehagen."

„Deswegen gibt es Anwälte, die weiterhelfen. Aber Frau Bärenreuther kann nicht zu Ihnen nach Hause kommen und die Unterlagen aus Ihren Schubladen ziehen. Und wenn Sie den Kopf in den Sand stecken, wird alles noch schlimmer. Die Gegenseite hat dann Bedenken, ob man außergerichtlich zu einer Lösung kommen wird, und wendet sich an das Gericht. Dort nimmt der formale Aufwand eher zu denn ab. Bei Konflikten ist es wichtig, dass sich die Spirale nicht weiter nach oben dreht, sondern ein gewisses Maß an Vertrauen erhalten bleibt."

Helen hatte mittlerweile auf dem zweiten Stuhl im Wartebereich Platz genommen, um mit Herrn Bosch auf Augenhöhe zu sein. „Ein sympathischer Mann", dachte sie, „nur sieht er ziemlich mitgenommen aus."

Frau Vogt kam mit einem Glas und einer kleinen Flasche Mineralwasser aus der Küche zurück und stellte beides auf den kleinen Beistelltisch.

„Kann ich Ihnen auch etwas bringen, Frau Binz?", fragte sie.

„Nein, ich gehe gleich in die Mittagspause", antwortete Helen.

Herr Bosch sah auf.

„Bitte bleiben Sie hier, Frau Binz, Sie müssen mir helfen, Ihre Kollegin zu überzeugen."

Er sah Helen offen an und hatte plötzlich eine Idee.

„Wie wäre es, wenn ich Sie zum Mittagessen einlade? Das verkürzt die Wartezeit und Sie haben Ihre verdiente Pause."

Die Einladung kam für Helen überraschend. Eigentlich hatte sie keine Lust, mit Mandanten zum Essen zu gehen, da diese sich meistens ausführlich über die Gegenseite beklagten und eine Menge juristischer Fragen stellten. Aber Herr Bosch war ihr sympathisch. „Ich kann ja mal eine Ausnahme machen", dachte sie.

„Gut", sagte sie an Frau Vogt gewandt, „wir werden spätestens in einer Stunde zurück sein. Vielleicht bereiten Sie meine Kollegin schon mal auf das vor, was sie dann erwartet", und zu Herrn Bosch gewandt: „Ihre Unterlagen können Sie gerne dalassen, Frau Vogt legt sie dann schon mal auf den Schreibtisch von Frau Bärenreuther."

„Das ist eine gute Idee", meinte Herr Bosch, „vielleicht stimmt sie das milde."

„Kann gut sein", bemerkte Helen lächelnd. „Für Einkommensteuerbescheide und Bankauszüge kann sie sich richtig begeistern. Sie wirft dann ihre Berechnungsprogramme an und ist gespannt, was sich ergibt. Wenn ihr das Ergebnis nicht behagt, dann bastelt sie so lange, bis es ihr angemessen erscheint."

„Genau den Eindruck hatte ich auch; Ihre Kollegin gibt sich wirklich Mühe."

„Ich mir auch", meinte Helen.

„Natürlich, das wollte ich nicht infrage stellen. Lassen Sie uns gehen", sagte Herr Bosch, und hielt Helen die Tür auf.

„Gerne, ich bin richtig hungrig."

9. Kapitel

„An manchen Tagen reicht einfach die Zeit nicht aus", dachte Kerstin, als sie die Treppen zur Kanzlei hoch stieg. Ihr Mittagessen hatte aus einer Leberkässemmel bestanden, die sie auf dem Weg zum Kaufhaus Beck gegessen hatte. Dort hatte sie sich nach einem Tuch für Lisa umgesehen. Ihre Tochter wollte zurzeit möglichst knallige Farben tragen. Kerstin wollte aber nur etwas wählen, was auch ihr gefiel. Da sie beide dieselbe Augen- und Haarfarbe hatten, hatte sie ausprobiert, welches Tuch ihr stand, und sich für eines mit kräftigen pinken Tönen entschieden, dann aber festgestellt, dass es sich um ein Seidentuch handelte, das ihr zu teuer erschien. Sie hatte sich erneut daran gemacht, das umfangreiche Sortiment des Kaufhauses durchzusehen, und schließlich ein Baumwolltuch in verschiedenen Blautönen in der Hand.

Zufrieden mit ihrer Entscheidung, war sie zur Kasse gegangen, an der sich eine längere Schlange gebildet hatte, da es bei einer Kundin Probleme mit der Kreditkarte gab. Kerstin sah keine andere Möglichkeit als zu warten, bis sie an die Reihe kam. Sie war froh, als sie endlich im Büro angekommen war, und wollte gerade ihre Jacke ablegen, als sie erstaunt vor Frau Vogt stehen blieb. Die Sekretärin hatte wieder ihr Kopftuch aufgesetzt und sich etwas zur Kühlung neben die geschwollene Wange geschoben.

„Frau Vogt, Sie sehen wie eine Verkäuferin auf dem Viktualienmarkt aus!"

„Entschuldigen Sie, Frau Bärenreuther, aber meine Wange schmerzt wieder. Ich habe im Terminkalender nachgesehen, heute werden wir keinen Publikumsverkehr mehr haben außer Herrn Bosch. Er war hier, um seine Unterlagen abzugeben, und hat mich um Hilfe gebeten. Er möchte nicht, dass Sie das Mandat kündigen. Frau Binz kam gerade aus ihrem Zimmer und die beiden sind zum Mittagessen gegangen." „Hoppla", Kerstin stutzte, „normalerweise gehen wir mit Mandanten nicht privat aus."

Zu Frau Vogt sagte sie: „Ich habe ihm die Leviten gelesen und gesagt, dass ich das Mandat nicht weiterführen werde. Aber schriftlich habe ich das noch nicht mitgeteilt."

„Die Unterlagen liegen jetzt auf Ihrem Tisch. Vielleicht überlegen Sie sich es noch einmal."

„Natürlich", dachte Kerstin, „gutmütig, wie ich bin, werde ich weitermachen." Sie sah Frau Vogt nachdenklich an.

„Ich weiß zu schätzen, dass Sie so engagiert sind, aber was halten Sie davon, wenn Sie heute früher nach Hause gehen? Sicher tut es Ihnen gut, wenn Sie sich ausruhen und Ihre Wange kühlen. Meist hat es keinen Sinn, wenn man dem Körper nicht die Ruhe gibt, die er braucht, um wieder ganz gesund zu werden. Es dauert dann nur umso länger."

„Nein, nein, nach Hause möchte ich nicht. Vielen Dank für Ihr Angebot. Es geht mir schon viel besser, und wenn Sie wünschen, kann ich das Kopftuch abnehmen oder mich nach hinten setzen."

„Darum geht es nicht. Ich möchte einfach, dass Sie möglichst schnell gesund werden."

„Zu Hause werde ich bestimmt nicht gesund", murmelte Frau Vogt. Sie sah Kerstin dabei nicht an, sondern blickte starr auf ihren Bildschirm.

„Wie Sie meinen. Ich wollte Ihnen nur das Angebot machen."

„Das ist sehr freundlich von Ihnen", erwiderte Frau Vogt und machte sich wieder an die Arbeit.

„Seltsam", überlegte Kerstin, „heute sind alle verschlossen. Keiner sieht mich an, wenn er mit mir spricht. Frau Vogt ist sonst ganz anders. Aber sie hat ja auch Schmerzen."

Zufrieden nahm Kerstin den Stapel Unterlagen auf ihrem Schreibtisch wahr. Sie sortierte vor, rief das Unterhaltsprogramm auf und gab anschließend die Zahlen ein. An zwei Stellen war sie unsicher. Sie notierte sich die beiden Fragen, die sie ihrem Mandanten stellen wollte. Danach gab sie die Daten ein, die sie vom Rechtsanwalt der Gegenseite erhalten hatte.

Das Programm berechnete, was Herr Bosch an Unterhalt für seine beiden Kinder und seine Ehefrau zu zahlen hatte.

„Das ist ganz schön viel", dachte Kerstin, als sie das Ergebnis sah. „Herr Bosch verdient zwar gut, aber vielleicht können wir an der einen oder anderen Stelle noch etwas verändern." Kerstin druckte die vorläufige Berechnung aus, damit sie dem Mandanten für die Besprechung etwas in die Hand geben konnte. Dann sah sie auf die Uhr. Es war mittlerweile kurz vor drei. Sie ging zum Empfang.

„Frau Vogt, ich hatte gedacht, dass Herr Bosch noch einmal vorbeikäme. Wollte er nicht mit Frau Binz zurückkommen?"

„Die beiden sind noch nicht aufgetaucht. Vermutlich werden sie bald kommen. Ich habe über Ihren

Vorschlag nachgedacht und würde gerne eine Stunde eher nach Hause gehen. Ich kann dann morgen etwas länger bleiben."

Frau Vogt war eingefallen, dass ihr Mann heute ins Fußballstadion gehen würde. Normalerweise machte er sich frühzeitig auf den Weg. Sie würde Herbert daher nicht mehr treffen und konnte sich zu Hause in aller Ruhe umsehen. Frau Vogt wusste nicht genau, wonach sie suchen sollte. Liebesbriefe wurden heute kaum mehr geschrieben. Ein Päckchen Kondome war auch nicht mehr nötig, da die meisten Frauen selbst für die Empfängnisverhütung sorgten. Das aussagekräftigste Beweisstück war vermutlich das Smartphone ihres Mannes, aber das würde er wohl bei sich tragen. Sie konnte trotzdem erst mal die Schubladen seines Schreibtisches und die Taschen seiner Jacken durchsuchen. Wer weiß, was sich da finden ließ. Außerdem fühlte sie sich müde und angeschlagen und es tat ihr sicher gut, wenn sie bald entspannen konnte.

„Sie müssen die Zeit nicht hereinarbeiten, Frau Vogt", meinte Kerstin. „Die meisten Arbeitnehmer wären nach so einem Eingriff gar nicht zur Arbeit erschienen. Ich danke Ihnen, dass Sie heute trotzdem gearbeitet haben."

In diesem Moment waren Stimmen im Treppenhaus zu hören. Kurz darauf öffnete sich die Tür.

„Das glaube ich Ihnen nicht, Herr Bosch", meinte Helen lachend, „das kann ich mir bei Ihnen nicht vorstellen."

„Doch, das sollten Sie aber, Frau Binz, unterschätzen Sie mich nicht."

Kerstin und Frau Vogt blickten neugierig auf die beiden, die sich prächtig zu amüsieren schienen.

„Die haben doch was getrunken", dachte Kerstin.
„Vielleicht nicht viel, aber beschwipst sind sie schon.
So habe ich Helen schon lange nicht mehr erlebt."
Sie ging auf Herrn Bosch zu und gab ihm die Hand.
„Guten Tag, Herr Bosch! Sie haben die Mittagspause
mit meiner Kollegin sichtlich genossen."
„Das kann man sagen, so gut habe ich mich schon
lange nicht mehr unterhalten."
Helen sah ihn erstaunt an.
„Das meine ich ernst, Frau Binz."
Dann wandte er sich Kerstin zu.
„Ich hoffe, Ihre Sekretärin hat ein gutes Wort für
mich eingelegt und Sie vertreten mich weiterhin."
„Herr Bosch, eigentlich hatte ich Ihnen das Mandat
gekündigt, zumindest mündlich. Aber jetzt habe ich
Ihre Unterlagen durchgearbeitet und wenn Sie
möchten, können wir sie gleich besprechen."
Herr Bosch blickte zu Frau Vogt.
„Ich glaube, ich bin Ihnen etwas schuldig. Lieber Rot-
oder Weißwein?", fragte er.
„Pralinen", sagte Frau Vogt, „richtig gute belgische
Pralinen. War natürlich nur Spaß", fügte sie hinzu.
„Aber ich habe es ernst gemeint. Sie werden sehen."
„Wie wäre es, wenn Sie ablegen und dann mit mir
kommen, Herr Bosch?", fragte Kerstin.
„Sofort. Ich möchte mich nur noch von Ihrer
Kollegin verabschieden."
Er nahm Helens rechte Hand in beide Hände und sah
ihr in die Augen.
„Ich danke Ihnen sehr, Frau Binz, für Ihre Zeit. Ich
hoffe, ich habe Sie nicht zu lange von Ihrer Arbeit
abgehalten."
„Doch, das haben Sie, aber das werde ich jetzt
nachholen."

„Ich habe Ihnen Notizen mit den eingegangenen Anrufen auf Ihren Schreibtisch gelegt, Frau Binz", rief Frau Vogt dazwischen.

„Vielen Dank", sagte Helen, ging in ihr Zimmer und schloss die Tür. Herr Bosch sah ihr bis zum letzten Moment nach, während Kerstin geduldig wartete.

„Es nützt nichts, Herr Bosch, jetzt müssen Sie sich mir zuwenden."

„Aber natürlich", murmelte Herr Bosch. Er fühlte sich viel besser als heute Mittag, und war nun bereit, den Zahlen, die in seinem Leben eine Rolle spielten, zu   begegnen.

10. Kapitel

Frau Vogt war froh, als sie endlich zu Hause ankam. Wie erwartet war ihr Mann nicht zu Hause. Sie schlüpfte aus ihrem Kostüm, zog ihren bequemen Hausanzug an und machte sich einen Tee. Eigentlich war ihr danach, sich sofort hinzulegen, aber sie entschied sich dafür, vorher noch ein wenig Recherche zu betreiben.

Zunächst durchsuchte sie die Jackentaschen ihres Mannes, anschließend die Schreibtischschubladen. Vielleicht ließ sich eine Rechnung von einem Restaurantbesuch finden, aus der hervorging, dass Herbert für zwei Personen gezahlt hatte. Aber sie stieß nur auf ein paar Taschentücher und ein Bonbonpapier.

„Eigentlich läuft heutzutage alles elektronisch", überlegte sie. „Ich sollte mir einmal seinen Laptop ansehen." Leider stellte sich heraus, dass dieser gesichert war. „Was könnte das Passwort sein? Es muss mindestens acht Zeichen haben. Vielleicht Sami1234 oder sexysami? Oder aus früherer Zeit mein Name? Herberts Geburtsdatum? Der Name unseres Sohnes? Der Name seiner Fußballmannschaft?" Sie probierte einige Varianten aus, kam aber nicht weiter.

„Ich muss Herbert einmal ablenken, wenn er seinen Laptop an hat, und dann seine E-Mails durchsehe", dachte sie. „Außerdem sollte ich mir sein Smartphone genauer ansehen, am besten, wenn er schläft."

Frau Vogt war klar, dass sie damit einen

Vertrauensbruch beging. Doch sobald sie einen Anflug von schlechtem Gewissen spürte, sagte sie sich: „Wer in unserer Ehe hat als Erster Vertrauen missbraucht?" Und da sie mit juristischen Begriffen vertraut war, war sie der Meinung, dass sie einen sogenannten „Rechtfertigungsgrund" hatte. „Jetzt lege ich mich ins Bett, und wenn ich morgen Früh vor meinem Mann wach bin, werde ich mir sein Smartphone vornehmen."

Zufrieden mit ihrem Plan, zog sie die Vorhänge im Schlafzimmer vor, sodass der Raum in Halbdunkel gehüllt war. Bald darauf war sie eingeschlafen.

Sie wurde erst wieder wach, als ihr Mann gegen zweiundzwanzig Uhr nach Hause kam.

„Andauernd kann ich ihm nicht aus dem Weg gehen", dachte Frau Vogt, und stand auf. „Hallo Herbert", sagte sie, als sie ihren Mann in der Küche traf.

„Hallo Grete", grüßte er sie und gab ihr einen Kuss auf die Stirn. „Deine Wange ist ganz schön dick."

Frau Vogt nahm wahr, dass er einige Biere getrunken hatte.

„Wie war das Spiel?", fragte sie unverfänglich, und Herbert gab ihr ausführlich Auskunft darüber, wie es zu dem 2:1 gekommen war, mit dem seine Mannschaft letztendlich doch noch gewonnen hatte. Offensichtlich war es spannend gewesen, denn er erzählte ihr von einem zu Unrecht gegebenen Elfmeter, zwei gelben und einer roten Karte. Aber sie war zu verschlafen und im Grunde genommen nicht interessiert, um näher auf seine Schilderung einzugehen. Sie antwortete ihm daher unkonzentriert mit „Tatsächlich" oder „Interessant".

Schließlich fragte sie ihn, ob er auch einen Tee trinken

wolle, aber Herbert antwortete, dass er genug getrunken habe und möglichst schnell ins Bett wolle, da es im Stadion ganz schön kalt gewesen sei.

Sie wünschte ihm eine gute Nacht und bot an, dass er als Erster ins Bad gehen könne. Herbert verließ gleich darauf die Küche.

„Momentan bin ich gar nicht mehr müde", dachte Frau Vogt. „Vielleicht mache ich mir noch ein Brot und sehe mir die Tagesthemen an. Bis dahin ist Herbert sicher eingeschlafen."

Als ihr Mann bald darauf im Schlafzimmer war, wartete sie noch eine Viertelstunde und suchte dann in seiner Jacke nach dem Smartphone. Sie fand es in der Brusttasche.

Sie machte es an und bekam sofort die Meldung, dass nur noch zwölf Prozent Akkuleistung vorhanden sei. „Da muss ich mich wohl beeilen", dachte sie und suchte nach der Anrufliste. An zweiter Stelle nach „Manuel", ihrem Sohn, stand doch tatsächlich „Samanta."

Frau Vogt, die selbst kein eigenes Smartphone besaß, tippte auf die Nummer. Als sich jemand meldete mit „Hallo, Samanta Reiz", drückte sie schnell auf „Beenden" und klappte das Smartphone erschrocken zu. Als sie es vorsichtig wieder aufklappte, wurde ihr angezeigt „Akkuleistung nur noch acht Prozent" und sie musste auf „OK" drücken, damit das Zeichen verschwand.

Frau Vogt hatte Herzklopfen. „Das ist ein Teufelszeug", dachte sie. „Ohne dass man richtig wählt, ist man schon verbunden ..." Hoffentlich sah Herbert morgen nicht die Anrufliste durch. Dort war sicherlich gespeichert, dass zu einer Zeit, zu der er bereits geschlafen hatte, Samanta angewählt worden war. Vermutlich sah auch diese Frau seine Nummer und wunderte sich, warum er nicht mit ihr gesprochen hatte, aber das ließ sich jetzt nicht mehr ändern.

Frau Vogt setzte sich in einen Sessel im Wohnzimmer und überlegte, dass sie sich zumindest die Telefonnummer von dieser Frau Reiz notieren sollte. „Was für ein dämlicher Name", dachte sie, „aber doch passend in diesem Fall." Vorsichtig stellte sie das Smartphone noch einmal an, aber es blieb dunkel. Vermutlich hatte sich der Rest der Akkuleistung in der Zwischenzeit erschöpft.

„Behalte einen kühlen Kopf", ermahnte sie sich. „Immerhin habe ich den vollen Namen von dieser Frau erfahren und dass es tatsächlich Kontakt zwischen ihr und Herbert gibt." Beim nächsten Mal würde sie sich die Nummer aufschreiben.

„Morgen im Büro werde ich mir in der Mittagspause die Zeit nehmen, um nachzusehen, ob diese Frau Reiz in einem der sozialen Netzwerke registriert ist. Zwar kenne ich mich damit nicht aus, aber soweit ich weiß, ist Frau Bärenreuther damit vertraut. Ihre Tochter ist bei Facebook angemeldet." Frau Bärenreuther hatte ihr einmal erzählt, dass sie mit Lisa ein Gespräch über die Risiken, die diese Netzwerke mit sich brachten, geführt hatte und erstaunt gewesen war, dass ihre Tochter darüber gut Bescheid wusste und verantwortlich damit umging.

Erschöpft stand Frau Vogt auf, machte sich für die Nacht fertig und legte sich ins Bett. Bald darauf war sie   eingeschlafen.

11. Kapitel

Am nächsten Morgen kam Helen frühzeitig in die Kanzlei. Die Sonne schien und sie hatte sich entschlossen, ihr Cabrio bereits am Isartorplatz abzustellen und durch die Altstadt über den Viktualienmarkt zu laufen. Dort hatte sie sich spontan entschieden, einen Blumenstrauß für Frau Vogt zu kaufen. „Vielleicht hilft es ihr, schneller gesund zu werden", hatte sie gedacht, und kam gut gelaunt im Büro an. Sie fühlte sich energiegeladen und war mit sich und der Welt im Einklang.

Nach der Verabschiedung von Herrn Bosch hatte sie gestern noch schnell drei Fälle bearbeitet, darunter auch eine streitige Scheidung, in der sie eine Frau Krämer vertrat, die mittlerweile bei vielen Fragen eine unnachgiebige Haltung eingenommen hatte. Diesen Fall bearbeitete Helen seit Jahren und sie musste sich eingestehen, dass sie mittlerweile keine guten Ideen mehr hatte, wie dieses Verfahren für ihre Mandantin zufriedenstellend zu Ende gebracht werden konnte. Die Akte lag auf dem zu bearbeitenden Stapel inzwischen meist zuunterst und wurde als letzte bearbeitet. Aber auch in diesem Fall hatte sie gestern im Schreiben an ihre Mandantin einen Vorschlag zur Vermögensteilung eingebracht, der ihr plötzlich in den Sinn gekommen war.

Zufrieden hatte sie die Kanzlei verlassen und sich in der Delikatessenabteilung bei Dallmayr vier frische Austern und ein Glas Weißwein gegönnt. Dann war sie im Auto nach Hause gebraust und hatte ihren Vorsatz umgesetzt, eine Runde im Englischen Garten zu joggen. Anschließend hatte sie sich die Nachrichten angesehen, die an diesem Tag ausnahmsweise nicht nur bedrückende Informationen enthielten. Schließlich hatte sie das Gästezimmer aufgeräumt und den fälligen Saisonwechsel vorgenommen. Dabei war es ihr leichtgefallen, das eine oder andere Stück auszumustern. Von drei beigen Hosen behielt sie nur noch eine, von fünf grünen Pullovern nur noch zwei, und so ging es weiter. Sie war so in Schwung, dass sie gar nicht bemerkte, dass es bereits kurz vor Mitternacht war, als sie die letzten Kleidungsstücke in mehrere Plastiktüten verstaut hatte, die sie morgen zur Kleidersammlung bringen wollte. „Manchmal läuft es einfach", hatte sie sich gedacht. Zum krönenden Abschluss hatte sie heißes Wasser aufgesetzt, von der Pfefferminze, die sie bereits im Balkonkasten eingesetzt hatte, zwei Stängel abgeschnitten und daraus ihren hauseigenen Tee gebraut, den sie mit einem Löffel Honig versüßte.

Mit dem Tee hatte sie sich auf die Couch gesetzt, die Beine hochgelegt und über den gelungenen Tag nachgedacht: „Wann habe ich mich zuletzt so energiegeladen gefühlt?" Sie erschrak, als ihr einfiel, dass das der Fall gewesen war, als sie das letzte Mal verliebt gewesen war. „Oh je", hatte sie gedacht, „ist es wieder einmal soweit?" Das waren immer tolle, aber auch unruhige Zeiten gewesen. Aus Erfahrung wusste sie, dass man diesen Zustand nicht nach Belieben verändern konnte.

Als sie am nächsten Morgen erwachte, war ihr erster Gedanke: „Ich nehme alles so, wie es kommt und genieße einfach."

Nachdem sie in der Kanzlei die Tür aufgesperrt und ihre Jacke aufgehängt hatte, wickelte sie die Blumen aus dem Papier und übergab sie Frau Vogt, die gerade Unterlagen sortierte.

„Liebe Frau Vogt, Sie sehen heute schon viel besser aus! Hier habe ich Ihnen etwas mitgebracht, als Dankeschön, dass Sie trotz Ihrer dicken Wange gestern gearbeitet haben. Ich hoffe, dass die Blumen dazu beitragen, dass Sie schnell wieder gesund werden."

Frau Vogt bekam vor Freude einen roten Kopf.

„Frau Binz, das wäre doch nicht nötig gewesen. Die Blumen sind wirklich wunderschön! Wo gibt es denn jetzt schon Dahlien?"

„Das habe ich den Blumenhändler auch gefragt. Er hat gemeint, nur im Gewächshaus."

„Vielen Dank! Ich werde sie sofort in eine Vase stellen." Frau Vogt verschwand in der Kaffeeküche, kam jedoch gleich wieder hervor, um Helen zuzurufen: „Frau Binz, in der Sache Krämer ist ein mehrseitiges Fax angekommen. Ich habe es noch nicht in Ihr Zimmer gelegt."

„Na wunderbar", dachte Helen, „dann wird sich wieder alles überschneiden und ich muss mein Schreiben abändern." Aber selbst diese Aussicht konnte ihre gute Laune nicht trüben. Noch bevor sie beim Fax angelangt war, klingelte es an der Tür. Da Frau Vogt das Klingeln in der Kaffeeküche vermutlich nicht gehört hatte, ging Helen selbst zur Tür. Sie öffnete und vor ihr stand Herr Bosch.

„Guten Tag, Herr Bosch, was führt Sie so früh zu uns?"

„Ich wollte mein Versprechen wahr machen und habe

Frau Vogt Pralinen mitgebracht. Außerdem ist es schön, Sie zu sehen", fügte er hinzu und strahlte Helen an.

Ihr wurde warm ums Herz und sie lächelte ebenfalls.

„Ehrlich gesagt, Frau Binz, ich wollte Sie wiedertreffen und ich möchte Sie fragen, ob wir heute Abend zusammen Essen gehen könnten. Ich dachte an das Seehaus im Englischen Garten."

„Kommen Sie doch erst mal herein", sagte Helen, um etwas Zeit zu gewinnen, „und legen Sie ab."

„Nein, das geht nicht, ich muss gleich weiter. Aber Frau Vogt möchte ich natürlich noch sprechen."

„Wer möchte mich sprechen?", fragte Frau Vogt, als sie mit dem Blumenstrauß, den sie geschickt in einer Vase arrangiert hatte, in den Empfangsbereich kam.

„Ich habe Ihnen die versprochenen Pralinen mitgebracht. Haben Sie heute Geburtstag?"

„Nein. Heute ist nur ein ungewöhnlicher Tag. Ich werde von allen Seiten beschenkt. Herr Bosch, ich habe das nicht ernst gemeint. Aber dennoch vielen Dank."

„Ohne Ihre Hilfe hätte Frau Bärenreuther das Mandat endgültig niedergelegt und ich wäre in Schwierigkeiten. Eigentlich war die Besprechung gestern nicht so schlimm. Ich sehe jetzt, wie alles weitergehen könnte. Ich bin Ihnen wirklich dankbar."

„Aber hie und da darf sie uns schon eine Praline abgeben, oder?", meinte Helen.

„Aber natürlich."

„Ich werde darüber nachdenken", meinte Frau Vogt lächelnd, setzte sich an ihren Schreibtisch und griff nach den Kopfhörern.

Herr Bosch wandte sich an Helen. „Darf ich hoffen, dass wir uns heute Abend treffen?"

„Kommen Sie doch bitte kurz mit mir", sagte Helen und ging voraus zu ihrem Arbeitszimmer. „Das kommt ein wenig plötzlich, Herr Bosch. Ich freue mich über Ihr Angebot, muss aber nachsehen, ob ich einen Termin habe."

Sie ging zu ihrem Schreibtisch und sah auf den Kalender.

„Leider habe ich heute Abend eine Fortbildung bei der Rechtsanwaltskammer zum Thema ‚Neue Rechtsprechung im Zugewinnausgleich'. Das ist wichtig und dauert mindestens bis zwanzig Uhr. Als Fachanwältin muss ich eine bestimmte Anzahl von Fortbildungsstunden absolvieren. Anschließend werde ich wohl keine gute Gesellschafterin mehr sein."

„Gäbe es denn einen anderen Termin, an dem wir uns treffen könnten? Morgen habe ich ein Meeting im Büro, das voraussichtlich lange dauern wird. Am Freitagabend hätte ich Zeit. Aber wenn ich ganz ehrlich bin, Frau Binz, ich möchte nicht so lange warten. Wäre es möglich, dass ich Sie nach Ihrer Fortbildung abhole und wir noch eine Kleinigkeit essen gehen? Es muss ja nicht lange sein, nur eine Stunde oder so. Irgendetwas müssen auch Sie zu sich nehmen."

„Meistens kaufe ich mir eine Kleinigkeit und esse sie möglichst unauffällig während der Fortbildung."

„Liebe Frau Binz, ich hoffe, ich bin nicht zu aufdringlich, aber sagen Sie mir bitte, wann Sie heute Abend fertig sind, und ich hole Sie ab."

„Also gut. Die Rechtsanwaltskammer ist in der Nähe des Isartors." Sie nannte Herrn Binz die genaue Adresse. „Da Sie so hartnäckig sind und ich mich anscheinend nicht durchsetzen kann, machen wir es so, dass ich in jedem Fall um zwanzig Uhr die

Fortbildung verlasse, auch wenn der Referent meint, er müsse uns noch mehr über den Zugewinnausgleich beibringen."

„Aber ich möchte nicht, dass Sie etwas verpassen und dann vielleicht in einem Ihrer Fälle Schwierigkeiten haben!"

„Keine Sorge, Herr Bosch, meist erhält man ein Skript und kann im Zweifel nachlesen."

„Wenn Sie ein wenig länger bleiben möchten, schicken Sie mir einfach eine Nachricht. Ich gebe Ihnen meine Handynummer."

Herr Bosch gab ihr seine Visitenkarte, auf der die Kontaktdaten seiner Arbeitsstelle und sämtliche Telefonnummern verzeichnet waren.

„Ich freue mich auf heute Abend, Frau Binz!"

„Ich mich auch. Insbesondere natürlich auf die Fortbildung."

„Das kann ich gut verstehen. Da wäre ich auch ganz scharf drauf. Schade, dass ich nicht Jura studiert habe, sonst könnten wir das gemeinsam genießen."

„Ich denke, wir finden schon noch etwas, das wir gemeinsam genießen können", entgegnete Helen. Kaum hatte sie das gesagt, schoss ihr durch den Kopf: „Was rede ich denn da?" Erst denken und dann reden war eigentlich eine ihrer Stärken.

„Ich zweifele nicht an Ihrer Aussage, Frau Rechtsanwältin", sagte Herr Bosch, und winkte ihr noch einmal kurz zu, bevor er aus dem Zimmer verschwand.

Er sah zu Frau Vogt, hatte aber den Eindruck, dass sie in ihre Arbeit vertieft war, und wollte sie nicht weiter stören. An der Tür stieß er beinahe mit Kerstin zusammen.

„Guten Morgen, Herr Bosch", sagte sie, „haben Sie

mir weitere Unterlagen gebracht?"

Herr Bosch blickte sie erschrocken an: „Muss ich das?"

„Nein, keine Sorge. Soweit ich mich erinnere, hatten wir gestern besprochen, dass Sie mir vorerst nur noch den Zeitwert der einen Lebensversicherung bekanntgeben, aber den müssen Sie erst bei Ihrer Versicherung anfordern."

„Ich bin gekommen, um Frau Vogt die versprochenen Pralinen zu bringen."

„Mit Pralinen scheint es besser zu funktionieren als mit Unterlagen. Das muss ich mir merken."

„Ich bin froh, dass Sie Ihren Humor in meiner Sache nicht verloren haben, aber ich glaube nicht, dass Sie in nächster Zeit mit mir Schwierigkeiten haben werden. Seit gestern komme ich sehr gerne in Ihre Kanzlei."

Kerstin brauchte einen Moment, bis sie den Zusammenhang verstanden hatte, dann lächelte sie Herrn Bosch an. „Das wird auch für unsere Zusammenarbeit von Vorteil sein."

„Ich wünsche Ihnen noch einen schönen Tag, Frau Bärenreuther."

„Ich Ihnen auch, Herr Bosch."

12. Kapitel

Nachdem Kerstin die Tür geschlossen und ihren Mantel an der Garderobe aufgehängt hatte, wollte sie bei Helen anklopfen. Sie war neugierig, was ihre Kollegin zu erzählen hatte. Aber als sie den Blumenstrauß sah, blieb sie zunächst bei Frau Vogt stehen.

„Haben Sie heute Geburtstag?"

„Nein, den hab ich doch erst im Mai."

„Ja, stimmt", erwiderte Kerstin verlegen, weil ihr das bekannt war.

„Frau Binz hat mir Blumen mitgebracht und Herr Bosch Pralinen. Ich habe einfach einen Glückstag."

„Da ist es mir direkt unangenehm, dass ich nichts zu Ihrem Glück beitragen kann."

„Frau Bärenreuther, das brauchen Sie auch nicht. Doch, da fällt mir etwas ein. Ich kenne mich bei diesen sozialen Netzwerken nicht aus und würde dort gerne etwas nachschauen."

„Ich bin nirgends registriert, könnte aber meine Tochter Lisa fragen. Sie ist auf Facebook."

„Ist es denn möglich, dass wir zusammen unter Lisas Adresse nachschauen?"

„Das klingt geheimnisvoll. Sind Sie jetzt im Nebenberuf Detektivin geworden? Falls Ihnen das Gehalt nicht ausreicht, Frau Vogt, sprechen Sie uns bitte an. Ich möchte nicht, dass Sie nachts um die Häuser schleichen oder im Auto stundenlang vor einer Haustür warten, bis die Zielperson das Haus verlässt, die sie dann verfolgen."

„Ich muss zugeben, Frau Bärenreuther, ich bin tatsächlich gerade ein bisschen detektivisch unterwegs und möchte mich über eine Person informieren."

„Die können Sie einfach mal googlen. Sie geben den Namen und den Wohnort ein und sehen, was da auftaucht. Bei Facebook können wir auch nachsehen. Ich werde Lisa anrufen und mit ihr sprechen, wie wir das am besten machen. Sie ist jetzt in der Schule, aber gegen vierzehn Uhr zu Hause."

„Da wäre ich Ihnen sehr verbunden, Frau Bärenreuther."

„Wen möchten Sie denn ausspionieren?"

„Das sage ich Ihnen, wenn wir so weit sind. Aber schon einmal vielen Dank für den Tipp mit dem Googlen. Das werde ich in der Mittagspause machen", sagte Frau Vogt und setzte ihre Kopfhörer auf.

„Ich bin gespannt, um was es dabei geht", dachte Kerstin. Sie hatte Lust auf Kaffee, ging in die Küche und bereitete sich einen Cappuccino. Gestärkt machte sie sich auf den Weg zu Helen und klopfte bei ihr an. Ihre Kollegin war mitten im Diktat.

„Sorry, wenn ich dich störe", sagte Kerstin, „aber ich muss dich wegen Herrn Bosch fragen. Er hat Andeutungen gemacht, dass er seit gestern gerne in die Kanzlei käme. Und nachdem ich gestern mit ihm besprochen hatte, dass er einiges an Kindes- und Ehegattenunterhalt zu zahlen hat und auch bei der Vermögensteilung nicht ungeschoren davonkommen wird, glaube ich nicht, dass das mit mir zusammenhängt."

„Da liegst du richtig. Er hat mich heute Abend zum

Essen eingeladen."

„Hast du zugesagt?"

„So halb. Ich habe heute die Fortbildung bei der Rechtsanwaltskammer. Er hat nicht lockergelassen, bis ich zugestimmt habe, dass er mich dort abholen kann und wir dann zusammen eine Kleinigkeit essen gehen."

„So wie ich dich kenne, machst du da nur mit, wenn du Freude daran hast."

„Da ist was dran." Helen sah nachdenklich aus. „Irgendwie fühle ich mich in seiner Gesellschaft wohl. Geht dir das auch so, Kerstin?"

„Ich fühle mich, wenn ich mit ihm zusammen bin, nicht wohler als mit anderen Mandanten. Ich mag eigentlich all meine Mandanten. Wenn ich bei jemandem oder einer Sache ein schlechtes Gefühl habe, nehme ich das Mandat erst gar nicht an. Das machst du doch genauso."

„Ich meine nicht, ob er dir als Mandant angenehm ist, sondern als Mensch, als Mann."

„Ich finde ihn sympathisch. Mit ihm als Mann habe ich mich nicht beschäftigt. Du etwa?"

„Wir waren gemeinsam Mittagessen. Ich hatte befürchtet, dass er nur über seine Trennungssituation reden und mir juristische Fragen stellen würde. Aber das war nicht so. Wir haben beide ein Pilzrisotto bestellt, du weißt, dass ich zu Risotto immer ein Glas Weißwein trinke. Wir haben uns zusammen einen Viertelliter gegönnt. Ich weiß nicht, ob es an dem bisschen Alkohol lag. Jedenfalls hatten wir richtig Spaß miteinander. Es fing damit an, dass er von den Pannen auf seiner letzten Geschäftsreise in London berichtet hat und ich ihm erzählt habe, dass ich mir dort als 15-Jährige einen Slip gekauft habe, der aus dem Stoff einer englischen Fahne bestand und meine englische Freundin …“

„Na, wenn du so loslegst“, unterbrach sie Kerstin, „glaube ich gerne, dass er da gleich ganz locker wurde. Heute Abend will er wahrscheinlich dieses Teil auch an dir sehen.“

„Hör auf! So schnell geht das nicht. Wir haben uns auch erzählt, wo wir als Jugendliche gelebt haben und was uns so alles passiert ist. Wenn ich jetzt darüber nachdenke, es war ein recht offenes Gespräch.“

„Das geschieht nur, wenn man zu jemandem Vertrauen hat. Ich wünsche dir auf jeden Fall heute Abend viel Vergnügen.“

„Siehst du einen Grund, warum ich Herrn Bosch nicht vertrauen sollte?“

Kerstin wandte sich zum Gehen.

„Nein“, sagte sie, „nur seine Ehefrau scheint mir schwierig zu sein.“

13. Kapitel

Frau Vogt war erst spät in die Mittagspause gegangen, da sie aufgrund der Schaffenskraft von Helen am Vortag ein ungewöhnlich langes Diktat zu schreiben hatte. Es enthielt mehrere Schriftsätze, denen sie Anlagen beizufügen hatte, die aus den Akten kopiert und durchnummeriert werden mussten. Es war bereits kurz nach dreizehn Uhr, als sie ihre Arbeit in einer Mappe zur Unterschrift vorlegte.

Frau Vogt hatte vor, ihre Mittagspause in der näheren Umgebung zu verbringen und einige Besorgungen zu machen, zu denen sie in den letzten Tagen nicht gekommen war.

Zunächst ging sie zu ihrer Bank, um Geld abzuheben, anschließend zum Feinkostgeschäft Dallmayr, um ihre Teevorräte aufzufüllen. Sie liebte dieses Geschäft und ging sehnsüchtigen Blickes an leckerem Meeresgetier und den exquisiten Wurst- und Käsewaren vorbei, bis sie schließlich beim Tee angelangt war. Sie war froh, dass sie gleich dran kam, denn das Abwiegen der von ihr gewünschten Sorten dauerte immer einige Zeit.

Anschließend ging sie in die Strumpfabteilung des Kaufhauses Ludwig Beck, da ihr Vorrat an Seidenstrümpfen bedenklich geschrumpft war. Sie kaufte fünf Packungen der gleichen Marke und Farbe.

Sie sah auf ihre Uhr und war zufrieden, dass erst eine halbe Stunde vergangen war. „Dann kann ich mir im Café Richarts noch ein großes Stück Tiramisu gönnen." Süßigkeiten und Kuchen waren ihre

Leidenschaft, der sie zwar nicht immer nachgab, aber hie und da gönnte sie sich etwas Besonderes. Es war nicht notwendig, dass sie ein umfangreiches Mittagessen zu sich nahm, denn heute war Mittwoch. An diesem Tag kam ihr Sohn Manuel meistens abends zum Essen. Herbert hatte ihr am Morgen mitgeteilt, dass er diesmal Heringssalat und Bratkartoffeln machen würde.

Frau Vogt freute sich, als sie im Café einen freien Platz am Fenster sah. Gleichzeitig fand sie es schade, dass es noch nicht so warm war, um draußen zu sitzen.

„In ein paar Tagen kann es schon so weit sein", dachte sie und freute sich auf den Frühling. Sie orderte ein Glas Tee und den Kuchen und genoss die Pause.

Als sie wieder in die Kanzlei kam, war sie gespannt, ob Frau Bärenreuther bereits mit ihrer Tochter gesprochen hatte. Gleichzeitig fiel ihr ein, dass sie den Namen von Samanta Reiz noch nicht bei Google eingegeben hatte. „Das werde ich als Erstes machen", nahm sie sich vor und setzte sich an ihren Laptop.

Als sie den Namen eingab, erschien ein Hinweis, dass diese Frau auf Facebook zu finden war. Als sie weiterklickte, bekam sie ein Bild einer jungen Frau zu sehen. Sollte sich ihr Mann tatsächlich in eine so junge Frau verliebt haben? Dann wäre wohl das passiert, was schon unzählige Mal in der Geschichte vorgekommen war. Zu ihrem eigenen Erstaunen merkte sie, dass sie nicht nervös wurde. „Noch ist nicht aller Tage Abend", dachte sie. „Ich will erst mal sehen, was diese Samanta zu bieten hat. Bei mir sind es mehr als dreißig Jahre Ehe und ein gemeinsamer Sohn. Vielleicht hat die andere das knackigere

Hinterteil. Aber das ist es nicht allein, was zählt."

Frau Vogt wurde ungeduldig und wäre am liebsten zu Frau Bärenreuther ins Zimmer gegangen, aber sie konnte hören, dass die Rechtsanwältin ein Telefonat führte.

„Ich werde warten, bis sie Zeit hat, und hoffe, dass sie mich nicht vergessen hat."

Ihr Wunsch wurde bald erfüllt. Kerstin öffnete die Tür und kam zu ihrem Schreibtisch.

„Es tut mir leid, Frau Vogt. Ich habe gerade mit meiner Tochter telefoniert, aber sie hat mir gesagt, dass man bei Facebook seine E-Mail-Adresse und ein Passwort eingeben muss. Das Passwort will sie mir nicht geben, weil ich ansonsten jederzeit auf ihrem Account nachsehen könnte, und das möchte sie nicht. Das kann ich verstehen. Um was geht es denn bei Ihnen?"

„Ja, das ist so eine Sache", sagte Frau Vogt. In diesem Moment wurde die Tür des zweiten Anwaltszimmers geöffnet.

„Helen, hast du einen Facebook-Account?", fragte Kerstin.

„Damit sich alle meine privaten Fotos ansehen? Nein, das habe ich immer vermieden. Warum fragst du? Du hast doch auch keinen."

„Stimmt, aber es ist schon einige Zeit her, dass wir darüber gesprochen haben. Frau Vogt und ich sind detektivisch tätig und möchten über eine bestimmte Person bei Facebook etwas erfahren."

„Über wen denn?", fragte Helen. „Sind Sie auf Partnersuche, Frau Vogt?"

„Nein, das nicht, aber mein Mann."

„Du meine Güte", sagte Kerstin, „seit wann das denn?"

Frau Vogt überlegte, was sie antworten sollte. Eigentlich hatte sie sich vorgenommen, nichts von ihrer privaten Situation zu verraten. Es war ihr peinlich und sie wusste nur wenig Konkretes. Nachdem ihr die Bemerkung über ihren Ehemann herausgerutscht war, war sie aber auch ein wenig erleichtert. Ihr Geheimnis hatte sie in den letzten Tagen bedrückt. Vielleicht war es hilfreich, es mit den beiden Frauen zu teilen. Berichte über Fremdgehen eines Ehe- oder Lebenspartners gehörten zu deren Berufsalltag.

Daher antwortete sie: „Ich bin durch Zufall darauf gekommen, dass sich mein Mann mit einer Frau trifft. Sie heißt Samanta Reiz. Ich habe diesen Namen gegoogelt und bin vorhin auf folgendes Bild gestoßen."

Die Rechtsanwältinnen stellten sich neben Frau Vogt und warteten, bis sie das Bild erneut aufgerufen hatte. Sie starrten alle drei einige Sekunden auf das Porträtfoto der Frau mit den kurzen dunklen Haaren, den blauen Augen und drei gepiercten Ringen am linken Ohr.

„Wie alt schätzen Sie sie?", fragte Frau Vogt.

„Auf diesem Foto sieht sie aus wie Mitte 30. Aber viele Leute stellen ein Foto von sich ein, das bereits vor 10 Jahren gemacht wurde."

„Auch dann wäre sie immerhin erst 45, und ich werde demnächst 57", sagte Frau Vogt, „der immerwährende Klassiker: Ehemann sucht sich eine jüngere Geliebte."

„Sind Sie denn sicher, dass sie seine Geliebte ist?"

„Ja", sagte Frau Vogt, „es ist mir unangenehm, das zu sagen, aber ich habe durch Zufall ein Telefonat gehört, bei dem er diese Samanta angeschwärmt hat."

„Wann war das?"

„An dem Tag, als mir der Zahnarzt den Zahn gezogen hatte und ich früher nach Hause gekommen bin."

„Ach", meinte Helen, „das auch noch!"

„Ich finde", sagte Kerstin, „das ist eine Situation, die wir besprechen sollten."

„Denke ich auch", stimmte Helen zu. „Hier ist Solidarität gefragt. Ich mache uns einen Espresso. Oder möchte jemand lieber einen Cappuccino?"

„Nein, Espresso wäre gut", sagte Frau Vogt.

„Bring bitte noch ein paar Süßigkeiten mit", bat Kerstin.

„Die Anzahl der weißen Trüffel hat sich in letzter Zeit stark vermindert", erklärte Helen, „ich werde sehen, was ich tun kann."

Frau Vogt nahm ein Glas Wasser mit zu dem Besprechungstisch, der in Kerstins Zimmer stand.

„Aber jemand muss das Telefon bedienen."

„Wir lassen die Tür offen, dann hören wir es."

Frau Vogt nahm auf dem Stuhl Platz, auf dem schon viele Mandanten gesessen hatten.

„Komisch", dachte sie, „jetzt arbeite ich schon viele Jahre in der Kanzlei, aber hier habe ich noch nie gesessen. Ich hätte nicht gedacht, dass ich einmal ein Eheproblem haben würde."

Helen hatte sich beeilt und kam mit drei Espresso-Tassen und zwei weißen Trüffeln an, die sie dekorativ auf einem Teller mit Serviette angerichtet hatte.

„Das ist alles, was wir noch haben. Kerstin, du bist in diesen Sachen einfach immer schneller als ich."

„Tut mir leid, ich habe jeden Tag ein bis zwei gegessen, da ist eine Tüte schnell leer."

„Ich habe doch noch die Brüsseler Pralinen von Herrn Bosch, die machen wir jetzt auf." Frau Vogt stand eilig auf, holte die Pralinenschachtel und stellte sie geöffnet auf den Tisch.

Nachdem die drei Frauen ihren Espresso genossen und sich Pralinen genommen hatten, unterbrach Helen das Schweigen: „Frau Vogt, jetzt können Sie loslegen."

„Es gibt nicht viel zu erzählen", sagte Frau Vogt, und berichtete.

„Haben Sie sich schon überlegt, wie Sie vorgehen möchten?", fragte Kerstin.

„Ja. Zunächst war ich einfach nur geschockt, aber dann habe ich mir gedacht, nach dreißig Jahren Ehe muss man nicht gleich die Flinte ins Korn werfen. Ich habe mir überlegt, dass ich mich erst einmal über diese Frau informieren werde. Dann möchte ich ein paar handfeste Indizien sammeln, dass wirklich etwas zwischen den beiden läuft, sodass mein Mann die Sache nicht einfach abstreiten kann."

„Was ist Ihr Ziel?", fragte Helen.

Frau Vogt dachte einen Moment nach.

„Ich hätte Herbert gerne zurück und denke, dass wir unsere Ehe neu organisieren müssen. Nachdem unser Sohn ausgezogen ist und mein Mann in Rente ging, ist das Gefüge, das wir vorher hatten, irgendwie auseinandergefallen. Ich glaube, Herbert hat sich in den ersten freien Wochen erst einmal erholt, aber dann wurde es ihm wohl langweilig. Er geht zwar oft in seine Sportkneipe und hat auch teilweise Spaß am Haushalt, aber vermutlich hat ihm jemand gefehlt, der das Leben tagsüber mit ihm teilt. Ich bin nach der Arbeit froh, wenn ich meine Ruhe habe. So haben wir die meiste Zeit nebeneinander her gelebt und eigentlich nur den Urlaub gemeinsam verbracht. Ich kann mir schon vorstellen, dass er sich gut damit fühlt, etwas mit einer jüngeren Frau zu erleben."

Frau Vogt sah mitgenommen und traurig aus.

Kerstin wollte sie trösten und sagte: „Es gibt Untersuchungen darüber, dass die Menschen beim Fremdgehen eher Ansprache als Sex suchen. Sie wollen wieder von jemandem gesehen und wertgeschätzt werden."

„Ja, in diese Richtung habe ich auch gedacht", sagte Frau Vogt. „Es ist nicht so, dass wir aneinander gar kein Interesse mehr hatten, wenn Sie verstehen, was ich damit andeuten will. Aber wir haben uns wohl nicht mehr richtig wahrgenommen. Ich habe das gar nicht so vermisst. Mir gefällt meine Arbeit und ich habe das eine oder andere in meinem Leben, das mich begeistert. Mein Mann war ein wenig außen vor, das muss ich zugeben."

„Sie zeigen mehr Einsichtsvermögen als unsere Mandanten. Aus deren Sicht hat meist nur der andere Partner Schuld", meinte Helen.

„Da sind die Konflikte auch schon weiter eskaliert", ergänzte Kerstin. „Bei Ihnen, Frau Vogt, sehe ich eine gute Chance, dass alles wieder ins Lot kommt. Die Sache scheint mir erst am Anfang zu sein."

„Das hoffe ich."

„Ich finde gut", sagte Helen, „wie Sie die Sache angehen, und würde Sie gerne weiter unterstützen."

„Ich auch!", fiel Kerstin ein. „Lasst uns überlegen, was wir gemeinsam machen könnten."

„Ein Triumphirat, das gegen Samanta Reiz zu Felde zieht", rief Helen.

„Die junge Frau muss etwas einsam sein, wenn sie sich mit einem wesentlich älteren Mann einlässt. Ich hätte gerne ein paar Informationen über sie", sagte Frau Vogt.

„Ich könnte heute Abend meine Tochter fragen, ob sie sich bei Facebook anmeldet und dann rufe ich den Namen auf", schlug Kerstin vor.

„Ich möchte nicht, dass Sie Ihre Tochter mit hineinziehen. Dann müssen Sie ihr erklären, worum es geht, und ich glaube, es ist nicht gut, wenn Ihre Lisa in jungen Jahren mit diesen Sachen konfrontiert wird."

„Immerhin ist ihre Mutter Scheidungsanwältin."

„Trotzdem. Lisa weiß, wer ich bin, und stellt Ihnen vielleicht weitere Fragen. Das wäre mir nicht recht."

„Wen kennen wir sonst, der einen Facebook-Account hat?", warf Kerstin ein.

„Mein Sohn hat einen", sagte Frau Vogt, „dass ich daran nicht gedacht habe!"

„Wollen Sie ihn in die Sache einweihen?"

„Ich kann ihn doch einfach fragen, ob er für mich nachsieht."

„Und was für einen Grund würden Sie angeben?"

Die Frauen dachten nach. Schließlich sagte Helen: „Frau Vogt könnte erklären, dass die junge Frau etwas mit unserer Arbeit in der Kanzlei zu tun hat und wir prüfen möchten, wie sie in den sozialen Netzwerken unterwegs sei. Da aber die Kanzlei Binz & Bärenreuther so altmodisch ist und keine der Anwältinnen einen Account hat, hätten wir Frau Vogt gebeten, die Recherche für uns zu übernehmen."

„Die Idee gefällt mir", sagte Frau Vogt.

„Mir auch", bestätigte Kerstin.

„Passt auch gut. Mein Sohn kommt heute Abend zu uns."

„Haben Sie dann eine Möglichkeit, unbemerkt mit ihm zu sprechen?"

„Das wird sich einrichten lassen", antwortete Frau

Vogt. „Ich danke Ihnen für die Zeit, die Sie sich für mich genommen haben."

„Gerne", sagte Helen.

In diesem Moment klingelte es und Frau Vogt eilte zur Tür, um eine Lieferung mit Büromaterial entgegenzunehmen.

„Was denkst du über diese Sache?", fragte Kerstin.

„Ich finde, Frau Vogt hält sich tapfer. Aber jetzt mache ich mich an die Arbeit." Helen stand auf und verließ das Zimmer. Kerstin konnte es sich nicht verkneifen, ihr noch hinterherzurufen: „Und dann hast du ja noch etwas vor ..."

14. Kapitel

Kurz bevor Helen am Abend die Kanzlei verlassen wollte, bekam sie den Anruf einer früheren Mandantin, die beklagte, dass ihr geschiedener Ehemann keinerlei Kontakt zu den Kindern hielt. Helen empfahl ihr, sich zunächst an eine Beratungsstelle zu wenden, die ein Gespräch mit beiden Eltern führen sollte. Sie bot aber an, umgehend tätig zu werden, falls der Vater das Gesprächsangebot verweigern würde.

Anschließend beeilte sie sich, zur Fortbildung zu kommen, und war nicht erstaunt, dass sie nur noch in der letzten Reihe Platz fand. Sie fügte sich in ihr Schicksal und versuchte, den Ausführungen des Referenten zu verschiedenen Fallkonstellationen, Beschlüssen und Urteilen der Oberlandesgerichte und des Bundesgerichtshofs zu folgen.

Einer dieser Fälle war nahezu deckungsgleich mit einer Konstellation, die sie im Scheidungsfall Krämer hatte. Helen markierte sich dieses Urteil im Skript und notierte sich einige Anmerkungen, die der Referent dazu machte. Nach eineinhalb Stunden wurde sie langsam müde und sah auf die Uhr. „Die restliche Zeit", dachte sie, „werde ich auch noch überstehen." Sie kramte in ihrer Tasche nach einem Bonbon, da sie allmählich hungrig wurde. Die letzte halbe Stunde zog sich in die Länge. Der Referent wurde immer wieder von eifrigen Kollegen und Kolleginnen unterbrochen, die Fragen an ihn stellten, die Helen uninteressant fand. Schließlich entschied sie sich dafür, fünf Minuten vor dem offiziellen Ende zu gehen. Sie wollte sich noch etwas frisch machen. Im Waschraum trug sie Lippenstift auf und betrachtete sich nachdenklich im Spiegel. „Was mache ich da eigentlich?", dachte sie, „nach einem langen Arbeitstag bin ich müde. Ich könnte nach Hause gehen, mir ein Abendessen machen, gemütlich die Füße hochlegen und mich von irgendwas berieseln lassen. Stattdessen treffe ich mich jetzt mit einem Mann, der Ehefrau und zwei Kinder hat, nur weil ich Spaß hatte, als wir einmal essen waren."

Als sie am Sitzungssaal vorbeiging, hörte sie, dass der Referent immer noch sprach. Sie sah auf die Uhr. Es war Punkt acht. Herr Bosch konnte sich nicht beschweren, dass sie zu spät kam.

Als sie aus der Tür trat, sah sie ihn, wie er unter einem schwarzen Regenschirm im Licht einer Laterne stand. „Jetzt regnet es auch noch", dachte Kerstin, „und ich habe keinen Schirm dabei." Herr Bosch trat auf sie zu, hielt den Schirm über sie und sagte: „Wunderbar, dass Sie so pünktlich sind, Frau Binz. Hier draußen ist es richtig ungemütlich."
„Sie hätten doch ins Foyer der Rechtsanwaltskammer kommen können."
„Ich habe mich nicht hineingetraut. Wer weiß, was so eine Kammer mit einem macht, wenn man unbefugt in sie eindringt."
„Herr Bosch, schlimmstenfalls hätten Sie ein Skript in die Hand gedrückt bekommen und sich zu

hundertfünfzig Anwälten in den Schulungssaal setzen müssen, um sich deutsche Rechtsprechung anzuhören."

„Da wäre ich dann vermutlich auf den Gegenanwalt getroffen, der meine Frau vertritt."

„Das hätte passieren können."

„Lassen Sie uns schnell ins Warme gehen. Mein Vorschlag ist, dass wir Richtung Sendlinger Straße gehen. Dort habe ich in einem Seitenweg ein kleines italienisches Lokal herausgesucht, bei dem ich noch nicht war, aber von dem ich hoffe, dass es gut ist."

„Einverstanden", meinte Helen. „Ich bin richtig hungrig."

„Eine gute Voraussetzung dafür, dass es Ihnen dann auch schmeckt."

Herr Bosch umfasste Helen an der Schulter und drückte sie ein wenig in seine Richtung. Helen ließ es geschehen, denn es schien ihr die einzige Möglichkeit zu sein, dass sie beide unter den Schirm passten, ohne nass zu werden. Sie war froh, als sie in das warme und hell erleuchtete Restaurant traten und von einem zuvorkommenden Ober an den reservierten Tisch begleitet wurden. Er nahm ihre Mäntel ab und als sie sich setzten, zündete er die Kerze auf dem Tisch an. Helen und Herr Bosch einigten sich schnell auf ein Mineralwasser und einen halben Liter Weißwein. Anschließend studierten sie die Speisekarte. Helen entschied sich für einen kleinen Salat und eine Pasta mit Lachs und Herr Bosch für ein Risotto mit Steinpilzen und als Vorspeise ebenfalls Salat.

„Essen Sie eigentlich immer Risotto, wenn wir zusammen sind?", fragte Helen.

„Sie haben Recht, das ist mir gar nicht aufgefallen. Wahrscheinlich, weil wir gestern so ein schönes gemeinsames Mittagessen hatten."

Der Ober brachte die Getränke, schenkte ein und Herr Bosch erhob das Glas.

„Auf einen schönen Abend."

Helen prostete ihm zu.

„War Ihre Fortbildung interessant?"

„Ja, größtenteils. Aber auch ziemlich lang. Lassen Sie uns über etwas anderes reden. Jetzt ist bei mir endgültig Feierabend. Ich wollte Sie fragen, wie es Ihnen geht."

„Hätten Sie mich das vorgestern gefragt, hätte ich Ihnen etwas vorgejammert. Aber seitdem wir zusammen waren, Frau Binz, habe ich das Gefühl, dass in meinem Leben die Sonne aufgeht. Plötzlich kann ich mir vorstellen, dass es in meinem Leben wieder Freude gibt."

Er strahlte Helen an und ihr wurde warm ums Herz.

„Und daran bin ich schuld?"

Herr Bosch nahm ihre Hand.

„Ein eindeutiges *Ja*, Frau Binz. Darf ich Helen zu Ihnen sagen? Ich heiße Rainer."

Helen lächelte.

„Dann haben wir einen Grund, gleich wieder anzustoßen", sagte sie.

Der Ober brachte die Salate. „Guter Zeitpunkt", dachte sich Helen. „Ich weiß gar nicht, was ich sagen soll. Bei mir kribbelt es im Bauch. Meine Knie werden weich. Irgendwie ist mir zu warm und mir geht das Herz auf. Soll ich es ihm sagen? Nein, er merkt es wahrscheinlich auch so." Also begann sie ihren Salat zu essen.

Helen und Rainer aßen schweigend und blickten sich zwischendurch immer wieder lächelnd an.

„Schön", dachte sich Helen, „wenn man nicht immer reden muss."

„Es schmeckt sehr gut", ließ sie verlauten.

Rainer nickte. „Finde ich auch."

Als sie beide nahezu gleichzeitig aufgegessen hatten, sagte Helen: „Sie waren aber auch hungrig."

„Du", sagte Rainer, „bitte du."

„Natürlich, ich muss mich erst noch umstellen."

„Ich gebe dir dafür fünf Minuten. Danach muss die Umstellung vollendet sein."

„Das kann ich nicht garantieren. Den ganzen Tag rede ich die Leute mit ‚Sie' an, außer meine Kollegin Kerstin. Da kommt man mit dem ‚Du' etwas aus der Übung."

„Und privat?", meinte Rainer. „Du wirst doch auch ein Privatleben haben?"

„Natürlich, aber da kommen gar nicht so viele Leute drin vor. Ich lebe seit Jahren allein, aber nicht mehr lange", sagte sie.

Rainer sah sie alarmiert an.

Der Kellner servierte die Hauptspeisen und Helen beeilte sich zu sagen: „Meine Nichte Sarah kommt übermorgen aus New York und wird dann zunächst bei mir wohnen. Dann habe ich im Alltag wieder mehr Du-Kontakt. Das könnte helfen."

„Sehr gut", meinte Rainer. „Wie alt ist deine Nichte?"

„Sie ist 24, die Tochter meiner 10 Jahre älteren Schwester. Ich habe immer gerne etwas mit den drei Kindern meiner Schwester unternommen. Früher sind wir gemeinsam Bergsteigen und Skifahren gegangen. Zu Sarah war der Kontakt immer besonders eng. Sie hat die letzten drei Jahre in New York gelebt und als Journalistin der New York Times zugearbeitet, aber feststellen müssen, dass das Leben in New York teuer ist. Sie hatte die ganze Zeit ein winziges Zimmer in einer WG in Manhattan, das sie über die Hälfte ihres nicht allzu üppigen Einkommens gekostet hat, und konnte sich weder Auto noch Urlaub leisten. Schließlich hat sie sich entschieden, wieder zurückzukommen. Sie ist froh, dass sie bei mir wohnen kann, und ich habe abends und an den Wochenenden wieder mehr Gesellschaft."

„Klingt gut, so, als ob alles zusammenpasst."

„Ja. Ich schlage vor, dass wir essen, bevor es kalt wird. Dann aber würde ich gerne wissen, wie dein Leben zurzeit aussieht?"

Beide aßen schweigend. Als sie fertig waren, sah Rainer sie an: „Zu deiner Frage, wie mein Leben zurzeit aussieht: strahlend. Einfach strahlend."

Er nahm ihre beiden Hände und sah ihr in die Augen.

„Alles, was mich geärgert und deprimiert hat, erscheint mir im Moment bedeutungslos, außer vielleicht, dass ich meine Kinder nicht täglich sehe. Daran muss ich mich noch gewöhnen. Aber auch das wird zu machen sein. Ich habe das Gefühl, dass ich die Zeit, wenn sie bei mir sind, jetzt viel besser ausfüllen werde, da ich wieder Energie habe. Ich habe mich vor einem halben Jahr entschlossen, mich von meiner Frau zu trennen. Elvira ist eine schöne, aber sehr verwöhnte Frau. Sie war nach der Geburt der Zwillinge überfordert. Sie neigt zu Migräneanfällen und obwohl wir ein Kindermädchen eingestellt haben, habe ich sie meist leidend angetroffen. Seitdem die Zwillinge drei Jahre alt sind, geht es ihr besser, aber sie hat sich ausschließlich auf die Kinder konzentriert. Es war das Einzige, was uns noch verbunden hat. Meine Frau hat das Interesse an mir verloren. Sie ist der Meinung, dass, sobald Kinder im Haus sind, sich das Verhältnis vollkommen wandelt. Anscheinend haben auch ihre Eltern dieses Modell gelebt. Ihr Vater hatte dann wohl diverse Geliebte, über die man zu Hause nicht gesprochen hat, aber dieses Modell kann ich nicht leben. Wir haben auch einen Paartherapeuten aufgesucht. Elvira hat ihm erklärt, dass ihr Modell das richtige sei. Der Paartherapeut hat sie zu meinem großen Erstaunen darin bestätigt. Er hat zu ihr gesagt: ‚Wenn Sie das so empfinden, Frau Bosch, wird es wohl das Richtige für Sie sein.‘ Mein Argument, dass man auch als Frau und Mann zusammenlebt, hat er als eines der möglichen Modelle bezeichnet und darauf hingewiesen, dass es mir natürlich freisteht, ebenfalls zu entscheiden, welches Modell ich leben möchte. Ich habe anschließend noch zwei weitere Jahre durchgehalten, weil ich den Alltag mit meinen Kindern leben wollte. Aber schließlich hat mich alles so deprimiert und gleichzeitig wütend gemacht, dass mir klar wurde, ich muss da weg. Ich bin ausgezogen und lebe in einem kleinen möblierten Apartment, nicht weit von hier, und gehe, wenn ich die Kinder betreue, immer zu ihnen nach Hause. Elvira hat damit zum Glück kein Problem. Sie geht dann immer Bridgespielen. Seit dem Auszug fühle ich mich besser. Ich habe wieder begonnen, Sport zu machen, bin ins Kino oder habe mich mit Freunden getroffen, die ich noch vom Studium her kenne. Aber von den Kindern wegzuziehen, ihre Frage zu hören: ‚Wann kommst du wieder, Papa?‘, fällt mir immer noch schwer. Es tut mir leid, Helen, jetzt habe ich lange nur von mir gesprochen.“

„Das muss dir nicht leidtun. Ich hatte dich gefragt und es interessiert mich. Es ist schwierig mit den Trennungen“, sagte Helen. „Ich beobachte das von

Berufs wegen seit Langem. Man gewinnt etwas, und man verliert etwas. Wenn der Gewinn überwiegt, ist es der richtige Schritt."

„Das ist bei mir der Fall", sagte Rainer. „Ich kann nicht nur der Kinder wegen ein Leben haben, das ich so nicht führen möchte. Außerdem habe ich festgestellt, dass mir die Lebenskraft verloren ging. Und von einem depressiven Vater haben die Kinder auch nichts."

Helen merkte, dass sie müde wurde.

„Rainer", sagte sie und nahm diesmal seine Hand, „bist du mir böse, wenn wir bald gehen? Ich merke, dass ich müde werde."

„Natürlich, ich habe nicht daran gedacht, dass du seit Mittag vermutlich keine Pause mehr hattest. Ich glaube, es regnet immer noch. Darf ich dich nach Hause begleiten?"

„Ich glaube, das macht keinen Sinn, wenn du hier in der Nähe wohnst. Ich fahre mit dem Auto nach Schwabing. Aber wenn du möchtest, kannst du mich zu meinem Auto bringen."

„Nichts lieber als das", sagte Rainer. „Du wirst sehen, an der frischen Luft wirst du noch einmal wach."

Rainer winkte den Ober heran, bestellte die Rechnung und zahlte.

Helen bedankte sich für die Einladung und Rainer meinte: „Nein, ganz im Ernst, ich habe zu danken, dass du dir die Zeit genommen hast, obwohl du heute einen vollen Tag hattest."

Helen freute sich jetzt, dass es nach wie vor regnete, sodass Rainer ihr wieder den Arm um die Schulter legte und sie dicht neben ihm ging. Die Straßen waren verlassen und das Licht spiegelte sich auf dem nassen Pflaster.

„Manchmal kann ein Regen richtig romantisch sein", bemerkte Helen.

„Besonders, wenn man nur einen Schirm hat."

Als sie bei ihrem Auto angelangt waren, wusste Helen, dass Rainer sie küssen würde. Seine Berührungen fühlten sich selbstverständlich und vertraut an.

„Seltsam", dachte sie, „als ob wir uns schon länger kennen würden."

Rainer sah ihr in die Augen.

„Du weißt, dass ich die nächsten Tage abends keine Zeit habe, aber ich melde mich sobald wie möglich bei dir."

„Das wäre schön", sagte Helen, stieg in ihr Auto, winkte noch einmal und fuhr davon.

15. Kapitel

Frau Vogt hatte frühzeitig die Kanzlei verlassen, um pünktlich nach Hause zu kommen. Sie wollte noch eine kleine Pause machen, bevor Manuel zum Abendessen kam.

Herbert stand bereits mit umgebundener Schürze in der Küche.

„Der Heringssalat ist fertig", sagte er, „aber die Kartoffeln brauchen noch zehn Minuten. Kannst du den Tisch decken?"

„Mache ich, aber erst möchte ich mich umziehen", antwortete Frau Vogt.

Als ihr Sohn eine halbe Stunde später eintraf, war alles vorbereitet.

„Wir können uns gleich zu Tisch setzen", sagte Herbert.

„Gerne", meinte Manuel, „ich habe einen Riesenhunger. Heute Mittag habe ich nur ein kleines Stück Pizza gegessen und möglichst viel Platz gelassen für deinen Heringssalat."

„Ich hoffe, er ist mir wieder gut gelungen. Wir hatten nicht mehr so viel saure Gurken."

Sie begannen zu essen.

„Schmeckt richtig gut", sagte Manuel, und Frau Vogt nickte zustimmend.

Sie fand, dass tatsächlich zu wenig Gurken im Salat waren und der Geschmack daher nicht ausgewogen war, aber sie wollte sich nicht beschweren. Es war eine große Entlastung für sie, dass ihr Mann jetzt häufig das Kochen übernahm. Früher war sie meist nach Hause gehetzt und hatte versucht, schnell das Abendessen für die Familie zu zaubern. Manchmal war sie so erschöpft gewesen, dass ihr das Essen nicht mehr richtig geschmeckt hatte.

Schließlich fragte Frau Vogt: „Manuel, wie geht's dir bei der Arbeit?"

„Ganz gut, aber manchmal langweilt es mich. Es ist immer wieder das Gleiche. Wir haben neue Vorgaben von oben bekommen, und ich finde, wir verkaufen den Leuten zu viele Verträge, die sie eigentlich nicht brauchen. Ich hab mir schon überlegt, ob ich den Job bei der Bank aufgebe und etwas anderes mache."

Frau Vogt sah ihren Mann alarmiert an. Sie waren froh gewesen, als Manuel die Anstellung bei der Bank bekommen hatte. Seine Schulnoten waren nicht immer die besten gewesen, aber er war geschickt im Umgang mit Menschen. Sie hatten gehofft, dass er bei der Bank zumindest eine bescheidene Karriere machen würde, mit der er zufrieden wäre.

„Das musst du dir genau überlegen", meinte Herr Vogt. „Immerhin hast du eine sichere Anstellung."

„Ja, aber es begeistert mich nicht. Wenn ich da noch vierzig Jahre arbeiten soll und keine Freude daran habe, macht das auch keinen Sinn."

„Was würdest du denn gerne machen?", fragte Frau Vogt.

„Irgendwas mit Computern. Vielleicht Programmieren oder so."

„Du kannst dich ja mal erkundigen. Aber ich würde die Stelle auf keinen Fall aufgeben. Vielleicht kannst du auch mit deinem Vorgesetzten sprechen, was es für Aufstiegsmöglichkeiten gibt. Das könnte dich motivieren."

„Da würde nicht viel dabei herauskommen. Die sagen uns, dass wir froh sein können, wenn unsere Arbeitsplätze noch gehalten werden. Die Kunden benutzen immer mehr Online-Banking, und es gibt immer mehr Direktbanken, die guten Gewinn machen, weil ein Großteil der Personalkosten wegfällt."

„Vielleicht gäbe es eine Stelle, die mit Online-Banking zu tun hat. Wenn du dich mit Programmieren und den Banksachen auskennst, passt da vielleicht etwas zusammen."

„Das habe ich mir auch schon überlegt", sagte Manuel, „aber können wir jetzt aufhören, über die Arbeit zu reden? Es ist Feierabend."

„Ja", meinte Frau Vogt, „natürlich. Ich wollte dich bitten, dass du mir etwas am Laptop zeigst."

„Damit kennst du dich doch aus", entgegnete Manuel. „Bei den Textverarbeitungsprogrammen, aber nicht beim Internet im Allgemeinen."

„Was möchtest du denn wissen?", fragte Herr Vogt.

„Etwas zu den sozialen Netzwerken", antwortete Frau Vogt, und überlegte einen Moment, ob sie damit zu weit gegangen war. Ihr Mann schien keinen Verdacht zu schöpfen.

„Dann setzt euch doch schon mal ins Wohnzimmer", schlug Herr Vogt vor. „Ich mache den Abwasch. Ich hatte einen ruhigen Tag, da ich jetzt nicht mehr zur arbeitenden Bevölkerung gehöre. Aber mir wäre lieber, wenn Manuel dir das mit seinem Smartphone zeigt. Ich habe an meinem Computer gerade einige Sachen laufen und ich möchte nicht, dass ihr mir etwas durcheinanderbringt."

„Ich glaube nicht, dass das passieren würde", meinte Manuel, „aber wenn du meinst, ich habe mein

Smartphone dabei."

Frau Vogt setzte sich mit ihrem Sohn ins Wohnzimmer und sprach automatisch leiser.

„Manuel, ich möchte, dass du auf Facebook nach einer", sie buchstabierte, „S a m a n t a   R e i z suchst."

„Kein Problem", sagte Manuel, „schreibt man diese Samanta mit h nach dem t oder ohne?"

„Das weiß ich nicht, vielleicht kannst du beides ausprobieren."

„Dann fangen wir mal mit ‚h' an", entschied Manuel und meldete sich bei Facebook an. Seine Suche ergab einen Treffer in einem kleinen Ort in der Nähe von Duisburg. Auf dem Foto war eine vollbusige ältere Dame abgebildet, die sich als Katzenliebhaberin outete und Tipps zur Haltung von Siamkatzen gab.

„Das ist sie nicht", meinte Frau Vogt. „Probiere doch mal ohne ‚h'."

Die Suche ergab einen Treffer. Eine hübsche dunkelhaarige Frau mit großen blauen Augen war auf dem Foto zu sehen. Frau Vogt erkannte sie wieder. Weiter waren Fotos von Freizeitaktivitäten zu sehen, Samanta im Bikini an der Isar, Samanta mit Dirndl im Biergarten und vor der Allianz Arena. „Also vermutlich Bayern-Fan, wie mein Mann", dachte Frau Vogt, „das kann schon mal ein Anknüpfungspunkt sein."

„Die Frau kommt mir irgendwie bekannt vor", sagte Manuel, „die habe ich schon mal gesehen."

„Vielleicht bei uns zu Hause?", meinte Frau Vogt vorsichtig.

„Wieso das denn? Nein, ich meine irgendwo auf der Straße oder sonst wo. Ich werde mal Papa fragen."

„Nein, bloß nicht. Das ist etwas, was die Arbeit

betrifft. Frau Bärenreuther hat mich gebeten, nachzusehen, was die Dame auf Facebook so von sich gibt. Es ist jemand, den wir pfänden müssen."

„Wieso musst du denn das machen?"

„Die beiden Anwältinnen sind nicht auf Facebook."

„Wie altmodisch, die sind doch jünger als du."

„Ja, aber sie haben kein Interesse daran, in den sozialen Netzwerken zu erscheinen."

„Na gut, aber sie haben doch Kinder, die sich da auskennen."

„Frau Bärenreuther wollte ihre Tochter da nicht hineinziehen."

„In was hineinziehen?", fragte Herr Vogt, der gerade ins Wohnzimmer kam.

„Ach nichts", winkte Frau Vogt ab. „Vielen Dank, Manuel, das reicht."

„Die paar Fotos werden euch bei einer Pfändung auch nicht weiterhelfen. Soll ich sie mal anschreiben? Sehr geehrte Frau Reiz, bitte teilen Sie uns Ihr Konto mit, damit wir umgehend eine Pfändung vornehmen können."

Frau Vogt erstarrte und sah auf den Boden. „Was mache ich jetzt?", dachte sie. „Herbert weiß nun, dass ich etwas herausgefunden habe." Sie überlegte. „Ich mache gar nichts", entschied sie. „Soll er doch die Sache ansprechen."

Sie lächelte Manuel an. „Ja, das wäre ein guter Brief, aber wir wissen beide, dass das nicht funktionieren würde. Falls dir die Dame in deiner Bank begegnet sein sollte, wäre es natürlich praktisch, wenn wir ihre Kontonummer erfahren könnten."

„Du weißt genau, dass ich an das Bankgeheimnis gebunden bin. So etwas würde ich nie machen."

„War ja nur Spaß."

„Wollen wir uns die Nachrichten ansehen?", fragte Herr Vogt.

„Die interessieren mich eigentlich nicht", sagte Manuel, „aber ich setze mich zu euch, bis ich mein Bier ausgetrunken habe, dann mache ich mich auf den Heimweg."

Herr Vogt schaltete den Fernseher ein und Frau Vogt war froh, dass sie auf den Nachrichtensprecher sehen konnte. Sie warf einen Blick auf ihren Mann. Er konzentrierte sich ebenfalls auf die Nachrichten.

Als die Wettervorhersage begann, hatte sie sich eine Taktik zurechtgelegt. Sie würde das Thema „Reiz" vorerst nicht thematisieren und hoffte, dass Herbert sich jetzt nicht mehr so sicher fühlte.

Nach den Nachrichten stand Manuel auf und brachte das leere Glas in die Küche. Nachdem er sich von seinem Vater verabschiedet und ihm für das gute Essen gedankt hatte, begleitete seine Mutter ihn in den Flur. Gerade als er die Mütze aufsetzen wollte, hielt er plötzlich inne: „Jetzt weiß ich auch, woher ich diese Frau Reiz kenne. Die arbeitet in dem Schnellimbiss, bei dem ich heute Mittag die Pizza gekauft habe. Der Imbiss im Untergeschoß der U-Bahn-Station Münchener Freiheit. Vielleicht könnt ihr dort über ihren Arbeitgeber herausbekommen, was sie verdient und ob es Sinn macht zu pfänden."

Frau Vogt umarmte ihren Sohn.

„Du bist ein Schatz! Vielleicht solltest du Detektiv werden."

„Keine schlechte Idee, das wäre nicht so langweilig, wie unseren Kunden Lebensversicherungen mit schlechter Rendite zu verkaufen."

„Die Kanzlei Binz & Bärenreuther würde dich sicher gerne beauftragen." Sie gab ihm einen Kuss auf die

Wange. „Komm gut nach Hause."

„Mach ich", sagte Manuel und schloss die Tür hinter sich.

16. Kapitel

Am nächsten Morgen fuhr Kerstin von zu Hause direkt zum Amtsgericht. Dort hatte sie um neun Uhr dreißig einen Gerichtstermin. Sie war um die halbe Stunde froh gewesen, die sie länger zu Hause bleiben und in der sie die Wäsche aus dem Trockner holen, Teile davon bügeln und wieder in die Schränke legen konnte. Anschließend hatte sie eine Einkaufsliste für das Wochenende erstellt und ihrem Mann eine Notiz geschrieben, dass er die beiden großen Taschen mit zu Julians Fußballtraining nehmen sollte. Sie enthielten die Trikots, die sie nach dem letzten Spiel ihres Sohnes gewaschen hatte und nun zurückgeben sollte. Schließlich hatte sie ihre Aktentasche genommen und war zur S-Bahn gegangen.

Kerstin genoss es, wenn sie außerhalb der Stoßzeiten mit öffentlichen Verkehrsmitteln fahren konnte. Es gab kein Gedränge und sie bekam immer einen Sitzplatz.

Sie hatte sich für kurz vor dem Gerichtstermin mit dem Rechtsanwalt der Gegenseite und dem Ehepaar Herrmann verabredet, um eventuell noch letzte Fragen zu klären. Dank ihres Anwaltsausweises umging sie die Sicherheitsschleuse im Gericht und fuhr mit dem Lift in den sechsten Stock.

In der Aufenthaltszone, in der es mehrere Tische und Stühle gab, traf sie ihren Mandanten und den Rechtsanwalt der Gegenseite, der aufgeregt in sein Smartphone sprach und offensichtlich versuchte, seine Mandantin zu erreichen. Nachdem er aufgelegt hatte, kam er zu ihr und schüttelte Kerstin die Hand.

„Meine Mandantin ist wieder mal zu spät. Das scheint eine Angewohnheit von ihr zu sein."

„Das kann ich bestätigen", meinte Herr Herrmann, „unsere ganze Ehe über ist diese Frau immer zu spät gekommen. Auch auf die Kinder hat sich das übertragen. Wir haben ewig auf den Geburtstermin gewartet."

„Nun, dafür konnte Ihre Ehefrau wohl nichts", nahm Kerstin Frau Herrmann in Schutz.

„Ja, aber ich fand das typisch", beharrte Herr Herrmann.

„Herr Kollege, haben Sie erfahren, ob Ihre Mandantin rechtzeitig zum Termin da sein wird?"

„Ich hoffe es. Ich habe auf der Anzeigentafel vor dem Sitzungssaal gelesen, dass vor uns eine andere Sache verhandelt wird. Falls sich diese noch ein wenig hinzieht, wird Frau Herrmann rechtzeitig eintreffen. Das Gericht hat übrigens nur zwanzig Minuten für unseren Termin anberaumt."

„Wir werden nicht lange brauchen", antwortete Kerstin. Sie wandte sich an Herrn Herrmann, um ihn auf die Verhandlung vorzubereiten.

„Sie werden vom Richter gefragt werden, ob es richtig ist, dass Sie" – sie zog die Akte aus der Tasche und blätterte, bis sie den Scheidungsantrag gefunden hatte – „seit dem 15. Oktober des vorletzten Jahres getrennt leben und ob Sie nach wie vor geschieden werden wollen. Dann wird Sie das Gericht zu Ihren Einkünften befragen, um die Verfahrenswerte festzulegen, nach dem sich die Gerichts- und Anwaltsgebühren berechnen."

Herr Herrmann sah alarmiert aus. „So genau weiß ich

mein Einkommen als Selbstständiger gar nicht."

„Ich schlage vor, Sie nehmen den Betrag, den wir in der Scheidungsvereinbarung angegeben haben. Anschließend wird der Richter noch einmal kurz die Durchführung des Versorgungsausgleichs, also die Teilung der Rentenanwartschaften, erläutern."

Sie wandte sich an den Kollegen: „Das sind wir auch bei unserer letzten Besprechung gemeinsam durchgegangen, da gibt es keine Einwände." Der Kollege nickte.

Kerstin fuhr fort: „Dann wird die Scheidungsvereinbarung, die von allen unterschrieben wurde, vorgelesen. Ich glaube, ich habe Ihnen schon erläutert, dass sie damit die gleiche Wirkung entfaltet, als wenn durch Urteil entschieden worden wäre. Sie, Herr Herrmann, zahlen den Kindesunterhalt und fünf Jahre lang einen nachehelichen Ehegattenunterhalt an Ihre Frau und den Betrag, den wir für den Zugewinn und die Aufteilung des Vermögens berechnet haben."

„Mit mir kann man es ja machen", murrte Herr Herrmann.

„Sie sind der Besserverdienende und haben lange Zeit eine sogenannte Hausfrauenehe geführt, das heißt, Ihre Ehefrau hat sich der Kinderbetreuung gewidmet und Ihnen den Rücken freigehalten, damit Sie beruflich Ihren Weg gehen konnten."

Der Gegenanwalt hatte offensichtlich soeben seine Mandantin entdeckt und lief ihr entgegen. Kerstin setzte sich neben ihren Mandanten.

„Frau Bärenreuther, ich bin wirklich zufrieden mit Ihrer Arbeit, aber Sie müssen verstehen, es fällt mir nicht leicht, dass ich jetzt nur noch ‚Zahlvater' bin. – Na, stimmt nicht ganz, die Kinder kommen jedes zweite Wochenende zu mir. Aber trotzdem: Ich ziehe finanziell den Karren und habe von meiner früheren Familie nur noch wenig."

„Das kann ich nachempfinden", sagte Kerstin, „da sind Sie nicht der Einzige. Das ist häufig das Los der erfolgreichen Männer, wenn es zu einer Scheidung kommt. Aber Sie werden sehen, die Dinge renken sich nach und nach ein. Ihre Kinder werden größer und Ihr Familienleben hätte sich auch so verändert. Wenn Sie wieder eine neue Lebensgefährtin haben, wird Ihr Leben wieder erfreulicher."

„Das hoffe ich. Ich habe da neulich jemanden kennengelernt. Vielleicht kann ich darauf aufbauen. Aber meine Frau weiß noch nichts davon."

„Von mir erfährt sie nichts", meinte Kerstin und stand auf, um Frau Herrmann die Hand zu geben.

In dem Moment kam die Gerichtsschreiberin um die Ecke und rief die Ehesache Herrmann auf. Kerstin nahm ihre Robe aus der Aktentasche und ging mit den anderen in das kleine Gerichtszimmer, das mit einem runden Tisch, der an den Schreibbereich des Richters anschloss, und ein paar Stühlen ausgestattet war. Sie war erleichtert, dass neben dem Richter eine Gerichtsschreiberin saß. Häufig protokollierten Richter ihre Fälle inzwischen selbst. Oft dauerte die Sitzung dann länger, weil sie mit Diktat und Überlegungen beschäftigt waren und manchmal etwas durcheinander kamen.

Der Richter stellte zunächst die Anwesenheit der Parteien fest. Dann nahm die Sitzung, wie Kerstin vorhergesagt hatte, ihren Lauf.

Nachdem die Eheleute befragt, alle Zahlen geklärt waren und die Scheidungsvereinbarung verlesen worden war, erklärte der Richter, nun stehe der Verkündung des Scheidungsbeschlusses nichts mehr im Wege. Die Gerichtsschreiberin stand auf, um das Schild an der Tür, das die Aufschrift ‚nichtöffentliche Sitzung‘ trug, zu entfernen. Kerstin erklärte ihrem Mandanten, dass es ein rechtsstaatlicher Grundsatz sei, dass alle Urteile und Beschlüsse öffentlich verkündet würden. Auch wenn keine Zuschauer da seien, ergäbe sich dadurch die Möglichkeit, dass die Öffentlichkeit der Verkündung beiwohnen könnte. Herr Herrmann schien das alles nicht so richtig mitzubekommen. Die Anwesenden wurden gebeten aufzustehen, und der Richter verkündete den Beschluss, dass die vor zwanzig Jahren an einem 10. Mai geschlossene Ehe der Parteien geschieden werde. Auch die Rentenanwartschaften beider Ehegatten wurden durch Beschluss aufgeteilt.

Der Richter bat die Parteien, sich wieder zu setzen, und fragte die Anwälte, ob auf Rechtsmittel verzichtet würde. Beide Anwälte bejahten dies. Anschließend verkündete der Richter, dass die Parteien um 10 Uhr 37 geschieden worden seien.

„Eigentlich wie bei einer Geburt", dachte Kerstin. „Da wird auch genau die Uhrzeit festgehalten. Aber während dort ein Leben beginnt, ist hier das Leben als Ehemann und Ehefrau nun auch offiziell beendet."

Anschließend erhoben sich alle Beteiligten. Kerstin schlüpfte aus ihrer Robe und verstaute sie neben der Akte wieder in der Tasche. Alle verließen den Sitzungsraum und verabschiedeten sich voneinander.

Im Vorraum fragte sie Herrn Herrmann, ob er noch Fragen an sie habe.

„Eigentlich nicht, obwohl das alles ziemlich schnell ging. Es war gut, dass Sie mich vorbereitet hatten. Ich glaube, meine Frau hat überhaupt nicht richtig mitbekommen, was da geschehen ist."

„Im Grunde werden weitreichende Entscheidungen getroffen, aber für die Richter ist das Routine, deshalb erklären sie meist nicht viel. Zumindest in der Großstadt. Hier gibt es viele Ehescheidungen. Auf dem Land lassen sich die Richter mehr Zeit. Das kann auch unangenehm sein, wenn sie noch einmal nachfragen, ob man jetzt wirklich geschieden werden will, obwohl man zwei kleine Kinder hat. Im Ergebnis wird mit diesen Beschlüssen und der Scheidungsvereinbarung die Grundlage für Ihr weiteres Leben gelegt. Nun steht fest, was jeder behält und inwieweit eine Seite der anderen noch etwas zu geben hat. Damit ist die Trennung für Sie als Mann und Frau endgültig vollzogen. Natürlich bleiben Sie nach wie vor Eltern für Ihre beiden Kinder, da können Sie sich nicht trennen. Auch wenn eine Scheidung traurige Aspekte hat, so ist für Sie nun der Weg frei für eine neue Beziehung."

„Mit einigen Altlasten."

„Ja, aber diese Altlasten sind sehr sympathisch", erwiderte Kerstin, „ich habe Ihre Kinder kurz kennengelernt."

„Ja, das kann man sagen." Herr Herrmann lächelte stolz. „Unsere Marita hatte schon wieder das beste Zwischenzeugnis in ihrer Klasse."

„Das ist ja auch ein Indiz dafür, dass Sie es mit Ihrer Scheidung gut hinbekommen haben. Viele Kinder werden in der Schule schlechter, wenn ihre Eltern sich trennen."

„Das ist zum Glück nicht passiert und wohl der Verdienst meiner Ehefrau."

„Aber Sie liefern die wirtschaftliche Grundlage dafür, dass Ihre Frau sich finanziell sicher fühlen kann und ausreichend Energie hat, die Kinder zu unterstützen."

Inzwischen waren sie beim Lift angekommen und fuhren gemeinsam ins Erdgeschoß. Vor dem Gericht gaben sie sich die Hand und verabschiedeten sich. Kerstin machte sich auf den Weg zur Kanzlei. Sie durchquerte die Fußgängerzone und bekam dabei langsam den Kopf frei. Es dauerte immer einige Zeit, bis sie einen Fall loslassen konnte. Bei dieser Sache hatte sie das Gefühl, dass sie alles richtig gemacht hatte und die Parteien zu guten Lösungen gekommen waren. Kerstin überlegte, was heute sonst noch zu tun war. Dabei fiel ihr ein, dass Helen gestern Abend ihr erstes Date mit Herrn Bosch gehabt hatte und Frau Vogt vielleicht mit ihren Recherchen weitergekommen war. „Ich bin gespannt, was die beiden zu erzählen haben", dachte sie, während sie die Treppe zur Kanzlei hochstieg.

17. Kapitel

Helen war zwar später wie sonst, dafür aber beschwingt ins Büro gekommen und hatte, als sie auf ihr Smartphone sah, bereits zwei Nachrichten. Die erste war von Sarah: „Habe gerade mein Zimmer übergeben. Schlafe die letzte Nacht bei einem Freund. Freue mich schon so auf dich!" Die zweite war von Rainer: „Wann kann ich dich wiedersehen?"

Helen lachte. „Jetzt kommt richtig Schwung in mein Leben. Morgen kann ich Sarah wieder in die Arme schließen." Rainer wollte sie auch gerne wiedersehen, aber wann? Soweit sie sich erinnerte, hatten entweder er oder sie in den nächsten Tagen keine Zeit. „Morgen ist erst einmal Sarah dran", überlegte sie, „dann werden wir weitersehen."

Kaum hatte sie den Mantel in der Garderobe abgelegt, kam Frau Vogt zur Tür herein.

„Guten Morgen, Frau Vogt, wie ist es gestern Abend gelaufen? Wollen wir uns einen Kaffee machen und uns kurz in mein Zimmer setzen? Ich bin neugierig, ob Sie mit Ihren Recherchen vorangekommen sind."

„Sie sind heute früh daran", bemerkte Frau Vogt, „sonst bin ich doch immer die Erste. Ich kann Ihnen gleich alles erzählen. Aber das mit dem Kaffee wird wohl noch etwas dauern. Ich muss erst die Maschine anstellen. Aber wenn Sie möchten, kann ich uns eine Tasse Früchtetee machen. Das geht schneller."

„Eine gute Idee", sagte Helen. „Sie kommen dann einfach zu mir ins Büro."

Ein paar Minuten später balancierte Frau Vogt das Tablett mit den beiden Teetassen und der Zuckerdose zum Besprechungstisch in Helens Zimmer.

„Ich nehme dann einfach mal Platz."

„Ich schreibe nur noch diese E-Mail zu Ende, dann setze ich mich zu Ihnen."

Gerade als Helen auf einem Stuhl Platz nahm, hörte sie, wie die Kanzleitür aufgeschlossen wurde.

„Das ist Kerstin. Ich frage sie, ob sie auch dazukommen möchte. Sie ist sicher genauso neugierig wie ich."

Frau Vogt stand auf. „Gerne, vielleicht möchte sie auch eine Tasse."

Als sich die Frauen in Helens Zimmer versammelt hatten, erstattete Frau Vogt Bericht und endete damit, dass Frau Reiz in einem Backshop arbeitet.

„Was für ein Zufall, dass Ihr Sohn dieser Frau begegnet ist", bemerkte Kerstin.

„Und, sind Sie schon zum Backshop gefahren?", meinte Helen.

„Nein, heute Morgen hatte ich dazu keine Zeit. Aber das ist noch nicht alles. Es ist etwas ganz Dummes geschehen. Mein Sohn hat den Namen ‚Reiz' erwähnt, gerade als mein Mann zur Tür hereinkam."

„Und was ist dann passiert?"

„Jetzt wird es spannend!"

„Dann ist gar nichts passiert", sagte Frau Vogt. „Wir haben die Sache totgeschwiegen. Weder Herbert noch ich haben bisher darüber gesprochen. Es ist nicht ideal gelaufen, weil er jetzt vorgewarnt ist. Aber vielleicht verunsichert es ihn ein wenig."

„Wie wollen Sie weiter vorgehen?", fragte Kerstin.

„Zunächst möchte ich mir diese Samanta einmal ansehen, damit ich einen Eindruck gewinnen kann."

„Finde ich gut", meinte Kerstin. „Vielleicht könnte man herausbekommen, wie ernst es ihr ist. Häufig bilden sich ältere Herren nur ein, dass eine junge Dame sich für sie begeistert, dabei genießen die Frauen nur ein wenig ihre Aufmerksamkeit und lassen sich das eine oder andere spendieren, bevor sie Grenzen setzen."

„Immerhin muss diese Samanta bei uns in der Wohnung gewesen sein, wie ich dem Telefongespräch meines Mannes entnehmen konnte."

„So sicher finde ich das nicht. Soweit ich mich erinnern kann, haben Sie gesagt, dass er ihr angeboten hatte, sie das nächste Mal nach Hause zu fahren. Vielleicht waren sie auch nur spazieren gewesen", meldete sich Helen.

„An so etwas habe ich gar nicht gedacht", sagte Frau Vogt. „Ich habe mir gleich das Schlimmste vorgestellt."

„Vielleicht können Sie beim Backshop anrufen und fragen, ob diese Frau Reiz heute Dienst hat, nicht dass Sie umsonst hinfahren."

„Das ist ein guter Tipp. Es ist schön, wenn man sich mit klugen Frauen austauschen kann. Das hilft mir, meine Gedanken zu ordnen und etwas gelassener zu bleiben. Ich danke Ihnen."

Frau Vogt begann pflichtbewusst, die leergetrunkenen Teetassen auf das Tablett zu räumen.

„Helen, wie war es denn bei dir gestern?"

Aber Helen schüttelte nur kurz den Kopf. Es war ihr offensichtlich unangenehm, vor Frau Vogt etwas zu sagen. Kerstin begriff, dass sie mit ihrer Frage ein wenig indiskret gewesen war, und sagte schnell: „Tut mir leid, ich möchte dich nicht länger aufhalten. Wir haben alle noch zu tun, bevor wir ins Wochenende gehen."

18. Kapitel

Helen war fleißig und hatte ihren Aktenstapel gegen Mittag bereits abgearbeitet und die Diktate an Frau Vogt weitergeleitet.

Sie sah nach, ob der Briefträger bereits dagewesen war. Die Post wurde meist zwischen zwölf und dreizehn Uhr durch den Türschlitz in der Eingangstür eingeworfen und konnte oft noch am gleichen Tag bearbeitet werden. „Hoffen wir mal, dass es heute nicht so viel ist", dachte sie, während sie die bearbeiteten Fälle zum Aktenschrank brachte.

Als sie wieder auf dem Weg in ihr Zimmer war, klingelte es an der Tür. Sie rief Frau Vogt, die mit Kopfhörern an ihrem Arbeitsplatz saß und ein Diktat schrieb, laut zu: „Ich mache auf."

Sie öffnete die Tür. Vor ihr stand Rainer.

„Helen, ich muss dich unbedingt sprechen."

„Kein Problem, komm doch herein", sagte Helen und ging in ihr Arbeitszimmer. Rainer folgte ihr. Sie schloss die Tür. Er legte seine Jacke auf einem Stuhl ab und ging zu ihr, küsste sie und drängte sie dabei weiter, bis Helen schließlich mit dem Rücken an der Wand stand. Rainer umarmte sie fest und drückte sie an sich.

„Helen, ich glaube, ich habe die ganze Nacht an dich gedacht, und falls ich doch eingeschlafen sein sollte, habe ich von dir geträumt. Es ist so wunderbar, dass es dich gibt. Ich brauche dich und ich möchte mit dir zusammen sein. Sag mir bitte, wann du Zeit hast."

Helen schob ihn ein kleines Stück von sich. „Lass mir ein kleines bisschen Luft, damit ich überhaupt etwas sagen kann."

„Tut mir leid. Ich sollte mich mehr beherrschen, aber ich möchte bei dir, in dir und um dich sein."

„Ich verstehe", sagte Helen, „und ich kann dir sagen, ich bin nicht vollkommen abgeneigt, aber ich hatte heute Morgen noch keine Zeit, auf deine Nachricht zu antworten, und vor allen Dingen auch keine Idee, wann es zeitlich passen könnte. Heute muss ich noch einiges erledigen, morgen Früh kommt meine Nichte und ich möchte mich zunächst ihr widmen. Am Wochenende hast du auch deine Kinder bei dir."

„Das klingt schrecklich. Ich möchte dir nahe sein und wir finden einfach keinen Termin."

„Rainer, überleg doch, wir haben uns jetzt jeden Tag gesehen. Vielleicht können wir uns Anfang nächster Woche treffen."

„Nein, am Montag fliege ich nach Frankfurt und bin vermutlich bis Mittwoch dort."

„Vielleicht können wir uns am Donnerstag treffen? Um das zu klären, müsstest du mich allerdings loslassen und mich zu meinem Kalender gehen lassen."

„Erst noch einen Kuss", sagte Rainer, und drückte sie an sich.

Helen hatte Schwierigkeiten, sich ihm ganz hinzugeben, da sie sich im Büro nicht sicher fühlte. Sowohl Frau Vogt als auch Kerstin pflegten zwar kurz anzuklopfen, dann aber auch gleich einzutreten. Sie war daher froh, als sie Rainer ein Stück von sich schieben konnte, und sagte: „Wenn du erlaubst, dann entferne ich mich jetzt ein paar Meter und sehe mal nach."

Rainer ließ die Hände von ihren Hüften.

„Aber nur kurz."

„Donnerstagnachmittag habe ich einen Termin, aber dann in dieser Woche keinen mehr."

„Wie wäre es, wenn wir anschließend wegfahren würden? Es ist mein kinderfreies Wochenende. Ich würde einen ganz besonderen Platz aussuchen."

Vor Helens Auge erschien eine wunderbare Suite in einem ihrer Lieblings-Wellnesshotels und sie war nahe dran, einen Vorschlag zu machen, hielt sich aber zurück. „Den Ort muss ich ihn wählen lassen", dachte sie.

„Helen, es ist zwar noch lange hin, aber ich merke, es gibt mir richtig Energie, dass ich jetzt etwas habe, auf das ich mich freuen kann."

„Worauf freust du dich denn?"

„Das weißt du ganz genau", sagte Rainer und küsste sie.

„Ja", sagte sie und lächelte ihn an.

Es klopfte an der Tür und Kerstin kam herein.

„Helen, hast du den Kommentar von ... Oh, Herr Bosch, tut mir leid. Ich wusste gar nicht, dass Sie da sind."

„Bin auch gleich wieder weg. Ich habe Ihre Kollegin soeben zu einem Treffen überreden können."

Rainer nahm seinen Mantel, gab Helen einen Kuss auf die Wange, sagte „Bis bald!" und stürmte aus dem Zimmer.

„Ich glaube, ich brauche dich nicht zu fragen, wie es gestern Abend war", sagte Kerstin.

„Nein, das musst du nicht. Wir beide sind lichterloh entflammt."

19. Kapitel

Kerstin diktierte zunächst die Abrechnung in der Scheidungssache Herrmann. Nachdem die Gegenstandswerte vom Gericht festgelegt worden waren, wusste sie, wie hoch die bei ihr entstandenen Gebühren waren. Vom Vortag waren noch drei Posteingänge zu bearbeiten. Sie diktierte jeweils kurze Schreiben, mit denen die Briefe an ihre Mandanten weitergeleitet wurden. Anschließend sah sie den Kalender für die nächste Woche durch und war froh, dass aufgrund der anstehenden Geschäftsreise von Herrn Bosch das Vierergespräch gestern um zehn Tage verschoben worden war.

Es war fast vierzehn Uhr und sie war hungrig. Sie ging zu Helen, um zu fragen, ob sie zusammen eine Pizza essen wollten. Helen teilte ihr mit, dass sie erst noch ein Diktat beenden wolle, bevor sie auf dem Viktualienmarkt einkaufen würde.

„Du glaubst gar nicht, wie viel Spaß es mir macht, endlich mal wieder für zwei Personen einzukaufen."

„Du glaubst gar nicht, wie lästig es sein kann, ständig für vier Personen einzukaufen, aber das liegt auch daran, dass man mit Kindern beim Kochen eingeschränkt ist. Die stehen einfach nicht auf Champagner und Muschelsuppe."

„Ah, gute Idee", sagte Helen. „Champagner muss auf jeden Fall sein, und eine Muschelsuppe wird es wohl auch werden, es ist gerade noch die richtige Jahreszeit dafür. Sarah wird müde von der Reise sein und keine

Lust haben auszugehen. Wir werden vermutlich das ganze Wochenende zu Hause sitzen und allenfalls einen Spaziergang durch den Englischen Garten machen."

Frau Vogt kam im Mantel vorbei: „Ich wünsche Ihnen ein schönes Wochenende! Gerade habe ich im Backshop angerufen. Frau Reiz hat heute Dienst. Ich fahre hin, um sie mir anzusehen."

Kerstin hatte spontan eine Idee: „Was halten Sie davon, wenn ich mitkomme? Vielleicht kann ich Ihnen nützlich sein. Wir könnten die Dame zunächst einmal beobachten und ich kann dort etwas essen."

„Gerne", sagte Frau Vogt, „ich bin für jede Unterstützung dankbar. Das Ganze macht mich nervös und ich habe Bedenken, ob ich mich sachlich verhalten kann. Jetzt, wo ich dieser Dame näherkommen soll, werde ich richtig wütend, dass sie sich mit einem verheirateten Mann einlässt. Wie ich aus Herberts Telefongespräch herausgehört habe, hat er mich nicht verschwiegen. Sie weiß genau, dass er eine Familie hat."

„Kann ich gut verstehen", sagte Kerstin, „das würde mir genauso gehen."

„Klingt spannend", sagte Helen. „Ich glaube, ich möchte auch dabei sein."

„Komm mit", sagte Kerstin, „zu dritt sind wir stärker, und einkaufen kannst du immer noch."

„Ich überlege gerade, ob ich gleich mit dem Auto nach Schwabing fahre. Ich kann anschließend auch dort einkaufen."

„Frau Vogt und ich fahren mit der U-Bahn zur Münchner Freiheit. Wir gehen zum Backshop, essen dort und du kommst dazu."

„Eine Kleinigkeit muss ich vorab noch am

Viktualienmarkt besorgen", ergänzte Frau Vogt. „Ich brauche frische Kräuter, Dill für den Fisch und Koriander für eine Salsasoße, das bekomme ich dort am besten."

„Dann schlendern Sie über den Viktualienmarkt und machen Ihren Einkauf, und ich hole mir schon mal eine Leberkässemmel", schlug Kerstin vor, „ich komme um vor Hunger."

„Eine Leberkässemmel", grinste Frau Vogt, „ist nie zu verachten, da bin ich dabei!"

„Ihr Glücklichen!", erwiderte Helen, „ich diktiere das noch schnell zu Ende."

„Lass dir Zeit", sagte Kerstin, „wir gehen es gemütlich an. Vielleicht trinken wir noch ein kleines Bier, damit wir in guter Stimmung sind, wenn wir beim Backshop eintreffen."

„Du lieber Himmel, auf keinen Fall Alkohol", wehrte Frau Vogt ab, „na, vielleicht ein kleines, um meine Nerven zu beruhigen."

„In Bayern gibt es keine kleinen Biere", bemerkte Helen. „Ich sehe schon vor mir, wie ihr euch betrunken auf Frau Reiz stürzt und sie beschimpft."

„Dann ist es gut, wenn du nüchtern dazwischen gehen kannst. Jetzt halten wir dich nicht mehr auf", sagte Kerstin und verließ mit Frau Vogt das Zimmer.

„Ganz ungewohnt, dass ich neben unserer Sekretärin gehe", dachte Kerstin, als beide Frauen auf dem Markt waren. Während Frau Vogt Kräuter einkaufte, erstand Kerstin ein Töpfchen Schlüsselblumen. Von Zeit zu Zeit gönnte sie sich etwas Schönes. Anschließend gingen sie zur Metzgerzeile. Kerstin wollte Frau Vogt zu einer Leberkässemmel und einem Bier einladen. Im letzten Moment bekamen beide doch Bedenken und entschieden sich jeweils für ein Radler.

„Dann lade ich Sie beim Backshop ein", sagte Frau Vogt.

„Das können Sie gerne machen. Hoffentlich haben die einen guten Cappuccino, damit wir wach und gestärkt nach Hause gehen."

Anschließend liefen beide zur U-Bahn und fuhren zur Münchner Freiheit. Dort nahmen sie die Rolltreppe ins Zwischengeschoß, suchten zunächst in der falschen Richtung, fanden den Backshop aber schließlich in der Nähe eines Ausgangs. Es gab nur wenige Sitzplätze, die alle besetzt waren. Vor der Verkaufstheke hatte sich eine Schlange gebildet.

„Es bleibt uns wohl nichts anderes übrig, als uns anzustellen", sagte Kerstin.

„Das mache ich und Sie können sich einstweilen in die Nähe der Sitzplätze stellen. Dort, wo die Schüler sitzen, wird vermutlich bald ein Platz frei. Es sieht so aus, als ob die vier bereits alles aufgegessen hätten. Was darf ich Ihnen mitbringen?"

Kerstin studierte das Angebot. „Einen Cappuccino und ein Nusshörnchen."

„Gerne."

Kerstin stand ein paar Minuten in der Nähe der Sitzplätze, bis sie, wie erhofft, den Tisch der Schüler einnehmen konnte. Von dort konnte man die Verkaufstheke gut überblicken.

„Ich sehe keine jüngere Frau", dachte Kerstin. Zwei korpulente Damen bedienten geschickt die herandrängende Kundschaft. Sie sah, dass Frau Vogt zu ihr blickte, und zuckte mit den Schultern. „Egal", dachte sie, „jetzt trinken wir erst mal unseren Kaffee. Dann können wir uns immer noch nach dieser Frau Reiz erkundigen."

Als Frau Vogt an der Reihe war, bemerkte Kerstin, dass eine jüngere Frau, bekleidet mit der roten Schürze, auf der das Backshop-Logo prangte, hinter die Verkaufstheke schlüpfte. Sie hielt eine Packung Zigaretten und ein Feuerzeug in der Hand, ging zu einer Tür hinter dem Verkaufstresen, die vermutlich ins Lager und in den Aufenthaltsbereich für das Personal führte, und kam kurz darauf wieder heraus. Frau Vogt, die gerade ihre Einkäufe getätigt hatte und ein Tablett mit zwei Cappuccino-Tassen und zwei Tellern mit Gebäckstücken balancierte, ging an ihr vorüber, ohne sie wahrzunehmen. Nachdem Frau Vogt sich gesetzt hatte, machte Kerstin sie auf die Frau aufmerksam, aber Frau Vogt konnte aus der Entfernung weder ihr Gesicht deutlich erkennen noch das Namensschild lesen.

„Vermutlich habe ich sie gerade verpasst und wir können uns noch einmal anstellen."

„Das müssen wir sowieso, wenn Helen kommt. Sie möchte sicher auch einen Kaffee."

Ein älterer Herr mit einer Tasse in der Hand fragte, ob er an ihrem Tisch Platz nehmen könne. Frau Vogt antwortete: „Gerne. Nur einen Stuhl haben wir reserviert."

Der Herr setzte sich dankend, als Helen um die Ecke bog. Kerstin winkte ihr.

„Frau Binz, ich lade Sie ein. Was darf ich Ihnen bringen?"

„Ich überlege noch", meinte Helen. „Genießen Sie bitte erst einmal Ihren Cappuccino und Ihr Gebäck. Vermutlich haben Sie bei dieser Schlange längere Zeit angestanden."

„Richtig", bestätigte Kerstin, und erzählte ihr, dass sie

111

soeben vermutlich Frau Reiz verpasst hatten.

„Sprechen Sie über die junge Frau da drüben?",
mischte sich der ältere Herr ein. „Das ist eine ganz
Nette, und hübsch dazu. Die schaue ich immer gerne
an."

„Und, hatten Sie schon näheren Kontakt zu ihr?"

„Nur ganz oberflächlich. Aber die kann einem schon
den Kopf verdrehen. Sie lächelt die Herren immer
charmant an. Ihren älteren Kolleginnen ist das wohl
nicht so recht. Sie sind der Meinung, dass die junge
Frau es mit der Freundlichkeit übertreibt. Aber das
finde ich nicht. Wissen Sie, seitdem meine Frau
gestorben ist, komme ich jeden Tag hierher. Es ist
schön, wenn man nett bedient wird."

„Das kann ich verstehen", erwiderte Frau Vogt, „aber
da gibt es doch auch Grenzen."

„Natürlich, ich will auch nichts von der jungen Dame,
aber es ist schön, wenn sie einem Komplimente
macht."

„Was sagt sie denn so?", fragte Kerstin.

„Zu mir hat sie einmal gesagt: ‚Der blaue Pullover
steht Ihnen richtig gut.'"

„Und den Pullover haben Sie dann vermutlich öfter
getragen?", lachte Helen.

„Jetzt haben Sie mich erwischt, das stimmt! Aber
dann habe ich ihn aus Versehen falsch gewaschen und
er ist eingelaufen."

„Haben Sie schon mal bemerkt, dass sie sich zu einem
der Kunden setzt?", fragte Frau Vogt.

„Ja, da gibt es zwei Herren. Wenn die vorbeikommen,
setzt sie sich manchmal dazu. Aber das geht eigentlich
nur unter der Woche. Heute am Freitag ist es zu voll.
Da kommen diese Herren auch nicht. Ich glaube, es
sind Rentner wie ich. Wenn wenig los ist, laden sie die

junge Dame auf einen Kaffee ein. Das ärgert ihre Kolleginnen. Wobei Frau Reiz mir einmal gesagt hat, dafür lasse sie ihre Zigarettenpause ausfallen. Aber die anderen Damen meinen wohl, es gehört sich nicht, dass man sich zur Kundschaft setzt."

„Und das sind immer dieselben Herren?"

„Zwei sehe ich öfter. Eine Zeit lang ist mir auch ein dritter aufgefallen, aber der ist jetzt nicht mehr da."

„Kommen die Herren jeweils zur gleichen Zeit?"

„Nein, der eine kommt immer so gegen vierzehn Uhr, und das auch nur ein- oder zweimal in der Woche. Meistens ist er schon da, wenn ich komme, so gegen halb drei. Und der andere kommt meist, wenn ich gehe. Das ist dann so um viertel nach drei."

„Und der kommt wirklich jeden Tag?"

„Na, montags vielleicht nicht immer, aber Dienstag, Mittwoch, Donnerstag denke ich schon. Und die junge Dame setzt sich dann immer so fünf bis zehn Minuten dazu."

Frau Vogt hatte ihren Cappuccino ausgetrunken und stand auf, um Helen etwas zu holen.

„Ich möchte einen Milchkaffee und eines dieser großen Pizzastücke."

„Gerne", sagte Frau Vogt, „dann sehe ich mir die Dame jetzt etwas genauer an."

„Warum interessieren Sie sich für Frau Reiz?"

„Ach", meinte Kerstin, „sie ist uns auch aufgefallen und jetzt, wo wir so viel von Ihnen über sie gehört haben, sind wir neugierig geworden."

„Für Frauen interessiert sie sich eigentlich nicht so", ergänzte der ältere Herr.

„Das haben wir uns schon gedacht", sagte Helen, und freute sich, als Frau Vogt bald darauf die bestellten Sachen auf einem Tablett brachte.

„Die Pizza sieht heute besonders gut aus", sagte der ältere Herr. „Ich glaube, ich hole mir auch ein Stück, das nehme ich dann mit nach Hause. Wären Sie so nett, mir den Platz freizuhalten?"

„Natürlich", antwortete Kerstin, „wir passen gut darauf auf."

Als der Herr weg war, sagte Frau Vogt: „Das ist also die Frau, die meinem Mann den Kopf verdreht."

Alle drei beobachteten die beiden. Als Frau Reiz den älteren Herrn bediente, sahen sie, dass er etwas länger mit ihr sprach. Frau Reiz sah daraufhin zu den drei Damen. Kerstin hob die Hand und winkte ihr. Auch Helen hielt das für eine gute Idee und Frau Vogt schloss sich ihr an. Frau Reiz wirkte etwas irritiert, bediente dann aber weiter und lächelte den älteren Herrn am Ende freundlich an.

Bevor er wieder an ihrem Tisch war, sagte Frau Vogt: „Ich glaube, wir haben genug erfahren. Ich möchte diese Frau Reiz heute nicht persönlich ansprechen. Ich überlege mir, wie ich weiter vorgehen möchte."

„Gute Idee", bestätigte Kerstin, „nur nichts überstürzen. Wenn Sie möchten, machen wir am Montag unsere Dreierkonferenz. Sie sagen uns, was Sie vorhaben, und Helen und ich bringen unsere Ideen ein."

Der ältere Herr hatte sich mittlerweile wieder an den Tisch gesetzt. Nachdem Helen ihre Pizza gegessen hatte, erhob sich Frau Vogt und die anderen taten es ihr gleich.

„Ich wünsche Ihnen noch einen schönen Nachmittag", sagte Frau Vogt zu dem älteren Herrn, der sie freundlich ansah. „Und ich bedanke mich für das Gespräch. Vielleicht kommen Sie mal wieder vorbei", antwortete er.

„Das kann schon sein", entgegnete Frau Vogt, „dass wir uns hier wieder einmal treffen, jetzt, wo ich weiß, dass Sie immer ab halb drei hier sind. – Dieses Café liegt leider nicht auf meiner Wegstrecke und im Allgemeinen arbeite ich bis siebzehn Uhr. Aber wer weiß." Kerstin und Helen sahen sich verwundert an. So charmant hatten sie Frau Vogt noch nie erlebt. Sie schien richtig aufzublühen.

Der Herr stand auf und gab Frau Vogt die Hand.

„Das würde mich sehr freuen. Und, bitte entschuldigen Sie, ich habe mich noch gar nicht vorgestellt. Ich heiße Seitz, Anton Seitz, und war früher Restaurator. Ich habe in den Pinakotheken gearbeitet und gehe immer wieder dorthin. Vielleicht möchten Sie mich einmal begleiten."

„Das ist ein schönes Angebot, Herr Seitz. Ich heiße Vogt, Grete Vogt."

„Hat mich sehr gefreut, Frau Vogt", murmelte Herr Seitz, und gab anschließend auch Kerstin und Helen die Hand.

Die drei Frauen verließen das Café.

„Das war ja eine in jeder Hinsicht erfolgreiche Aktion", lachte Helen.

„Kann man wohl sagen", meinte Kerstin.

„Herzlichen Dank, dass Sie beide mitgekommen sind, so hat es fast schon Spaß gemacht", bedankte sich Frau Vogt.

„Und Sie haben jetzt einen neuen Verehrer", ergänzte Helen.

„Ach was." Frau Vogt winkte verlegen ab.

„Ich wünsche uns allen ein schönes Wochenende", sagte Kerstin, „und herzliche Grüße an Sarah!"

Dann gingen die drei Frauen ihrer Wege.

20. Kapitel

Helen war auf dem Weg zum Flughafen. Sie hatte im Internet erfahren, dass das Flugzeug aus New York zwanzig Minuten eher ankommen würde, und wollte pünktlich sein. Sie war entspannt und mit ihren Vorbereitungen vom Vortag zufrieden. Sie hatte mehrere Flaschen Prosecco und Weißwein, allerhand Meeresgetier, Gemüse und Obst eingekauft, frische Schnittblumen ins Wohnzimmer und auf den Nachttisch im Gästezimmer gestellt, Sarahs Bett bezogen und das Badezimmer in Ordnung gebracht. Dann hatte sie sich vor den Fernseher gesetzt und eine alte Folge von *Sex and the City* angesehen. Sie war früh ins Bett gegangen und bestens ausgeruht. Lediglich ein paar Semmeln und ein Baguette wollte sie nachher beim Bäcker noch besorgen.

Am Flughafen informierte sie sich über die Ankunftszeit und freute sich, dass die Maschine soeben gelandet war. An der nächstgelegenen Bar bestellte sie sich einen Kaffee. Von dort konnte sie den Ausgang im Auge behalten. Soweit sie sehen konnte, kamen noch keine Passagiere.

Sie nahm ihr Smartphone hervor, um zu sehen, ob Sarah eine Nachricht geschickt hatte. Das war nicht der Fall. Dafür fand sie zwei Nachrichten von Rainer vor. Er hatte ihr gestern Abend kurz vor Mitternacht „Helen, ich vermisse dich" und vor zehn Minuten die Nachricht „Ich vermisse dich immer noch" gesandt. Während Helen auf ihr Display starrte und überlegte, was sie darauf antworten könnte, nahm sie wahr, dass die ersten Passagiere zum Ausgang kamen. Sie trank ihren Kaffee aus und gesellte sich zu den Wartenden.

Obwohl die ersten Reihen vor dem Ausgang bereits besetzt waren, konnte Helen aufgrund ihrer Körpergröße und ihrer High Heels gut über sie hinwegblicken. Die ersten Familien mit kleineren Kindern kamen, wurden von Freunden und Verwandten begrüßt und in die Arme genommen. Helen musste noch einige Zeit warten, bis sie schließlich Sarahs zierliche schlanke Gestalt und das vertraute Gesicht mit den großen braunen Augen und dem dunkelbraunen, kurz geschnittenen Haar auf sich zukommen sah. Sie winkte aufgeregt und ging ihr entgegen. Sarah strahlte sie an. Sie zog zwei riesige Koffer hinter sich her und hatte einen schweren Rucksack auf dem Rücken. Als sie schließlich vor Helen stand, ließ sie die Koffer los und umarmte ihre Tante lange und innig.

„Schön, dass du wieder da bist, Kind", sagte Helen.

„Bin auch froh, dass ich wieder bei dir bin, Tantchen", antwortete Sarah und grinste.

„Jetzt hast du es gleich geschafft", sagte Helen. „Ich nehme dir einen Koffer ab und das Auto steht vor der Tür."

„Puh", sagte Sarah, „dieser Flug kam mir richtig lange vor. Ich habe heute Nacht höchstens zwei Stunden geschlafen. Ich glaube, ich werde älter und vertrage das Reisen nicht mehr so gut."

„Ja, mit vierundzwanzig verträgt man es nicht mehr so gut wie mit zwanzig, aber du erholst dich sicher bald. Ich habe alles für ein gemütliches Wochenende vorbereitet. Du kannst baden, schlafen, essen, erzählen, ganz wie du möchtest."

„Klingt wunderbar. Wie nach Hause kommen. Weißt du, auf was ich mich am meisten gefreut habe?"

„Nein."

„Auf die gute Luft. Ich hatte die Luft in New York über. Zum Schluss hatte ich das Gefühl, dass es dort einfach zu wenig Sauerstoff gibt."

„Hattet Ihr Smog?"

„Nein, aber irgendwie merkst du, dass da so viele Menschen auf einem Fleck leben. Ich musste immer öfter an die Berge denken, den Starnberger See, den Ammersee, die Wiesen, das freie Gefühl, wenn du beim Skifahren in einem Lift fährst und die kalte, klare Luft einatmest."

„Wenn du willst, können wir heute Nachmittag in den Englischen Garten gehen. Dann setzen wir uns im See-Café in die Sonne."

„Klingt gut", sagte Sarah, nachdem sie das Gepäck verstaut und sie sich ins Auto gesetzt hatten. Sie schob ihren Sitz etwas zurück und schloss die Augen.

„Schlaf ruhig", sagte Helen, „in einer halben Stunde sind wir zu Hause."

Als sie in Schwabing ankamen, schlief Sarah tief und fest. Helen parkte das Auto und ging zur Bäckerei, um die Backwaren zu holen. Zwischenzeitlich war Sarah aufgewacht und räkelte sich im Auto. Helen öffnete ihr die Autotür.

„Jetzt musst du es nur noch in den dritten Stock schaffen, dann kannst du weiterschlafen."

„Nein, jetzt geht es mir schon viel besser. Ich glaube, ich kann gar nicht mehr Treppensteigen. In New York fährt man nur mit dem Aufzug."

„Na, dann wird's Zeit, dass wir dich wieder daran gewöhnen", meinte Helen und drückte ihr den Rucksack in die Hand.

„Schaffst du noch einen Koffer?"

„Klar", meinte Sarah.

„Die sind ganz schön schwer", bemerkte Helen.

„Da ist auch mein ganzes Hab und Gut drin."

„Dann mal los!"

Helen schloss die Haustür auf und die beiden schleppten das Gepäck in den dritten Stock. Als sie die Wohnung betraten, freute sich Helen, dass die Sonne gerade auf den Essbereich schien.

„Wie schön du es hast", rief Sarah aus, „so hell und licht. Du glaubst gar nicht, in was für einer blöden Kaschemme ich gewohnt habe. Zunächst hat es mich überhaupt nicht gestört, dass alles so dicht bebaut war. Aber auf Dauer ist das nichts. Darf ich wieder ins Gästezimmer?"

„Gerne", sagte Helen, „es ist mir eine Freude, wenn du es belebst. Ich habe es nur noch als Kleiderkammer benutzt."

„Und musstest ausmisten?"

„Ja, aber das hat gutgetan. Was hältst du davon, wenn du dich ein wenig frisch machst? Ich mache uns in der Zwischenzeit Frühstück."

„Super!"

„Trinkst du immer noch Tee oder bist du zur Kaffeetrinkerin mutiert?"

„Zur Kaffeetrinkerin!", entgegnete Sarah, „bei uns in der Redaktion gab es keinen guten Tee. Du kannst gerne einen machen, wenn du möchtest."

„Ich habe einen guten Jasmintee."

„Genau wie in alten Zeiten", sagte Sarah. „Meinst du, ich habe Zeit, ein Bad zu nehmen und mir die Haare zu waschen? Ich fühle mich nach einem langen Flug immer so pappig."

„Klar, lass dir Zeit. Wenn ich das Frühstück gemacht

habe, lese ich Zeitung und warte, bis du fertig bist."

„Lange werde ich nicht brauchen", meinte Sarah, und machte sich daran, ihre Koffer zu öffnen.

Eine halbe Stunde später erschien sie frisch duftend, mit gewaschenen Haaren und setzte sich an den Frühstückstisch. Helen goss Tee ein.

„Ich habe Brezen und Leberkäs-Aufschnitt gekauft. Ich wollte nicht gleich mit Weißwürsten und süßem Senf beginnen. Du musst erst wieder langsam an die bayerische Lebensweise herangeführt werden."

„Jetzt wird mir klar, was ich alles vermisst habe", sagte Sarah. „Allein schon diese Backwaren. Weißt du, als ich nach New York kam, war ich so fasziniert von allem, was sie hatten. Ich habe mich mit Bagels, Pizzaecken und Donuts vollgestopft. Eine Tag und Nacht pulsierende Metropole, so viele Angebote, Action, das pralle Leben. Ich habe es genossen und hatte das Gefühl, endlich mitten im Leben angekommen zu sein. Ich konnte gar nicht genug kriegen davon, dass alles laut und schrill war, ständig diese Sirenen und ich mitten drin, wie in einem amerikanischen Film. Und das lässige Leben, die unkomplizierte Art, aufeinander zuzugehen. Ich war Praktikantin bei einer bedeutenden Zeitung und habe viel gelernt. Die Amerikaner sind clever. Sie wissen, wie man ein Business aufzieht, sich in Szene setzt und wirksam präsentiert. Aber irgendwann hatte ich das Gefühl, dass ich da nicht weiterkomme, vor allen Dingen wirtschaftlich nicht. Eigentlich habe ich nicht schlecht verdient, aber die Preise für Wohnungen sind einfach zu hoch. Entweder du ziehst weit weg von Manhattan und fährst jeden Tag fast zwei Stunden bis zu deinem Arbeitsplatz. Oder du lebst in einer unkomfortablen Zwanzig-Quadratmeter-Wohnung oder einer WG. Ich war zunächst in einer Fünfer-WG, dann in einer Dreier-WG mit häufigem Wechsel. Zum Schluss waren wir drei Frauen. Eine hatte meiner Ansicht nach einen Wasch- oder zumindest einen Schmink-Tick. Sie kam ewig nicht aus dem Bad. Ich hatte an meinem Arbeitsplatz bereits Zahnbürste und Zahnpasta deponiert, weil ich es an manchen Tagen nicht geschafft hatte, vor der Arbeit ins Bad zu kommen. Und immer dieses Durcheinander in der Küche. Keiner hat Spülmittel gekauft. Deshalb haben wir Regeln aufgestellt. Wenn es einigermaßen funktioniert hat, ist wieder eine Frau ausgezogen und eine Neue kam dazu. Irgendwann fand ich alles nur noch nervig."

„Lag es daran, dass du aus Deutschland kommst, oder ging es deinen jungen amerikanischen Kollegen genauso?"

„Ich glaube, den Amerikanern hat es nicht so viel ausgemacht, weil sie einen größeren Freundeskreis haben und auch mal nach Hause zu ihren Verwandten fahren können. Diese Möglichkeiten hatte ich nicht."

„Aber zunächst hat es sich gut angefühlt, weit von zu Hause fort zu sein?"

„Am Anfang fand ich das gut. Mir hat keiner reingeredet, ich konnte vieles ausprobieren."

„Aha", bemerkte Helen.

„Ich werde auch dir nicht erzählen, was ich alles ausprobiert habe", sagte Sarah und grinste.

„Nein, das muss man seiner alten Tante auch nicht erzählen, aber vielleicht könntest du einen Kurzabriss geben, wie dein Liebesleben so verlief?"

„Einiges hast du ja mitbekommen. Da war zunächst Alan, dann John, dann Christopher und dann Ben. Aber das mit Ben war eigentlich nur so eine halbe

121

Sache, er ist auch wesentlich älter als ich."

„Ganz schön viel Abwechslung."

„Die war auch notwendig. Irgendwie waren sie alle ganz süß, aber ein bisschen oberflächlich. Mit Alan hätte es vielleicht was werden können, er hat eine richtig nette Familie. Mit seiner Schwester habe ich mich gut verstanden. Aber Alan wollte unbedingt nach Boston gehen, da wurde es dann eine Fernbeziehung, und dann hatte er ziemlich bald eine andere."

„Dieses Thema kenne ich zur Genüge."

„Interessant. Das musst du mir genauer erzählen."

„Lieber nicht", sagte Helen.

„Ach, du meinst die Sache mit dem Freund, der nach Australien gegangen ist? Sorry, da wollte ich nicht daran erinnern. Damals hast du wirklich gelitten."

„Gelitten ist genau der richtige Ausdruck", erwiderte Helen. „Aber das ist vorbei."

„Wie geht es dir? Was macht dein Liebesleben?"

„Es war lange Zeit gar nicht vorhanden, und jetzt tut sich wieder was."

„Spannend!", sagte Sarah.

„Aber noch zu früh, um darüber zu reden."

„Schade." Sarah streckte sich genüsslich. Ich habe in den letzten drei Monaten einen Meditationskurs besucht und mir vorgenommen, in Zukunft achtsamer und präsenter zu sein."

„Guter Vorsatz. Lass uns gleich damit anfangen. Wie schmeckt der Tee?"

Sarah nahm einen Schluck und hielt inne: „Er ist ausgezeichnet und beamt mich in die Zeit zurück, als ich ein halbes Jahr bei dir gewohnt habe. Das war, glaube ich, ein Jahr, bevor ich nach New York gegangen bin."

„Wir haben sogar nachts Jasmintee getrunken, wenn wir *Sex and the City* angeschaut haben."

„Sollten wir wieder machen", schlug Sarah vor.

„Jetzt ist es bald Mittag", meinte Helen, „was hältst du davon, wenn du auspackst, wir beide eine Pause machen und am Nachmittag in den Englischen Garten gehen?"

„Gibt's da immer noch Schmalznudeln?"

„Ich glaube schon", überlegte Helen, „wir werden sehen. Ich hab dir übrigens die linke Seite des Kleiderschranks freigeräumt."

„Vielen Dank! Ich habe dir übrigens ein Geschenk mitgebracht", sagte Sarah, und lief ins Zimmer, um in ihrem Koffer zu wühlen. Sie kam mit einem sechzig Zentimeter großen Paket zurück.

„Das große Ding hast du mitgeschleppt?"

„Kleine Vorwarnung: Es ist kitschig. Wenn es dir nicht gefällt, kannst du es weggeben. Aber ich habe mir gedacht, vielleicht ist es etwas für dein Badezimmer."

Helen packte aus. Es war eine Tischlampe in Form der Freiheitsstatue.

„Du kannst sie so einstellen, dass sie nacheinander in verschiedenen Farben leuchtet oder nur in Weiß."

„Göttlich!", sagte Helen. „Sie soll mich immer daran erinnern, dass ich darauf achte, meine persönliche Freiheit zu behalten."

„Guter Vorsatz!"

Helen umarmte Sarah.

„Herzlichen Dank für dieses besondere Geschenk!"

„Freut mich, dass es dir gefällt. Wenn du es über hast, dann einfach weg damit."

„Ich glaube nicht, dass das der Fall sein wird", sagte Helen, und drückte ihre Nichte fest an sich.

21. Kapitel

Am Montagmorgen traf Kerstin ungewöhnlich früh in der Kanzlei ein. Mark hatte ihr am Sonntagabend mitgeteilt, dass er am Montagnachmittag einen Termin auf der Baustelle in der Nähe von Starnberg haben würde. Er bot ihr an, das Frühstück für die Kinder allein zu machen. Dafür sollte Kerstin an diesem Tag früher nach Hause kommen, damit sie Julian zum Fußball fahren konnte. Kerstin hatte daraufhin beschlossen, nicht zu Hause zu frühstücken, sondern unterwegs etwas zu kaufen und sich in der Kanzlei einen Kaffee zu machen. Das erinnerte sie an ihre Studienzeit, in der sie immer ohne Frühstück die Wohnung verlassen und sich meist erst zwischen zwei Vorlesungen einen Kaffee geholt hatte. Nach Lisas Geburt war es mit der Morgenruhe vorbei gewesen. Ihre Tochter war immer früh wach, und seitdem die Kinder in die Schule gingen, blieb Kerstin nichts anderes übrig, als spätestens um halb sieben aufzustehen. Sie liebte es zwar, mit ihrer Familie am Tisch zu sitzen, aber es war auch schön, diesen Rhythmus einmal zu durchbrechen.

Während des Wochenendes hatte sie an Frau Vogt denken müssen. Kerstin hatte sich in ihrer Ehe, was die Treue ihres Ehemannes betraf, immer sicher gefühlt. Das war bei Frau Vogt vermutlich auch so gewesen, und doch war für sie jetzt plötzlich alles ganz anders.

Kerstins Misstrauen gegenüber Mark hatte sich gelegt.

Sein Verhalten war in den letzten Tagen so gewesen, wie sie es kannte. Nur einmal hatte sie den Eindruck gehabt, dass er bei einem Telefonat etwas unsicher gewirkt hatte, als sie hinzugekommen war. Er hatte das Gespräch auch bald darauf beendet. Sie war sich aber nicht sicher, ob sie ihrem Eindruck trauen konnte. „Vielleicht sehe ich schon Gespenster, weil ich in meinem Beruf ständig mit gescheiterten Beziehungen zu tun habe. Die Sache mit Frau Vogt hat mich noch zusätzlich sensibilisiert. Ich werde einfach meine Augen offenhalten, damit ich eventuelle ‚erste Anzeichen' nicht übersehe."

Am Samstagmorgen war sie mit Lisa in ein Einkaufszentrum gefahren und hatte mit ihr zusammen nach einem Geschenk für Lisas beste Freundin Toni gesucht. Nachdem sie ein peppiges T-Shirt mit einem prächtigen goldenen Gürtel (Toni liebte alles, was golden war) gekauft hatten, waren sie in ein Café gegangen und Lisa hatte ihr von der Schule erzählt. Am Nachmittag waren Mark, Julian und sie ins Museum ‚Mensch und Natur' gegangen und hatten sich dort wie immer gut unterhalten. Am Sonntag hatten alle lange geschlafen und auf Wunsch von Julian zusammen Monopoly gespielt. Anschließend waren Mark und Kerstin spazieren gegangen, während Julian mit einem Freund Fußball gespielt hatte. Lisa hatte den Nachmittag in ihrem Zimmer verbracht und mit ihren Freundinnen telefoniert. Mark und Kerstin hatten abends eine Lasagne zubereitet, die sich sehen lassen konnte. Julian war zufrieden gewesen, dass ein Stück davon übrig geblieben war. Das wollte er heute essen. Er hoffte, dass Lisa nichts mehr davon haben wollte, da sie zum Geburtstag ihrer Freundin eingeladen war.

„Am besten wäre es, wenn ich die Lasagne in einen Safe sperre oder irgendwo verstecke."

„Damit wir sie beim Ostereiersuchen verschimmelt unter deinem Bett finden!", hatte Mark entgegnet.

„Wir können ausmachen, dass dir in jedem Fall die Hälfte zusteht, und falls Lisa morgen nichts mehr haben möchte, dann das ganze Stück."

Nachdem der Abend harmonisch zu Ende gegangen war, entschlossen sich Mark und Kerstin, zusammen in die hauseigene Sauna zu gehen, die sie im Keller eingebaut hatten. Als sie beide schließlich gut erwärmt und entspannt im Bett lagen, fand Kerstin wieder einmal, dass es nichts Schöneres gab, als mit Mark verheiratet zu sein.

Ihre Zufriedenheit wirkte am Montagmorgen noch nach, als sie die Fenster aller Kanzleiräume öffnete. Während von allen Seiten frische Luft hereinströmte, goss sie frisches Wasser in die Kaffeemaschine und schaltete sie an. Nachdem sie die Fenster wieder geschlossen und sich mit einem Kaffee an ihren Schreibtisch gesetzt hatte, öffnete sie die Post, die am Samstag in der Kanzlei angekommen war. Ihre gute Laune sank etwas, als sie den langen Schriftsatz in einer Sache sah, von der sie geglaubt hatte, dass sie aufgrund ihres Vergleichsvorschlages abgeschlossen werden konnte. Der Gegenanwalt äußerte sich ausführlich und, wie sie fand, höchst umständlich dazu, dass dieser Vergleichsvorschlag für seine Mandantin nicht annehmbar sei, um auf Seite drei endlich mitzuteilen, dass er für seine Mandantin 45.000,00 Euro statt 40.000,00 Euro fordern würde.

„Nur weil dieser Anwalt sich wichtig machen möchte, müssen wir jetzt wieder hin- und herschreiben", grummelte sie.

Aus Erfahrung wusste sie, dass es keinen Sinn machte, etwas zu unternehmen, solange sie ärgerlich war. Das Beste war, die Sache erst einmal auf die Seite zu legen. Oft kam ihr nach ein paar Stunden eine gute Idee.

Sie öffnete daher ihre E-Mails und löschte als Erstes das, was sich über das Wochenende angesammelt und dort nichts zu suchen hatte. Es blieben noch sieben Schreiben übrig, auf die sie antworten würde.

Auf dem Weg zum Aktenschrank, um sich die dazugehörigen Unterlagen zu holen, hörte sie, dass die Tür aufgeschlossen wurde.

„Guten Morgen, Frau Bärenreuther! Sie sind mir heute zuvorgekommen", grüßte Frau Vogt.

„Ja, weil ich wegen der Kinder heute eher nach Hause gehe. Ich habe uns Kaffee gemacht."

„Das ist gut! Ich habe heute nicht mit meinem Mann gefrühstückt und eigentlich kein Interesse mehr, mich gemeinsam mit ihm an einen Tisch zu setzen. Es ist befremdlich, wenn wir zusammensitzen und nicht offen miteinander sprechen."

„Vermutlich ist Ihnen an diesem Wochenende viel durch den Kopf gegangen."

„Wissen Sie, worüber ich am meisten nachgedacht habe? Ich hoffe, Sie denken jetzt nicht schlecht von mir. Aber ich habe mir überlegt, dass ich gerne diesen Herrn treffen würde, um mit ihm in eine der Pinakotheken zu gehen. Mir ist klar geworden, wie langweilig unser Leben in den letzten Jahren war. Mein Mann und ich haben nichts mehr unternommen. Allenfalls sind wir in den Isarauen spazieren gegangen, das Nächstgelegene halt. Früher hatten wir ein Theaterabonnement oder waren zusammen im Kino. Mittlerweile sind wir so bequem geworden."

„Ich finde es gut, wenn Sie sich mit dem netten Herrn einen Ausflug gönnen. Dadurch schaffen Sie ein Gegengewicht zu dem, was Ihr Mann sich gegönnt hat."

„Aber es birgt auch Gefahren, wenn jeder sich mit einem anderen trifft."

Als Helen eine halbe Stunde später kam, schlug sie vor, sich in der Mittagspause in der Kanzlei zusammenzusetzen. Frau Vogt bot an, für alle Sushi zu holen und grünen Tee zu kochen.

Als sie am Mittag zusammensaßen, sagte Helen: „Diese Sushis sind so lecker, dass ich mich bei Ihrem Mann dafür bedanken sollte, dass er sich mit dieser Frau Reiz befasst hat. Sonst würde ich heute kein so gutes Mittagessen erhalten."

„Mir schmeckt es auch", meinte Kerstin, „ich schlage vor, dass wir über Ihre Sache erst nach dem Essen sprechen, sonst können wir es nicht so genießen."

„Gute Idee", meinte Helen, „dann erzähle ich schon mal, dass Sarah gut angekommen und glücklich ist, wieder in München zu sein."

„Tut mir leid, Helen", entschuldigte sich Kerstin, „dass ich dich überhaupt nicht danach gefragt habe. Hat Sarah sich verändert?"

„Ich finde schon", erklärte Helen. „Äußerlich ist sie etwas schmaler und blasser geworden. Sie hat sich ausgetobt und hätte nun gern etwas Langfristigeres, sowohl in der Arbeit als auch in der Beziehung."

„Klingt gut", stimmte Kerstin zu.

Nachdem die Frauen gegessen hatten und vor ihren Teetassen saßen, erzählte Kerstin Helen von dem Gespräch, das Frau Vogt und sie am Morgen gehabt hatten. Helen überlegte einen Moment.

„Wenn Sie sich mit Herrn Seitz treffen, geht es Ihnen

dann um eine Art Revanche oder darum, etwas für sich zu tun?"

Frau Vogt überlegte: „Ich glaube, es ist beides. Die Idee ist aus dem Gefühl heraus entstanden, dass ich in letzter Zeit ein recht gleichförmiges Leben geführt habe. Ich bin in meinen Pflichten aufgegangen. Das ist in Ordnung. Aber das allein kann es nicht sein. Irgendwie fehlt da das Salz in der Suppe. Ich vermute, dass ich für meinen Mann langweilig geworden bin. Ich war unzufrieden und er vermutlich auch. Ich sehe zwei Möglichkeiten: Entweder ich konfrontiere Herbert mit dem, was ich entdeckt habe, und fordere ihn auf, den Kontakt zu Frau Reiz sofort zu unterlassen, oder ich mache mein eigenes Ding und mich damit wieder interessanter. Finden Sie die zweite Variante zu riskant?"

„Ein wenig riskant finde ich es schon", mischte sich Kerstin ein. „Wenn ich mir vorstelle, Mark würde für eine andere Frau schwärmen und ich würde anfangen, mich zusammen mit einem anderen Mann der Kunst zuzuwenden, ob uns das wieder zusammenführen würde? Auf der anderen Seite klappt es auch nicht, wenn man einem Mann etwas vorschreibt. Falls er nicht ein richtig schlechtes Gewissen hat, wird er nicht einlenken."

„Ich meine, dass beide Ansätze hilfreich sind. Einesteils muss man klarstellen, was man nicht möchte, und gleichzeitig ist es gut, wenn man sich darum bemüht, dass man selbst und die Beziehung interessant bleiben."

„Mein Eindruck war, dass diese Frau Reiz sich von mehreren Männern anschwärmen lässt. Solche Frauen haben oft wenig Liebe erfahren und setzen nun ihre ‚weibliche Macht' und ihren Charme dazu ein, selbst ein wenig in der Männerwelt ‚zu herrschen' und sich dort Bewunderung und Zuneigung zu holen. Ich glaube nicht, dass sie Ihnen als Konkurrentin gefährlich wird. Sie hat wohl eher ein oberflächliches Interesse an Ihrem Mann. Insofern könnten Sie es vielleicht mal ein paar Wochen lang probieren, wie Ihr Mann darauf reagiert, wenn Sie ihm erklären, dass Sie einen netten Herrn kennengelernt haben, der sachkundig ist und mit Ihnen in die Museen geht."

„Meinen Sie, ich soll das ganz offiziell ankündigen?"

„Warum nicht?", sagte Helen. „Dann schlagen Sie gleich zwei Fliegen mit einer Klappe. Sie amüsieren sich und Sie verunsichern Ihren Mann ein wenig."

„So direkt wäre ich das gar nicht angegangen."

„Er ist auch nicht gerade zurückhaltend gewesen", sagte Kerstin.

„Ja, das darf man nicht vergessen. Das schiebe ich immer wieder beiseite. Wie dem auch sei: Ich werde mal mit den Pinakotheken anfangen …"

„Ihren Mann direkt auf Frau Reiz ansprechen können Sie immer noch", ergänzte Helen.

„Genau", sagte Frau Vogt und stand auf. „Jetzt möchte ich Sie nicht weiter aufhalten."

„Wie wäre es, wenn Sie heute gleich beginnen. Sie haben noch jede Menge Überstunden. Wenn ich mich recht erinnere, kommt Herr Seitz immer um halb drei ins Café."

„Ich glaube, das wirkt etwas übereifrig. Ich denke, es ist besser, wenn ich erst morgen hingehe."

„Ganz wie Sie meinen", sagte Kerstin, und war froh, dass Frau Vogt sie nicht mehr sehen konnte, weil sie auf dem Weg in ihr Arbeitszimmer lachen musste.

22. Kapitel

Als Helen auf dem Heimweg war, klingelte ihr Smartphone. Da sie gerade an einer roten Ampel warten musste, sah sie auf das Display. Rainers Nummer wurde angezeigt. Sie drückte auf ‚Annehmen‘.

„Hallo", sagte sie, „ich fahre gerade Auto. Bleib bitte dran. Sobald ich kann, fahre ich rechts ran."

Bald darauf konnte sie das Gespräch fortsetzen.

„Ich stehe vor einer Einfahrt, aber ich denke, wir können uns ein bisschen unterhalten."

„Hallo, meine Liebste. Ich bin so froh, endlich deine Stimme zu hören. Du hast mich ja am Wochenende eher knapp gehalten."

„Rainer, du weißt doch, dass Sarah angekommen ist. Wir hatten uns viel zu erzählen und du warst mit deinen Kindern beschäftigt."

„Ja, aber ich habe dich vermisst, und es dauert noch so lange, bis endlich Wochenende ist, aber dann kann ich dich endlich entführen."

„Jetzt wird's interessant!"

„Wir werden an einen Ort fahren, an dem uns keiner stören kann. Ich möchte, dass wir Zeit füreinander haben."

In Helens Vorstellung tauchte erneut die wunderbare Suite in einem Wellnesshotel auf. Die Vorstellung eines Candle-Light-Dinners auf dem Zimmer und ein riesiger erwärmter Swimmingpool, den sie spät abends hoffentlich alleine für sich beanspruchen konnten.

Trotzdem erwiderte sie: „Das ganze Wochenende? Das muss ich mir noch überlegen. Sarah ist eben erst angekommen."

„Deine Nichte ist doch eine erwachsene Frau, was spricht dagegen, dass sie ein Wochenende alleine verbringt?"

„Eigentlich nichts, aber ich möchte es trotzdem mit ihr besprechen. Sie ist seit Jahren zum ersten Mal wieder in München und hat hier nahezu keine Kontakte mehr. Gib mir einfach einen Tag Zeit und ich gebe dir Bescheid. – Was hast du dir denn vorgestellt, wo wir hinfahren sollten?"

„Ich hab mir etwas ganz Besonderes ausgedacht und auch schon angefragt. Ich hoffe, dass ich spätestens morgen Abend Bescheid bekomme, ob es möglich ist."

Helen fügte ihrer Vorstellung noch einen geräumigen Whirlpool hinzu. Sie fand die Idee, übers Wochenende wegzufahren, immer verlockender.

„Allerdings ist der Ort, zu dem ich dich einladen möchte, ein Stückchen entfernt. Man braucht mit dem Auto etwa drei Stunden. Daher habe ich überlegt, dass es sich nur dann lohnt, wenn wir uns am Freitag freinehmen. Meinst du, das wäre möglich?"

„Ich muss mich mit Kerstin abstimmen. Zum Schluss hat sie mit deiner Scheidung so viel zu tun, dass sie mich am Freitag nicht vertreten kann."

„Das hoffe ich nicht. Ich werde den Anwalt meiner Frau anrufen, dass er seine umständlichen Schriftsätze erst Anfang nächster Woche senden soll. Glaubst du denn eher, es geht, oder es geht nicht?"

Helen fühlte sich unter Druck gesetzt und wollte sich eigentlich alle Möglichkeiten offen halten. Aber die Vorstellung eines warmen Whirlpools verleitete sie zu sagen: „Ich glaube eher, dass es geht."

„Wunderbar!", lachte Rainer, „ich freue mich!"

Helen nahm plötzlich wahr, dass neben ihr gehupt wurde.

„Ich muss die Ausfahrt freigeben und lege jetzt auf."

„Ich vermisse dich und werde dich weiter vermissen. Ich rufe dich morgen Abend an und hoffe, dass du dann ‚Ja' sagst."

Helen legte ihr Smartphone auf den Beifahrersitz und fuhr aus der Parklücke.

„Rainer macht ganz schön Druck", dachte sie, aber seine Begeisterung verursachte bei ihr ein Kribbeln im Bauch.

Auf dem Weg vom Parkplatz zur Wohnung überlegte sie, dass sie heute Abend mit Sarah über das kommende Wochenende reden und damit auch Rainer erwähnen sollte. Eigentlich war ihr das nicht recht, weil die Beziehung noch ganz am Anfang war.

Sarah war von der Neuigkeit begeistert, als sie beim Abendessen davon erfuhr.

„Ich bin froh, dass du dich wieder für einen Mann interessierst. Du hättest es wirklich verdient, jemanden zu haben, der dich ein bisschen verwöhnt. Immer hast du für andere gesorgt, auch für mich."

„Es war mir eine Freude."

„Das glaube ich dir. Trotzdem wäre es gut, wenn auch du einmal eine Schulter zum Anlehnen hättest."

„Das wäre schön."

„Wie ist er denn so?"

Helen erzählte, was sie über Rainer wusste.

„Viel ist es nicht", dachte sie, als sie geendet hatte.

„Klingt verlockend, bis auf die Tatsache, dass du bald jedes zweite Wochenende mit siebenjährigen Zwillingen am Spielplatz sitzen wirst."

„Ich glaube nicht, dass es so kommen wird. Erfahrungsgemäß haben Mütter etwas dagegen, dass die neue Freundin des Vaters mit den Kindern zusammentrifft und vielleicht auch noch von der neuen ‚Tante' schwärmen. Wir empfehlen getrennten Eltern daher, dass sie die sogenannte Umgangszeit zunächst alleine mit ihren Kindern verbringen und sich ganz auf sie konzentrieren, anstatt mit der neuen Freundin am Spielplatz Händchen zu halten."

„Wir werden sehen, wie lange dein Rainer das aushält. So wie du es mir erzählst, hat er dich seit eurem letzten Treffen nicht mehr aus dem Kopf bekommen."

„Das ist typisch für das Anfangsstadium, das legt sich nach einiger Zeit."

„Wo werdet ihr am Wochenende hinfahren?"

„An einen besonderen Ort, der etwa drei Stunden Autofahrt von hier entfernt ist."

„Wenn ich das richtig in Erinnerung habe, könnte das ein entfernter Ort im Bayerischen Wald, die Gegend um Würzburg, das Elsass oder vielleicht in Südtirol sein."

„Wir werden sehen", entgegnete Helen, die das Thema beenden wollte. „Was hast du denn heute so gemacht?"

„Ich habe mich beim Arbeitsamt arbeitssuchend gemeldet, dann drei Bewerbungen geschrieben und im Internet eine Anzeige für eine Wohnungssuche aufgegeben."

„Du lieber Himmel", sagte Helen, „du brauchst doch jetzt keine Wohnung! Du kannst hier wohnen!"

„Aber doch nicht auf Dauer!"

„Von Dauer kann nach zwei Tagen noch nicht die Rede sein. Ich freue mich so, dass du da bist, und genieße es. Meine Vorstellung war, dass du erst einmal ein paar Monate bei mir wohnst, bis du einen neuen Job gefunden und wieder alte oder neue Beziehungen aufgenommen hast. Oder ist dir das Zimmer zu klein?"

„Nein! Ich möchte dir aber nicht auf den Wecker gehen."

„Das tust du nicht. Für mich ist es eine wunderbare Abwechslung."

„Lieb von dir, dass du das sagst. Ich wohne wirklich gerne bei dir. Vermutlich hast du Recht. Vielleicht wäre ich am Anfang alleine in einer kleinen Wohnung auch ein bisschen einsam. Aber du musst mir Bescheid geben, wenn es dir zu viel wird!"

„Sicher."

„Ich habe übrigens mit meiner Mutter in Hannover telefoniert. Wenn du am Wochenende wegfährst, könnte ich sie besuchen. Du weißt, sie war ein bisschen irritiert, dass ich nicht zuerst zu ihr komme, aber erstens gab es keinen Direktflug nach Hannover und zweitens hat sie an den meisten Wochenenden Notdienst."

„Mach das", sagte Helen. Sie wusste, dass ihre Schwester manchmal auf ihr enges Verhältnis zu Sarah ein wenig eifersüchtig war.

„Ich weiß, dass meine liebe Schwester immer recht cool tut. Aber sie freut sich sehr, wenn ihre Kinder sie besuchen."

„Sie hat nur nie richtig Zeit, wenn man da ist."

„Als Tierärztin muss sie los, wenn sie gerufen wird."

„Ich denke, sie könnte sich auch mal vertreten lassen. Mama wird älter und Nachtdienste und Sondereinsätze werden sie mehr belasten."

„Da hast du recht. Vielleicht kannst du ihr zureden,

dass sie es in Zukunft ein bisschen langsamer angehen lässt."

„Als Kind hatte ich manchmal das Gefühl, dass sie ihre Kälber und Lämmer lieber mochte als uns Kinder."

„Das glaube ich nicht, aber sie hatte immer ein gutes Händchen für Tiere, ein besonderes Gespür für sie. Oft hatten wir eine Schachtel in unserem Kinderzimmer mit einem verletzten Tier, das sie gefunden hatte. Es ist schön, wenn man sein Talent und seine Leidenschaft zum Beruf machen kann."

„Aber man muss es nicht übertreiben."

„Ich denke, insgesamt hat sie es nach dem frühen Tod deines Vaters recht gut gemacht mit euch dreien. Ihr seid selbstbewusste und fröhliche Menschen geworden."

„Aber du hast auch einen Anteil daran. Als wir größer waren, durften wir immer einen Teil unserer Ferien bei dir verbringen, und du hast dir wirklich Zeit für uns genommen."

„Das war schön für mich. Ein kleiner Ausgleich dafür, dass ich keine eigenen Kinder habe."

„Dir hat es bestimmt auch nicht immer Spaß gemacht. Manchmal waren wir ganz schön wild."

„Was heißt da manchmal, meistens", scherzte Helen.

Sarahs Lob hatte sie verlegen gemacht. Sie schlug vor: „Wollen wir uns ein Glas Wein einschenken und eine Folge unserer Serie ansehen?"

„Gerne", antwortete Sarah und begann, den Tisch abzuräumen.

Spät am Abend summte Helens Smartphone. Rainer hatte ihr folgende Nachricht gesendet: „Liebste, auf meiner Seite klappt alles wie geplant. Kann ich dich am Freitagmorgen um neun Uhr abholen? Nimm bitte

Anorak, Bergschuhe und Rucksack mit. Vermisse dich weiterhin."

Helen nahm sich vor, ihm morgen, sobald sie mit Kerstin gesprochen hatte, zu antworten.

23. Kapitel

Aus Kerstins Sicht sprach nichts dagegen, dass Helen sich am Freitag freinahm. Sie freute sich mit ihr, auch wenn sie skeptisch war, ob langfristig aus dieser Beziehung etwas werden konnte, weil sie wusste, dass viele frisch getrennte Eheleute sich oft zu schnell in die nächste Beziehung stürzten, um dem ungewohnten Alleinsein zu entfliehen. Es war bekannt, dass diese Beziehungen eine geringere Beständigkeit hatten als diejenigen, die erst längere Zeit nach der Trennung zustande kamen. „Statistik hin oder her", überlegte sie, „vielleicht hat Helen Glück."

Die beiden Anwältinnen hatten soeben ihr Gespräch im Flur beendet, als Frau Vogt zu ihnen kam.
„Frau Binz und Frau Bärenreuther, ich möchte mir am Freitagnachmittag ebenfalls freinehmen."
Sie wirkte verlegen. „Stellen Sie sich vor, ich bin gestern doch noch bei dem Café an der Münchner Freiheit vorbeigegangen, und tatsächlich saß der nette Herr dort. Ich habe mich zu ihm gesetzt und ihm gesagt, ich sei zwar verheiratet und würde mich sonst nicht alleine mit Männern treffen, aber sein Angebot würde mich interessieren. Mir sei klar geworden, wie lange ich keine Kunst mehr genossen habe, weder Theater, Oper noch die schönen Gemälde oder eine der vielen Ausstellungen, die wir in der Stadt haben. Ich war noch nicht einmal im neuen Ägyptischen

Museum, obwohl es schon vor Jahren eröffnet worden ist. Herr Seitz war begeistert und hat für Freitagnachmittag die Neue Pinakothek vorgeschlagen. Dort sind Bilder aus dem 18. und 19. Jahrhundert ausgestellt. Wenn ich ehrlich bin, interessieren mich diese Bilder am wenigsten, aber Herr Seitz hat angeboten, mir einiges über die Malerei in der Romantik zu erzählen. Er hat wohl gemerkt, dass ich skeptisch war, und empfohlen, ich soll mich überraschen lassen. Überraschungen hatte ich ehrlich gesagt auch schon lange nicht mehr, außer eine unangenehme. Also habe ich zugesagt."

„Dieses romantische Erlebnis sollten Sie sich auf keinen Fall entgehen lassen", sagte Kerstin lachend. „Wir stellen ab Freitagmittag den Anrufbeantworter an, dann können Sie beruhigt ins Wochenende gehen."

„Entschuldigen Sie, Frau Vogt, wenn ich neugierig bin, aber haben Sie mit Ihrem Mann schon darüber gesprochen?", fragte Helen.

„Nein, noch nicht. Ich wollte erst den Termin ausmachen und habe mir überlegt, dass ich nichts sage und erst mal sehe, ob mir dieser Ausflug überhaupt gefällt."

„Genau so geht es los", berichtete Kerstin, „jeder schwindelt und schweigt und das Paar driftet immer weiter auseinander. Ich will Sie nur auf die Gefahr hinweisen."

„Du bist ein wenig streng", meinte Helen. „Nach dem, was Herr Vogt seiner Frau angetan hat, wäre eine kleine Revanche aus meiner Sicht nicht schlimm."

„Nein, schlimm ist es nicht und nachvollziehbar allemal, aber ich möchte darauf aufmerksam machen, dass dieses Verhalten eine Eigendynamik entwickelt. Jeder fängt an, sein Leben für sich zu leben, grenzt den anderen immer weiter aus und vermeidet die Konflikte, die es gibt, wenn wir etwas sagen, das dem anderen nicht gefällt. Ich gehe davon aus, dass Herr Vogt nicht begeistert sein wird, wenn seine Frau sich mit Herrn Seitz trifft. Es wird ihn verunsichern."

„Das soll es auch", meinte Frau Vogt.

„Diesen Effekt haben Sie nicht, wenn er nichts darüber weiß."

Frau Vogt dachte nach.

„Da haben Sie recht. Und es hätte auch den Nachteil, dass ich meinem Mann, wenn er fragen sollte: ,Wie lange geht das schon so?', erklären müsste, dass ich Herrn Seitz schon getroffen habe, bevor ich ihm davon erzählt habe. Das sieht auch nicht gut aus. Damit würde ich teilweise das Gleiche machen wie er. Ich werde in den sauren Apfel beißen und ihm mitteilen, was ich vorhabe."

„Erst einmal müssen Sie Herrn Seitz die erfreuliche Mitteilung machen, dass Sie am Freitag Zeit für ihn haben."

„Und du kannst Herrn Bosch die erfreuliche Mitteilung machen, dass du ebenfalls Zeit für ihn hast. Wir wandeln uns von einer Kanzlei für Scheidungssachen zu einer Männerbeglückungskanzlei."

„Kerstin, du beglückst deinen Mann schon lange", entgegnete Helen.

„Frag ihn mal, ob er immer so beglückt ist."

„Das glaube ich schon."

Bevor Helen die nächste Akte in die Hand nahm, schrieb sie an Herrn Bosch, dass sie am Freitagmorgen mit ihm verreisen könne, und fügte

hinzu: „Soll ich auch einen Badeanzug mitnehmen?"
Drei Minuten später kam die Antwort zurück:
„Natürlich, ich würde dich gerne im Bikini sehen."

„Sehr gut", dachte Helen, „dann gibt es auf alle Fälle
einen   Swimmingpool."

24. Kapitel

Als Frau Vogt am Ende der Woche die Kanzlei aufsperrte, dachte sie: „Endlich ist Freitag!" Sie hatte noch am Dienstagabend mit ihrem Mann gesprochen und mitgeteilt, dass sie am Freitag später nach Hause käme, da sie mit einem freundlichen Herrn, den sie in einem Café kennengelernt hatte, in die Neue Pinakothek gehen würde, um sich von ihm die Malerei der Romantik erklären zu lassen.

Herr Vogt hatte sie daraufhin angesehen und, wie ihr schien, sie zum ersten Mal seit langer Zeit intensiv betrachtet. Aus seinem Blick waren Skepsis und Verwunderung zu lesen.

„Seit wann interessierst du dich für Malerei, noch dazu für alte Bilder? Ich kann mich erinnern, dass wir einmal in der Guernica-Ausstellung von Picasso waren, aber das ist lange her."

„Herr Seitz hat mich darauf gebracht. Er hat mir erzählt, dass er als Restaurator gearbeitet hat und sich mit Malerei auskennt. Als ich mich interessiert gezeigt habe, hat er mir eine private Führung angeboten. Das ist doch eine gute Gelegenheit, findest du nicht?", hatte Frau Vogt erwidert. Dabei war ihr durch den Kopf gegangen, dass sie ein klein wenig geschwindelt hatte, denn Herr Seitz hatte ihr das Angebot wohl gemacht, weil er sie sich als Begleiterin wünschte. Aber sie hatte sich zumindest einigermaßen an das gehalten, was sie sich vorgenommen hatte. Laut sagte sie: „Ich denke, du wirst keine großen Nachteile davon haben, wenn ich später nach Hause komme. Wir essen sowieso nicht vor neunzehn Uhr."

Dann war sie vom Tisch aufgestanden, um zu zeigen, dass das Gespräch für sie beendet war.

Herr Vogt hatte ihr hinterhergerufen: „Wer ist eigentlich dieser Herr Seitz? Ist er verheiratet?"

„Er war verheiratet, jetzt ist er verwitwet."

„Aha, daher weht der Wind", hatte Herr Vogt sich gedacht, und sich vorgenommen, seine Frau in nächster Zeit besser im Auge zu behalten.

Den Rest der Woche hatte Frau Vogt mit ihrem Mann nicht mehr darüber gesprochen und auch heute Morgen hatte keiner von ihnen den Besuch der Pinakothek erwähnt. Frau Vogt freute sich auf den Nachmittag und war gleichzeitig ein wenig aufgeregt. Sie nahm sich vor, erst einmal konzentriert zu arbeiten, um sich abzulenken.

Währenddessen packte Helen zu Hause die letzten Utensilien in die Reisetasche. Sie hatte ihren Rucksack aus dem Keller geholt und darin Anorak, Bergschuhe sowie eine kleine Thermosflasche verstaut.

„Ich denke, das wird für eine kleine Wanderung reichen. Noch liegt Schnee in den Bergen. Wir werden nicht weit kommen", überlegte sie.

Darüber hinaus hatte Helen in ihren kleinen Koffer eine weitere Hose, einen kürzeren Rock, zwei hübsche Blusen, einen Kaschmirpullover, einen Wollblazer sowie ein schickes Nachthemd gepackt, außerdem die üblichen Utensilien, die sie für einen dreitägigen Hotelaufenthalt benötigen würde.

Obwohl sie zum Schwimmen lieber einteilige Badeanzüge trug, hatte sie einen Bikini eingepackt, um Rainer einen Gefallen zu tun.

„Da er mich eingeladen hat, soll er auch etwas davon haben", dachte sie.

Als Rainer pünktlich zur vereinbarten Uhrzeit klingelte, war sie froh, dass Sarah noch schlief und damit keine weiteren Bemerkungen zum bevorstehenden Wochenende machen konnte.

Helen spürte, dass sie angespannt war. Sie freute sich auf das freie Wochenende und das Zusammensein mit Rainer, aber ihr war bewusst, dass sie ihn kaum kannte. Auch wenn es ihr beruflich nicht schwerfiel, Kontakte zu knüpfen, so war sie im Privaten eher zurückhaltend. Es fiel ihr nicht leicht, Vertrauen zu gewinnen. Bisher hatte Rainer es ihr einfach gemacht, weil er freundlich und offen auf sie zugegangen war und damit auch riskiert hatte, dass sie ihn abweisen würde.

„Wird schon gutgehen", dachte sie, und ging mit Koffer und Rucksack das Treppenhaus hinunter.

Als sie aus der Haustür trat, nahm Rainer ihr das Gepäck aus der Hand, stellte es auf den Boden, umarmte sie fest und drückte sie an sich.

„Endlich!", sagte er, „ich bin so froh, dass du da bist. Komm, ich verstaue deine Sachen."

Er schloss den Kofferraum seines flotten BMWs auf, packte alles ein und öffnete ihr anschließend die Beifahrertür.

„Jetzt wird es richtig vornehm", sagte Helen.

„Aber sicher", meinte Rainer, und schloss die Tür.

Nachdem er sich zu ihr ins Auto gesetzt hatte, sagte er: „Wir werden es richtig gut haben, Helen."

„Das hoffe ich", meinte sie lachend.

25. Kapitel

Nachdem Frau Vogt am frühen Nachmittag pünktlich gegangen war, überlegte Kerstin, was sie noch bearbeiten wollte. Auf ihrem Schreibtisch lag das Verfahren in der Sache Selevin, bei dem sie eine Berechnung für den Ehegattenunterhalt nach der Scheidung durchführen sollte. Dazu benötigte sie das Jahresnettoeinkommen beider Parteien. Herr Selevin hatte seine Unterlagen geschickt, die seiner Ehefrau standen noch aus. Sie hatte Frau Selevin bereits einmal um Übersendung gebeten. Da sie innerhalb der gesetzten Frist keine Antwort erhalten hatte, musste sie Frau Selevin noch einmal anschreiben.

Kerstin erledigte kurz das Diktat. Dann nahm sie die nächste Akte zur Hand. Hier handelte es sich um ein rechtlich kompliziertes Verfahren zum Versorgungsausgleich. Da sie ein derartiges Verfahren bisher noch nicht durchgeführt hatte, würde sie einige Entscheidungen heraussuchen und durchlesen müssen.

Sie merkte plötzlich, dass sie keine Lust mehr hatte, weiterzuarbeiten. „Alle amüsieren sich", dachte sie. „Frau Vogt taucht jetzt genussvoll in die Gesellschaft eines interessierten Mannes und die Kunst ein, und Helen aalt sich sicher schon in einem schicken Whirlpool." In Kerstins Vorstellung hatten ihre Kollegin und Herr Bosch am Beckenrand jeweils einen mit tropischen Früchten geschmückten Cocktail stehen.

„Ich werde mir heute auch etwas gönnen", dachte sie,

„und zwar meine Familie. Ich will sie überraschen und auf dem Heimweg Krapfen für uns alle einkaufen."

Sie machte noch einen Rundgang durch die Kanzlei, schloss die offenen Fenster, stellte die Kaffeemaschine aus und goss vorsorglich das kleine Blumengesteck mit den Frühlingsblumen, das auf dem Tisch im Empfangsbereich stand. Dann nahm sie Jacke und Handtasche und schloss die Tür zur Kanzlei ab.

„Eigentlich sollte ich weniger arbeiten", dachte sie, „es macht mich richtig froh, mal nicht so gewissenhaft zu sein."

Als sie nach Hause kam, hörte sie Mark telefonieren. Es klang ziemlich ungehalten.

„So werde ich das nicht akzeptieren", hörte sie ihn sagen, „das mache ich nicht mit. Bitte sprechen Sie mit Ihrem Chef, sonst werde ich mich an ihn wenden. Ich erwarte spätestens Montagmittag eine entsprechende Nachricht von Ihnen."

Er hatte bemerkt, dass Kerstin ins Zimmer getreten war, beendete sein Telefonat mit einem unfreundlichen „Auf Wiedersehen" und fuhr sie an: „Was machst du denn schon hier?" Offensichtlich war es ihm unangenehm, dass sie etwas von dem Telefonat mitbekommen hatte.

„Hast du Ärger?"

„Nein. Äh, ja. Irgendwie schon. Aber nichts, worum du dich kümmern musst."

Kerstin war neugierig.

„Geht es um die neue Baustelle?"

„Nein, du musst dich nicht sorgen. Es wird sich klären."

„Tja", dachte Kerstin, „ich werde wohl nichts

erfahren." Daher erwiderte sie nur: „Ich habe uns Krapfen mitgebracht."

„Ich möchte keinen. Wir waren heute ein bisschen spät mit dem Mittagessen und haben erst vor einer halben Stunde Spaghetti gegessen."

„Na, dann frage ich eben die Kinder. Für eine Nachspeise sind sie immer zu haben."

Sie rief im Treppenhaus nach oben: „Lisa, Julian! Wollt ihr einen Krapfen?"

„Jaaa!", tönte es von oben, und beide Kinder trampelten die Treppe herunter.

„So ernte ich doch noch etwas Begeisterung für mein frühes Heimkommen und meine Idee, euch was mitzubringen."

Mark ging zu Kerstin und küsste sie auf die Wange.

„Sorry für den ruppigen Empfang, aber ich war gerade ziemlich sauer."

„Worüber?", fragte Julian.

„Das erzähle ich dir später", sagte Mark, „von Mann zu Mann."

„Ach so", meinte Lisa, und verdrehte die Augen.

Kerstin hatte inzwischen drei Teller und Servietten ausgeteilt und sicherheitshalber ein Messer dazugelegt, da sie davon ausging, dass der vierte Krapfen von ihren Kindern geteilt werden würde. Dazu hatte sie Gläser sowie Saft und Wasser auf den Tisch gestellt. Alle setzten sich.

Kerstin fragte: „Habt ihr euch schon überlegt, was wir dieses Wochenende machen wollen?"

„Ich bin morgen weg", sagte Lisa. „Ich gehe mit Toni Eislaufen. Die Bahn wird bald geschlossen."

„Was möchtest du machen?", fragte Kerstin ihren Jüngsten.

„Papa hat gesagt, dass er mich in die Sky-Kneipe

mitnimmt, weil morgen ein spannendes Spiel ist."

„Das habe ich gesagt", meinte Mark, „aber ich bin mir nicht sicher, ob es wirklich für dich so spannend ist."

„Ich will aber mit und eine Cola trinken", stellte Julian klar.

„Ist ja toll, wenn ihr schon Pläne habt", sagte Kerstin, „aber ich wollte eigentlich etwas mit euch zusammen machen."

„Am Sonntag fahren wir doch zusammen zur Oma, um ihren Geburtstag zu feiern", erinnerte sie Lisa.

„Das ist richtig."

„Vielleicht können wir heute Abend alle zusammen ins Kino gehen?", schlug Mark vor.

„Oh ja, in den neuen James Bond", sagte Lisa, „der soll super sein."

„Das ist er auch", sagte Julian.

„Woher weißt du das?", wunderte sich Kerstin.

„Das haben alle in der Klasse gesagt."

„Hoppla. Ich denke, dieser Film hat eine Altersbeschränkung von mindestens 12 Jahren."

„Aber alle haben ihn schon gesehen."

„Wie kann das sein?", wunderte sich Kerstin.

„Die gehen einfach mit ihren Eltern ins Kino", sagte Julian. „Nur ich darf nicht."

„Julian, du bist acht Jahre alt. Wir müssen uns etwas anderes einfallen lassen. Vielleicht gibt es einen Film von Walt Disney."

„Zum Beispiel der neue *Madagaskar*-Film", sagte Mark.

„Das wäre super", meinte Julian.

„Ich kann im Internet nachsehen", sagte Lisa und sah ihren Vater fragend an, bis er ihr sein Smartphone weitergab.

„Aber so was läuft vermutlich nicht abends", gab

Mark zu bedenken.

„Vielleicht können wir in eine frühe Vorstellung gehen."

„Da gibt es etwas", sagte Lisa, „schaut euch mal den Trailer an."

Nachdem alle den kurzen Filmausschnitt lustig fanden, beschlossen sie, zusammen in die Vorstellung um achtzehn Uhr zu gehen.

Die Kinder hatten aufgegessen und liefen wieder nach oben.

„Gut, dass wir etwas gefunden haben", sagte Kerstin zu Mark. „Manchmal ist es nicht einfach, die Interessen von allen unter einen Hut zu bringen."

„Manchmal muss man auch nur die Interessen von zwei Menschen unter einen Hut bringen", sagte Mark, ging auf seine Frau zu, umarmte sie und küsste sie innig.

„Puh", sagte Kerstin anschließend, „das war ja ein heftiger Start ins Wochenende."

„Wart ab, was da noch kommt."

Ungefähr zur gleichen Zeit fuhren Rainer und Helen von der Brenner-Autobahn ab und bogen in eine gut ausgebaute Landstraße ein.

„Jetzt sind es nur noch gut zehn Kilometer", sagte Rainer und lächelte Helen an.

„Ich bin schon gespannt, wo wir übernachten werden."

„Es geht noch ein Stückchen bergauf, auf fast achtzehnhundert Meter, und dann sind wir da. Hast du Hunger?"

„Nein", sagte Helen, „wie sollte ich?" Sie waren zwei Stunden von München aus über Garmisch zum Brenner gefahren, dann nach Sterzing abgebogen und in einem renommierten Gasthof zum Essen gegangen. „Ich möchte nicht, dass wir an unserem Ziel hungrig ankommen, denn es kann eine Weile dauern, bis es dort etwas zu essen gibt", hatte Rainer gesagt.

Im Restaurant „Am Tor" wurden frische Fisch- und Fleischspezialitäten angeboten, und zwar, wie die Speisekarte mitteilte, „von Bauernhöfen der Region". Am besten hatte Helen das selbst gemachte Brot geschmeckt, das zum Essen gereicht worden war.

„So etwas gibt es nur selten", hatte sie zu Rainer gesagt.

Auch er war zufrieden gewesen. „Das Restaurant ist mir von einem Freund empfohlen worden."

„Du hast unsere Reise richtig gut vorbereitet."

„Du bist mir auch viel wert."

Helen hatte sich in ihrem Stuhl entspannt zurückgelehnt, nachdem sie ihr Kalbsgeschnetzeltes mit Kartoffeln und Gemüse und ein Glas Weißwein genossen hatte.

„Noch eine Nachspeise?", hatte Rainer gefragt.

„Bitte nur einen Espresso."

„Unsere Reise geht sicher wunderbar weiter. Dieses Restaurant ist überdurchschnittlich und einfach ein Genuss", hatte Helen gedacht.

Fröhlich waren beide aufgebrochen und Helen hatte es ganz natürlich gefunden, mit Rainer Hand in Hand zum Auto zu gehen.

„Kannst du noch fahren?", hatte sie ihn gefragt.

„Mit dir an meiner Seite kann ich alles", hatte Rainer geantwortet und den Motor gestartet.

26. Kapitel

Frau Vogt sah Herrn Seitz schon von Weitem auf dem Vorplatz der Pinakothek stehen. Sie nahm wahr, dass er sie bemerkt hatte, und stieg ein wenig befangen die Stufen empor. Ihr wurde bewusst, dass es schon lange her war, dass ihr jemand mit Blicken gefolgt war. Gleichzeitig freute sie sich darüber und nahm die letzten Stufen beschwingter als sonst.

Herr Seitz trat auf sie zu.

„Schön, dass Sie so pünktlich sind, Frau Vogt!"

„Das bin ich immer. In meinem Beruf als Rechtsanwaltsfachkraft muss man ordentlich sein."

Herr Seitz lächelte. „Das weiß ich zu schätzen."

Er hielt ihr die Tür zur großen Eingangshalle auf und fragte sie, ob sie ihren Mantel ablegen wolle.

„Das ist eine gute Idee", meinte Frau Vogt, „sicher kann ich auch meine Handtasche irgendwo einschließen. Man fühlt sich viel freier, wenn man nicht alles mit sich herumschleppen muss."

Herr Vogt geleitete sie zu den Fächern und beide schlossen ihre Sachen ein.

Anschließend kaufte Herr Seitz eine Eintrittskarte für Frau Vogt. Beim Einlass angelangt, grüßte der Kartenkontrolleur Herrn Seitz freundlich mit Namen.

„Wie Sie sehen, habe ich heute eine Begleitung mitgebracht."

„Viel Vergnügen", rief der Kontrolleur und lächelte.

Frau Vogt blieb einen Moment stehen und warf einen Blick auf das Entree.

„Ich hatte ganz vergessen, dass die Neue Pinakothek so ein schönes Gebäude ist."

„Die Münchner waren stolz, als sie 1980 eröffnet wurde, und strömten in Scharen hierher. Inzwischen haben wir weitere große Museen erhalten, beispielsweise die Pinakothek der Moderne und das Brandhorst-Museum, sodass sich die Besucherzahlen auf viele Museen verteilen. Aber mir gefällt es hier. Wenn es Ihnen recht ist, beginnen wir gleich rechts."

Herr Seitz führte Frau Vogt bereits im ersten Saal zu einem großen Gemälde von Heinrich Christoph Kolbe, einem Maler des frühen neunzehnten Jahrhunderts aus Düsseldorf.

„Sie wissen wahrscheinlich, dass die Neue Pinakothek insbesondere Bilder des neunzehnten Jahrhunderts beherbergt, und zwar aus ganz Europa. Man spricht auch vom sogenannten ‚langen neunzehnten Jahrhundert', weil ihm sowohl Bilder des späten achtzehnten wie auch Bilder, die erst Anfang des zwanzigsten Jahrhunderts gemalt wurden, zugerechnet werden. Darauf werden wir später noch zurückkommen. Ich möchte mit diesem Werk beginnen. Vielleicht beschreiben Sie mir, was auf dem Bild zu sehen ist?"

Frau Vogt fühlte sich im ersten Moment etwas überfordert, dann konzentrierte sie sich. Schließlich sagte sie: „Im Vordergrund sehe ich Reiter. Ihrer Kleidung nach gehören sie zum Militär. Sie sehen in einen dunklen Abgrund hinab. Weiter hinten im Bild steigt das Land wieder an. Auf einer Anhöhe ist eine Stadt zu sehen mit Kirche, Türmen und Wohngebäuden, weiter im Hintergrund ein großer Fluss und dahinter ein Berg."

„Ganz recht. Fällt Ihnen bei den Uniformen der

Soldaten noch etwas auf?"

Frau Vogt sah genauer hin. „Ja, es gibt rote und blaue."

„Das kommt daher, dass es sich bei den Soldaten um bayerische und um württembergische Soldaten handelt. Beide haben im Krieg zusammen mit Napoleon gekämpft. Wenn Sie so nah wie möglich an das Bild herangehen, möglichst ohne die Alarmanlage auszulösen, sehen Sie im Bereich der dunklen Schlucht weitere Reiter. Sie erkunden die Umgebung. Das Bild ist eine Auftragsarbeit zu Ehren der Soldaten, die in diesem Krieg gekämpft haben. Es gehört zu einer Serie, von denen aber nur dieses in der Pinakothek hängt."

„Das ist interessant. Ich glaube, ich hätte dieses Bild wahrscheinlich nicht beachtet. Ich weiß noch aus dem Geschichtsunterricht, dass in diesem Krieg sehr viele bayerische Soldaten gefallen sind. Wenn man diese Zusammenhänge kennt, bekommt das Werk eine Bedeutung. Diese Reiter in der Schlucht hätte ich überhaupt nicht wahrgenommen, wenn Sie es mir nicht gesagt hätten."

„Wenn es Ihnen recht ist, machen wir eine kleine Zeitreise, ausgehend vom frühen neunzehnten bis in das zwanzigste Jahrhundert. Die Säle der Neuen Pinakothek sind so gestaltet, dass man beim Rundgang die Form einer Acht abgeht. Ich habe mir in fast jedem Saal ein Bild herausgesucht, zu dem ich Ihnen etwas sagen kann. Wenn es Ihnen zu viel wird, müssen Sie mich stoppen."

„Haben Sie das alles im Kopf oder haben Sie sich noch einmal informiert?"

„Ich gebe zu, dass ich mich auf unseren Rundgang ein

wenig vorbereitet habe. Ich war unter der Woche hier und habe mir überlegt, was ich Ihnen zeigen möchte. Diese Vorbereitung hat mir Freude gemacht. Ich war motiviert, mir die Bilder anzusehen und mich bei dem einen oder anderen genauer zu informieren. In jedem Saal liegt ein Katalog mit Informationen."

„Ich glaube, den werde ich heute nicht brauchen."

„Nein, heute haben Sie mich dabei", sagte Herr Seitz und fasste Frau Vogt mit beiden Händen mutig an Arm und Ellbogen, um sie in den nächsten Saal zu lotsen.

Als sie nach eineinhalb Stunden bei den Bildern van Goghs angelangt waren, sagte Herr Seitz: „Ich glaube, es reicht für heute. Was halten Sie davon, wenn wir uns jetzt mit Kaffee und Kuchen stärken? Es gibt hier im Haus ein gut geführtes Café. Wenn wir Glück haben, bekommen wir einen Platz in der Sonne."

„Gerne", antwortete Frau Vogt. Inzwischen taten ihr die Füße ein wenig weh und sie freute sich darauf, sich setzen zu können.

Im Café bestellten sie Kaffee und Kuchen.

„Was hat Ihnen besonders gefallen?", fragte Herr Seitz.

„Ich habe das Gefühl, eine Zeitreise gemacht zu haben. Beeindruckt hat mich, dass früher nur Landschaften, Historisches und berühmte Leute gemalt wurden, aber dann, mit Beginn der sozialen Revolution, auch die einfachen Leute, zum Beispiel *Die Büglerin* von Edgar Degas. Ich habe Ihnen zu danken", sagte sie, und strahlte Herrn Seitz an. „Wenn ich alleine hierhergekommen wäre, hätte ich das nicht so wahrgenommen. Das haben Sie gut gemacht! Haben Sie schon mal daran gedacht, dass Sie hier Führungen anbieten könnten?"

„Ich weiß nicht, ich glaube, das ist mehr die Sache von Kunsthistorikern."

„Vielleicht sollten Sie sich mal erkundigen. Damit könnten Sie Ihr Wissen weitergeben. Es ist ein Genuss, sich in so schönen Räumen aufzuhalten."

„Nur am Sonntagnachmittag ist es mir meistens zu voll, insbesondere, wenn schlechtes Wetter ist."

„Sie sind in Rente, da müssen Sie nicht den Sonntag wählen."

„Stimmt. Aber manchmal ist mir gerade an Sonn- und Feiertagen langweilig, und da ich eine Jahreskarte habe, bin ich des Öfteren hergekommen."

Frau Vogt rückte ihren Stuhl so, dass ihr Gesicht von der Sonne beschienen wurde. Sie schloss die Augen und murmelte: „Was für ein schöner Nachmittag!"

Herr Seitz schloss sich ihr an und genoss ebenfalls die Ruhe und Wärme.

Als die Bedienung an ihrem Tisch vorbeikam und nachfragte, ob alles in Ordnung sei, blinzelte Frau Vogt sich wieder in die Wirklichkeit zurück.

„Danke, wir sind bestens versorgt", sagte sie, sah dann aber auf die Uhr.

„Herr Seitz, ich muss mich verabschieden. Ich habe meinen Mann vorgewarnt, dass ich heute später komme, aber jetzt muss ich los."

„Dann möchte ich zahlen", sagte Herr Seitz zur Bedienung.

„Nein, das müssen Sie mir überlassen, ich habe Ihnen zu danken und Sie haben bereits den Eintritt bezahlt!"

„Auf gar keinen Fall! Ich bin von der alten Schule."

„Dann müssen Sie mir versprechen, dass ich Sie das nächste Mal einladen darf."

„Das können wir dann entscheiden. Aber darüber, dass Sie Interesse daran haben, dass ich Ihnen wieder einmal etwas zeigen darf, freue ich mich!"

„Natürlich machen wir weiter, Herr Seitz. Das war wunderbar, ein richtiger Genuss."

„Vielleicht wäre es möglich, dass wir unsere Telefonnummern austauschen, ich kann nicht immer im Untergeschoß bei der Münchner Freiheit im Café sitzen und darauf warten, dass Sie vorbeikommen."

„Nein, das möchte ich auf keinen Fall. Jetzt, wo das Wetter wärmer wird, werden Sie sich in ein Straßencafé setzen. Wäre es Ihnen recht, wenn ich Ihnen meine Telefonnummer von der Arbeit gebe? Ich denke, mein Mann muss sich erst noch daran gewöhnen, dass ich diese Ausflüge mache. Ein Smartphone benutze ich nicht, da bin ich altmodisch."

„Ich bin genauso. Da ich nicht mehr arbeite, kann ich Ihnen nur meine Privatnummer geben. Ich hoffe, das ist Ihnen recht. Sie können mir jederzeit auf den Anrufbeantworter sprechen. Oder sollen wir vielleicht gleich etwas ausmachen?"

„Das geht nicht. Unter der Woche arbeite ich und nach einem Arbeitstag bin ich meist müde. Aber ich habe Überstunden, sodass ich mir wieder einmal einen Nachmittag freinehmen kann."

„Das wäre wunderbar!"

Frau Vogt sah zu, wie Herr Seitz die Rechnung beglich, und erhob sich dann.

„Noch einmal herzlichen Dank, Herr Seitz."

„Wenn Sie möchten, begleite ich Sie bis zur Straßenbahn", sagte er. „Ich werde dann noch ein Stück zu Fuß gehen."

„Gerne."

Die Bahn war bereits in der Ferne sichtbar, sodass beide sich beeilten, die Barerstraße zu überqueren. Sie konnten sich nur kurz die Hand schütteln, bevor Frau

Vogt einstieg. Sie winkte Herrn Seitz zu. Er winkte
zurück und sah der Bahn lange nach.

27. Kapitel

Helen versuchte, ihre langen Beine im schnittigen Sportwagen so weit wie möglich auszustrecken, aber aufgrund ihrer Größe saß sie ein wenig beengt und freute sich darauf, dass sie bald im Hotel ankommen würden. Sie betrachtete die vorbeiziehende Landschaft. Die Straße ging in mäßiger, aber konstanter Steigung bergauf und nach einigen Kilometern hielt Helen Ausschau nach einer größeren Hotelanlage. „Jetzt sollte bald etwas zu sehen sein", dachte sie. Auch wenn sie von der Hauptstraße noch einmal in eine kleinere Seitenstraße einbiegen sollten, gab es für größere Hotels meist Schilder, die das Anwesen bereits einige Kilometer vorher ankündigten, um auch Kurzentschlossene zu einer Einkehr zu bewegen.

„Ich bin richtig gespannt darauf, wohin du mich entführst", sagte sie, und legte Rainer eine Hand auf seinen Oberschenkel. Er nahm seine rechte Hand vom Lenkrad und legte sie auf Helens.

„Da kannst du auch gespannt sein. Ich entführe dich an einen ganz besonderen Ort."

Er blickte auf die Kilometeranzeige des Navigationsgeräts.

„Es sind nur noch zwei Kilometer", sagte er. „Bald werden wir ein bisschen laufen."

Zwei Minuten später hielt er vor einem kleinen Gasthaus „Zur Traube" an.

„Wenn ich mich recht erinnere", sagte er, „können wir hier das Auto abstellen. Warte einen Moment, ich habe irgendwo einen Zettel, auf dem ich mir das aufgeschrieben habe."

Er öffnete das Handschuhfach und zog Landkarten heraus, zwischen denen er das gesuchte Papier fand.

„Ich war schon oft hier, aber das letzte Mal ist mindestens sieben Jahre her. Sicher hat sich einiges verändert."

Er besah sich seine Notizen.

„Ich habe es richtig in Erinnerung, wir können vor diesem Gasthaus parken. Ich muss nur schnell hineingehen und Bescheid sagen und ein paar Sachen abholen. Wenn du dich frisch machen möchtest, dann wäre das eine gute Gelegenheit."

„Wie weit ist es denn noch bis zu unserer Unterkunft?", fragte Helen. Sie hatte absichtlich das Wort „Hotel" vermieden, denn inzwischen war sie sich unsicher, ob ihre Vorstellung mit dem, was sie erwarten würde, übereinstimmte.

„Ich glaube, wir brauchen ungefähr eine halbe Stunde bis zu unserer Residenz", sagte er und lächelte sie an.

„Dann ist es wohl besser, wenn ich mit dir hineingehe", sagte Helen, und betrat mit ihm das Gasthaus.

Nachdem sie sich etwas frisch gemacht hatte, traf sie auf Rainer, der an der Schänke gerade einen größeren Rucksack entgegennahm, in den noch das eine oder andere Lebensmittel verstaut wurde.

„I hob da noch a frisches Brot nei und acht Eier, die sind auch ganz frisch vom Nachbarn. I hoff, dass Ihr jetzt ois beianander habt."

Rainer nahm den Rucksack dankend entgegen und zahlte.

„Ja dann viel Spaß mitanand da oben. Am Anfang werds halt a bissl koid sein, aber des werd dann scho", sagte der Wirt und lächelte Helen freundlich an.

Als sie wieder beim Auto waren, sagte Rainer: „Jetzt hast du es bestimmt schon erraten, Helen. Wir werden in einer Berghütte übernachten. Es sind nur ungefähr zwanzig Minuten Fußweg bis nach oben. Wenn wir das Gepäck beim ersten Mal nicht schaffen, kann ich gerne zweimal gehen", sagte er. „Da oben sind wir ganz allein. Das wird dir gefallen."

Helen sah ihn skeptisch an.

„Aber er hat doch gesagt, dass es kalt sein wird!"

„Mach dir keine Sorgen. Wir machen es uns warm."

Rainer öffnete den Kofferraum und nahm wohl zum ersten Mal den Koffer von Helen wahr.

„Dein Koffer ist nicht so praktisch."

„Deine Anweisungen waren nicht eindeutig, ich habe Wandersachen mitgebracht, aber gedacht, dass wir in einer Pension oder einem Hotel übernachten und von dort aus eine Wanderung unternehmen. Deshalb habe ich mir auch ein paar schicke Sachen mitgenommen. Vielleicht ist es am besten, wenn ich ein wenig umpacke", sagte sie. „Ich werde meine Bergschuhe anziehen, High Heels werde ich auf der Hütte wohl kaum benötigen."

„Schön wäre es schon", sagte Rainer lachend.

„Das ist nicht das richtige Ambiente dafür", sagte Helen, und dachte: „Da bist du selbst schuld."

Sie tauschte die Schuhe und packte ihre zweite Hose, den dicken Pullover, eine Bluse sowie ihr Nachthemd und ihren Kulturbeutel in den Rucksack.

„Schade, dass ich meine dicken Socken nicht mitgenommen habe", überlegte sie. „Vermutlich wird es auf dieser Hütte eiskalt sein."

Rainer hatte zwischenzeitlich ausprobiert, wie er am besten seinen eigenen Rucksack sowie den mit den

160

Lebensmitteln tragen konnte. Nachdem beide ihre Anoraks angezogen hatten, verschloss er den Wagen und sie machten sich auf den Weg.

Zirka dreißig Meter nach dem Gasthof bog ein Weg nach rechts ab zur Kesselbodenalm.

„Das ist unser Weg, Helen! Die Kesselbodenalm liegt von unserer Hütte ungefähr eine halbe Stunde entfernt. Die ersten zehn Minuten von diesem Anstieg hier sind steil, dann geht es auf dem Hochplateau flach dahin", sagte er. „Soll ich vorgehen?"

Helen nickte. Sie stapfte Rainer auf dem schmalen Weg hinterher, der aufgrund der beiden schweren Rucksäcke langsam ging. Sie verspürte großen Widerstand gegen diese kleine Wanderung.

„Ich hab mir alles so schön gemütlich vorgestellt, und jetzt laufe ich hier diesen steilen Pfad entlang. Ich hätte Rainer fragen sollen, was er vorhat." Ihr war klar, dass sie an der Situation zunächst nichts ändern konnte. Rainer war so begeistert von seinem Vorschlag. Sie musste sich diese Hütte zumindest einmal ansehen.

Tagsüber war es sonnig gewesen, aber zwischenzeitlich waren Wolken aufgezogen, die sich nun verdichteten. Als sie nach einer Viertelstunde das Plateau erreichten, kam ihnen ein kalter Wind entgegen. Waren sie bisher gezwungen gewesen, hintereinander zu gehen, so kamen sie jetzt auf einen breiteren Weg, auf dem sie nebeneinander gehen konnten.

„Geht's?", fragte Rainer.

„Alles ok", antwortete Helen.

Rainer lächelte sie an. „Jetzt ist es nicht mehr weit."

Der Wind frischte auf. Kurz bevor die beiden die Hütte erreichten, fielen die ersten Regentropfen.

„Ich glaube, jetzt sollten wir uns beeilen", sagte Rainer, und fiel in einen leichten Laufschritt.

„In Ordnung", erwiderte Helen und trabte hinter ihm her.

Kaum hatten sie das Vordach erreicht, begann es richtig zu schütten.

„Da haben wir nochmal Glück gehabt", bemerkte Rainer.

„Wie man's nimmt", murmelte Helen und stellte ihren Rucksack ab.

Rainer schloss schnell die Tür auf und betrat vor ihr die Berghütte. Drinnen war es stockdunkel und Rainer tastete nach dem Lichtschalter. Er fand ihn schließlich unter einer Regenjacke, die im Eingangsbereich an der Garderobe hing.

„Die selbst ausgebauten Hütten folgen nicht immer der gleichen architektonischen Logik wie andere Gebäude", sagte er. „Die Hütte gehört meinem Freund Stefan. Er und seine Freunde haben immer wieder was verbessert, manchmal etwas unorthodox. Ich habe auch schon mal mitgeholfen, aber das ist lange her. Wir haben damals den Dachstuhl gedämmt. Aber jetzt komm erst einmal herein und nimm Platz. Ich gehe um die Hütte herum und öffne die Fensterläden, damit wir Tageslicht bekommen."

„Dabei wirst du aber ganz nass werden."

„Zum Teil steht das Dach etwas vor, aber für dich riskiere ich auch, vollkommen nass zu werden", sagte Rainer und lächelte. Dann verschwand er durch die Tür.

Nach und nach wurde der Raum heller und Helen konnte erkennen, dass sie in einem circa sechzehn Quadratmeter großen Wohnraum auf einer Eckbank saß, die mit geblümten Kissen belegt war. Die

Vorhänge an den vier kleinen Fenstern des Raums hatten das gleiche Muster. Gegenüber der Eingangstür befand sich eine Küchenzeile. Neben der Küchenzeile ging es in einen weiteren Raum.

„Hoffentlich gibt es eine Toilette und ein Bad", dachte Helen. Sie stellte sich mit Schaudern vor, dass sie anderenfalls unter Umständen auch nachts aus der Hütte laufen müsste.

Sie tastete sich in den nächsten Wohnraum vor und gerade als sie sich umsehen wollte, öffnete Rainer die dazugehörigen Fensterläden, sodass sie sehen konnte, dass links und rechts jeweils ein Stockbett stand. „Das ist nicht gerade ein komfortables Liebesnest", dachte Helen, „aber gut, Rainer wird sich etwas dabei gedacht haben."

Mit Erleichterung stellte sie fest, dass dieser Raum in einen weiteren kleinen Vorraum führte, in dem es mehrere Regale gab, in denen Sachen deponiert werden konnten, und von dort führte eine Tür zu einer Toilette und einem größeren Waschbecken. Eine Dusche war nicht zu sehen.

Rainer kam zur Tür herein und legte seinen nassen Anorak ab.

„Du hast dich schon umgesehen", sagte er, „und, gefällt's dir?"

„Ganz schön", meinte Helen etwas vage, „ich bin froh, dass es hier eine Toilette gibt."

„Das ist praktisch, früher war das nicht der Fall. Da gab es das sogenannte ‚Heiserl' außerhalb, aber das ist jetzt zum Holzschuppen umfunktioniert worden. Apropos Holz. Ich werde gleich einmal Feuer machen, und wenn du möchtest, kannst du deine Sachen auspacken und es dir schon mal gemütlich machen. Dann gibt es Kaffee und Kuchen."

163

Während Helen ihre Sachen auspackte, schleppte Rainer einen großen Weidenkorb voll Holz herbei, das er gekonnt in den Ofen schichtete. Dann zündete er etwas Zeitungspapier an, das auf einem Stapel in der Nähe des Ofens lag, und wartete, bis das Holz Feuer fing.

Helen war hinter ihn getreten und beobachtete die züngelnden Flammen. War es ihr zunächst, als sie die Hütte betreten hatten, gar nicht so kalt erschienen, so merkte sie, dass der Raum ausgekühlt war. Sie rieb sich die Hände.

„Ist dir kalt?", fragte Rainer.

„Schon", sagte Helen.

„Darauf bin ich vorbereitet. Ich habe dir meinen extradicken Pullover mitgebracht, den kannst du haben."

Er schnürte seinen Rucksack auf und gab ihr einen dicken Norwegerpullover, der am Hals mit einem Reißverschluss geschlossen werden konnte.

„Fühlt sich gut an", sagte Helen. „Brauchst du ihn denn nicht?"

„Mir ist wichtig, dass dir nicht kalt ist", sagte Rainer, „ich friere nicht so schnell. Es wird bis zum nächsten Morgen dauern, bis die Hütte richtig warm ist. Aber du wirst sehen, es wird bald besser. Ich hatte mir vorgestellt, dass wir vor der Hütte Kaffee trinken können und dann noch einen kleinen Spaziergang in die Umgebung machen, während es hier warm wird, aber bei Regen ist das keine gute Idee. Wir werden es uns hier gemütlich machen."

„Kann ich dir helfen?"

„Du könntest die Betten beziehen."

„Schläfst du lieber oben oder unten?"

„Was hältst du davon, wenn wir die beiden Betten

unten beziehen? Dann können wir uns wenigstens ansehen."

„Oder die beiden Betten oben", schlug Helen vor, die sich plötzlich an die Skilager während der Schulzeit erinnerte, bei denen die oberen Stockbetten begehrt gewesen waren.

„Wenn dir das lieber ist, gerne. Bettwäsche findest du in dem Schrank dort neben der Tür. Handtücher habe ich mitgebracht."

Rainer ließ Wasser aus dem Wasserhahn, das zunächst braun herausrann, und füllte dann, als es klar wurde, eine Kanne mit Wasser.

„Wenn du mit den Betten fertig bist, steht der Kaffee bereit."

Beide arbeiteten still vor sich hin. Rainer räumte die Lebensmittel aus dem Rucksack in die Regale und Sachen, die gekühlt werden sollten, in einen Behälter.

„Es hat sicher nicht mehr als zehn Grad draußen, wir können die empfindlichen Sachen in diese Box tun und ins Freie stellen."

Schließlich waren die Betten bezogen, und Rainer lud Helen ein, am Tisch Platz zu nehmen.

„Jetzt gibt es erst mal etwas zur Stärkung. Möchtest du Milch und Zucker zum Kaffee?"

„Nur Milch bitte."

„Schau, die haben uns auch frische Rohrnudeln eingepackt. Wenn du magst, kannst du sie in den Kaffee eintunken. Ein Apfelkuchen ist auch noch da."

„Das essen wir jetzt alles auf", sagte Helen, die plötzlich spürte, dass sie hungrig war.

Beide machten sich über das Gebäck und den Kaffee her. Nachdem sie ihren Hunger gestillt und die Wärme des Kaffees genossen hatten, lehnte Rainer sich zurück. Er sah etwas müde, aber auch entspannt aus.

„Helen, ich habe mir schon gedacht, dass du dir was Nobleres vorgestellt hast, aber weißt du, diese Hütte ist ein Platz, an dem ich mich wohlfühle. Wir hatten einen schlechten Start, weil es zu regnen anfing, aber laut der Vorhersage soll es Samstag und Sonntag schön werden."

Er sah Helen lange an.

„Du scheinst nicht überzeugt zu sein."

„Bin ich auch nicht", sagte Helen, „ich hatte mir etwas anderes vorgestellt. Ich arbeite viel und mache eher selten Urlaub, nicht einmal die fünf Wochen, die einem Arbeitnehmer zustehen. Wir sind eine kleine Kanzlei und Kerstin muss wegen der Schulferien ihrer Kinder öfter freinehmen als ich. Wenn ich wegfahre, dann gönne ich mir immer etwas Besonderes, wo ich nichts mehr machen muss, keine Betten beziehen, kein Kochen."

„Findest du es nicht störend, wenn du in einem Hotel so viele Menschen um dich herum hast?"

„Die blende ich einfach aus. Manchmal genieße ich es auch, wenn ich mit jemandem ins Gespräch kommen kann."

„Für mich war es immer etwas ganz Besonderes, an einen Ort zu fahren, der mitten in der Natur liegt, wo es keine Straßen, kein Fernsehen und oft auch kein Internet gibt. Hier muss ich für alle Bedürfnisse, die ich habe, wie zum Beispiel Wärme, erst einmal etwas machen, wie jetzt das Feuer. Zu Hause ist das alles selbstverständlich. Hier gibt es auch nicht automatisch warmes Wasser."

Helen schauderte.

„Das erwärmt sich so nebenbei in dem Behälter, der in unserem Ofen hängt. Wir können es zum Waschen und Geschirrspülen benutzen. Ich werde hier ruhiger und bewusster und bekomme mehr vom Tag mit. Der erscheint mir übrigens auch länger als in der Stadt. Stefan und ich waren früher oft hier, manchmal auch zusammen mit anderen Leuten, die vor dem Haus gezeltet haben. Wir haben gefeiert, Gitarre gespielt und gesungen, bis tief in die Nacht. Seit ich verheiratet bin, ging das nicht mehr. Meiner Frau gefällt es hier nicht. Es ist ihr zu wenig komfortabel."

„Das kann ich nachvollziehen", dachte Helen, „aber mal sehen, wie sich alles entwickelt."

Rainer nahm ihre Hand.

„Was hältst du davon, wenn wir eine Pause machen, bevor wir irgendetwas anderes machen. Du siehst müde aus."

„Bin ich auch."

Rainer zog Helen vom Stuhl hoch und trat auf sie zu. Er schob ihre Haare aus dem Gesicht, umfasste es mit beiden Händen und küsste sie.

„Auf diesen Moment habe ich lange gewartet", sagte er, „komm, lass uns ins Bett gehen."

28. Kapitel

Als Frau Vogt gegen Abend nach Hause kam, saß ihr Mann in der Küche und schnitt Zwiebeln. Seine Augen tränten und er war gerade dabei, mit einem Küchentuch die Tropfen abzuwischen.

„Das ist doch jedes Mal der gleiche Mist. In dem Zwiebelschneider bleiben die großen Stücke hängen, schneide ich sie mit der Hand, tränen mir die Augen", sagte er ohne Begrüßung zu seiner Frau. Frau Vogt öffnete erst einmal das Fenster.

„Der neue Zwiebelschneider funktioniert schon, du musst die Stücke vorher etwas kleiner schneiden. Pass auf, ich helfe dir", sagte sie, nahm sich ebenfalls ein Messer aus der Küchenschublade und ein Brett aus dem Regal und begann, eine der fünf auf dem Küchentisch liegenden Zwiebeln zu schälen.

„Wofür brauchen wir eigentlich so viele?"

„Das kannst du dir doch denken, für ein richtiges Gulasch natürlich."

„Warum bist du so unfreundlich? Ich hab dir doch nichts getan."

„Doch", rutschte es Herrn Vogt heraus. „Du treibst dich in Museen herum, während ich dafür sorgen kann, dass das Essen auf den Tisch kommt."

„Aha", dachte Frau Vogt, „da macht sich also jemand Sorgen. Das ist gar nicht schlecht."

Laut sagte sie: „Möchtest du denn wissen, wie es war?"

„Sicherlich ganz toll", grummelte Herr Vogt.

„Da liegst du richtig. Es war schön und interessant."

„Hast du vielleicht irgendwelche Bilder gesehen, die vorher noch nicht da waren?"

„Ich denke, es war die dieselbe Ausstellung, die wir vor vielen Jahren einmal besucht haben, aber es macht einen Unterschied, ob jemand etwas über die Bilder erzählen kann oder ob man nur so durch die Säle schlendert."

„Schäl du die Zwiebeln, ich kann nicht mehr", sagte Herr Vogt, stand auf und ging, um sich die Hände zu waschen.

„Mache ich", entgegnete Frau Vogt gut gelaunt.

„Und was gibt's über die Bilder zu erzählen?"

„Ich habe einen guten Eindruck davon bekommen, wie sich die Malerei im Laufe des neunzehnten Jahrhunderts verändert hat, und ich habe zum Beispiel erfahren, dass die Herrscher früher Maler in ferne Länder geschickt haben, nur um dort die Landschaft zu malen. Zu dieser Zeit konnte man nur langsam reisen, die meisten Leute gar nicht. Die Bilder waren eine gute Möglichkeit, zumindest einen Eindruck zu bekommen. Es gibt in der Neuen Pinakothek einen ganzen Saal mit Gemälden von Carl Rottmann, den Ludwig der Erste beauftragt hatte. Er hat 23 Bilder von verschiedenen Orten in Griechenland gemalt, auch Korinth oder Olympia. Das Interessante ist, dass diese Orte heute ganz anders aussehen. Und warum?"

„Keine Ahnung."

„Weil die Ausgrabungen, wie man sie von Fotografien oder Reisen her kennt, erst viel später stattgefunden haben. Damals waren die antiken Stätten zum größten Teil noch verschüttet."

„Du bist ja ganz schlau geworden."

„Das glaube ich auch", erwiderte Frau Vogt, und gab die letzten Zwiebelstücke in den Topf.

„Ich gehe mal davon aus, dass du jetzt weiterkochst",
sagte sie, wusch sich die Hände und verließ die
Küche.

Ihr Mann tat ihr ein wenig leid, aber sie hoffte, dass
die Rechnung aufgehen und er sich nach einer Phase
der Verunsicherung wieder mehr für sie interessieren
würde. Falls ihr Plan nicht funktionieren sollte, hatte
sie zumindest einen wunderbaren Nachmittag gehabt.

Sie zog ihre Businesskleidung aus, bequeme Sachen an
und freute sich auf das deftige Abendessen und ein
gemütliches   Wochenende.

29. Kapitel

Helen war vollkommen entspannt. Sie hätte nachträglich nicht mehr sagen können, wann genau dieser Zustand eingetreten war. Eigentlich fiel es ihr nicht so leicht, sich zu öffnen und sich einem Mann hinzugeben, sodass ihr das „erste Mal" immer etwas schwierig erschien. Sie glaubte sich vage zu erinnern, dass es heute anfangs auch so gewesen war. Nachdem Rainer sie lange und ausgiebig geküsst hatte, hatte er sie gefragt, ob sie lieber das Stockbett rechts oder links benutzen sollten. Helen hatte sich für rechts entschieden, weil man dort einen besseren Blick durch das Fenster hatte. Sie konnte sich nicht vorstellen, wie sie beide in dem schmalen Bett liegen sollten. Aber dann war plötzlich alles ganz einfach gewesen. Rainer hatte ihr nach und nach das eine oder andere Kleidungsstück vom Leib gepflückt. Sie hatte aus Fairnessgründen darauf bestanden, dass auch er seine Kleidung über Bord zu werfen habe. Schließlich waren beide nackt gewesen und hatten sich aneinander unter die Bettdecke gekuschelt, weil es um sie herum ziemlich kalt war.

„Dem Himmel sei Dank, dass es hier so kalt ist", hatte Rainer gemeint, „ansonsten würdest du dich nicht so nah an mich drängen."

„Vielleicht doch", antwortete Helen, und es war ihr plötzlich ganz leicht geworden, die Regie zu übernehmen. Der Duft von Rainer war ihr schon vertraut, den Rest wollte sie jetzt entdecken.

171

Es war bereits dunkel, als Helen wach wurde. Nach einiger Weile räkelte Rainer sich und versuchte, sich aus der äußeren Löffelstellung auf den Rücken zu drehen.

„Richtig viel Platz haben wir hier nicht, aber das ist ja auch ein Glück", sagte er und umfasste Helen fester.

„Hm, ich bin vollkommen entspannt."

„Ich auch."

„Ich glaube, mein Denken hat sich verlangsamt."

„Meines existiert nicht mehr."

„Wahrscheinlich sind wir bald erleuchtet."

„Ich auf jeden Fall, von dir, Helen. Ganz und gar ausgeleuchtet. Das heißt nein, es gibt noch eine kleine Stelle, die könnte noch etwas mehr Erleuchtung vertragen. Meinst du, das wäre möglich?"

Helen drehte sich zu Rainer um.

„Vielleicht", sagte sie, „lass es uns versuchen."

Eine halbe Stunde später bemerkte Rainer: „Das Einzige, was mich aus unserem Liebesnest forttreibt, sind Durst und Hunger."

Helen spürte, dass sie schon wieder Appetit hatte.

„Hattest du nicht vorhin etwas von einer Suppe gesagt und einem Rotwein?"

„Die beiden Sachen sind der nächste Programmpunkt. Obwohl", er hielt inne und fuhr mit seiner Hand an Helens Körper entlang, „vielleicht möchtest du dich zunächst noch etwas frisch machen."

Helen sah ihn an. „Eigentlich liebe ich deine Feuchtigkeit auf mir, aber da wir gleich vornehm dinieren werden, erscheint es mir doch angemessen, dass ich mich etwas zurechtmache."

„Ich kann dir etwas heißes Wasser zum Waschbecken in die Toilette bringen."

„Nicht notwendig", meinte Helen, „jetzt kennst du

meinen Körper. Da kann ich mich gleich in der Küche waschen, dort ist es auch viel wärmer."

„Ah, das ist der Grund. Ich dachte schon, du wolltest mir etwas gönnen."

„Will ich auch. Es ist eine Win-win-Lösung für uns beide", sagte Helen und stieg aus dem Bett.

Als sie etwas später bei Tisch saßen, die heiße Suppe mit Butterbrot aßen und den Rotwein genossen, fragte Rainer: „Möchtest du immer noch ins Wellnesshotel?"

„Nein, aber nur, weil ich den Weg im Regen zurückgehen müsste", antwortete Helen.

„Das glaube ich dir nicht."

„Brauchst du auch nicht", sagte Helen lachend.

Nachdem sie die Teller abgeräumt und abgespült hatten und lediglich die beiden Rotweingläser und eine Tafel Schokolade auf dem Tisch waren, sagte Rainer: „Wenn du möchtest, erzähle ich dir etwas von mir."

Helen nickte zustimmend.

„Ich bin in der Gegend von Ingolstadt aufgewachsen", begann Rainer, „und habe einen jüngeren Bruder, Severin. Meine Eltern sind beide recht ehrgeizig. Mein Vater hat als Diplom-Ingenieur in der Automobilbranche gearbeitet, meine Mutter ist ebenfalls Ingenieurin. Sie hat, als mein Bruder und ich zur Welt kamen, ein paar Jahre ausgesetzt, dann hatten wir aber bald ein Au-pair-Mädchen und sie hat wieder angefangen, Vollzeit zu arbeiten. So sind mein Bruder Severin und ich hauptsächlich unter der Regie diverser Au-pair-Mädchen groß geworden. Als ich noch klein war, hat mir der jährliche Wechsel nicht so behagt. Als ich größer wurde, habe ich es genossen, weil die jungen Damen es oft nicht so genau nahmen. Als ich noch älter war, war ich manchmal richtig verliebt. Mit einer jungen Schwedin wäre es beinahe etwas geworden, aber sie bekam dann doch Bedenken, dass sie mit meinen Eltern Ärger bekommen könnte, und so wurde ich in meinem Forscherdrang gebremst. Zum Leidwesen meiner Eltern hatte Severin eine Schreib- und Leseschwäche, wegen der sie sich viele Sorgen gemacht haben. Um unsere Eltern nicht zu enttäuschen, habe ich mich in der Schule umso mehr angestrengt. Heute glaube ich, dass ich als Kind viel Verantwortung übernommen habe. Severin und ich haben oft miteinander gespielt, bis man halt in das Alter kommt, ab dem einem die Jüngeren lästig werden. Wir waren immer beide im gleichen Fußballverein und ich habe immer brav auf ihn gewartet, bis auch er mit seinem Training fertig war, weil die Au-pairs beim Abholen manchmal etwas unpünktlich waren. Nachdem ich mit der Schule fertig war, habe ich in Nürnberg studiert. Mein Bruder hat irgendwann die Schule abgebrochen. Er hat die mittlere Reife und dann mehrere Ausbildungen begonnen als Krankengymnast, Dekorateur und Bühnenbildner. Schließlich war er ziemlich frustriert und hat sich für so etwas ähnliches wie Work and Travel entschieden. Er ist dann zunächst nach Australien, anschließend nach Neuseeland, schließlich nach Indonesien. Ich hatte während des Studiums eine feste Freundin, Elke aus Husum, die dann aber nach dem Studium unbedingt wieder an die Nordsee zurückwollte. Da wollte ich definitiv nicht hin."

„Dieses Problem kenne ich", murmelte Helen.

„Ich war ein paar Jahre Single. Dann habe ich Elvira kennengelernt. Elvira hat eine deutsche Mutter und einen japanischen Vater, der sich nicht allzu viel um sie gekümmert hat. Sie war ganz begeistert von unserem Familienleben, denn am Wochenende bin ich noch oft zu meinen Eltern und meinen früheren Freunden zurückgefahren. Ingolstadt ist wie ein Dorf, da kennt fast jeder jeden. Viele junge Leute bleiben dort, weil es ausreichend Arbeitsplätze gibt, und dann bestehen die Cliquen, die es zur Schulzeit gab, einfach weiter. Mir war das manchmal zu eng, weil in gewisser Weise immer dasselbe, aber für Elvira fühlte sich das gut an. Sie ist Fremdsprachenkorrespondentin und hatte eigentlich einen guten Job, den sie aber sofort aufgegeben hatte, als sie schwanger wurde."

„Warum?", fragte Helen.

„Als ihr der Arzt gesagt hat, dass sie Zwillinge erwartet und sich ein wenig schonen solle, da Zwillingsschwangerschaften anstrengender seien, hat sie das zum Anlass genommen, sich ab da in den Sessel zu setzen. Ich glaube, sie wollte einfach verwöhnt werden. Etwas, das sie als Kind nie erlebt hat. Sie war der Ansicht, das stünde ihr als werdende Mutter zu. Sie hat sich dabei sehr auf die Schwangerschaft konzentriert und entsprechend dramatisch lief diese in ihren Augen auch ab. Die Zwillinge wurden vier Wochen vor dem Geburtstermin geboren. Beide Kinder waren sehr klein und mussten noch weitere drei Wochen im Krankenhaus bleiben, und natürlich war anschließend die Betreuung aufwändig. Elvira ist damals ziemlich durchgedreht, sodass wir tagsüber ein Kindermädchen organisiert haben. Sie wollte unbedingt, dass ich ein halbes Jahr unbezahlten Urlaub nehme, aber das war wirtschaftlich einfach nicht möglich. Meine Mutter hat ihr oft an den Wochenenden ausgeholfen. Insgesamt habe ich diese Zeit in schrecklicher Erinnerung. Entweder weinte einer der Zwillinge oder meine Frau. Aber schließlich wurden die Kinder größer und jetzt ist alles gut. Auch ihre Schulangst haben sie überwunden."

„Was ist das?"

„Mit Schulangst bezeichnet man eine panische Angst vor der Schule."

„Das ist ja schrecklich", sagte Helen, „ich hatte zwar in den späteren Schuljahren häufig Schulunlust, aber die ist sicher weniger dramatisch."

„Insbesondere Maxi hat sich vor der Schule oft übergeben müssen, und manchmal sogar in den Schulpausen. Bei Vicky war es nicht ganz so schlimm. Wir haben eine Psychologin konsultiert, die mit den Kleinen gearbeitet hat. Jetzt kommen sie gut zurecht." Rainer sah Helen an. „Ich wollte dich nicht mit meiner Familie langweilen. Eigentlich wollte ich dir nur etwas von mir erzählen."

„Aber das geht nicht ohne die Familie, die du gegründet hast. Sie ist ein wichtiger Teil von dir und wird es immer bleiben. Wir sagen unseren Mandanten, als Mann und Frau können Sie sich trennen, als Vater und Mutter nicht. Das bleiben sie lebenslang."

„Ja, das ist so. Ich überlege nur, warum ich mir ausgerechnet diese Frau als Mutter meiner Kinder ausgesucht habe."

„Den Satz höre ich öfter. Aber so ist es, wenn man sich nicht mehr versteht. Dann würde man alles gerne rückgängig machen und gleichzeitig die Kinder behalten, die man gemeinsam bekommen hat."

Rainer sah Helen zärtlich an.

„Danke, dass du mir so lange zugehört hast. Jetzt möchte ich aber etwas über dich erfahren", sagte er.

„Gerne", sagte Helen und begann zu erzählen.

30. Kapitel

Am Samstagmorgen wurde Helen als Erste wach. Noch bevor sie die Augen aufschlug, nahm sie wahr, dass sich etwas verändert hatte. Der Raum, in dem sie geschlafen hatten, war jetzt vom Sonnenlicht durchflutet. Das Fenster war klein, aber die Sonne schien geradewegs hindurch und hinterließ am Boden einen großen Lichtkegel.

Sie wollte Rainer nicht aufwecken, stand daher leise auf und kletterte die Leiter des Hochbetts hinab. Sie hatten es doch tatsächlich geschafft, die ganze Nacht zusammen in einem der schmalen Betten zu schlafen. Helen war sich am Abend sicher gewesen, dass sie nach einiger Zeit in das andere Bett wechseln würde. Offensichtlich hatte sie so tief geschlafen, dass die Enge nicht gestört hatte und Rainers Körper fühlte sich für sie vertraut an. „Das ist sicher ein gutes Zeichen", dachte Helen. Sie ging zum Herd und legte ein paar Holzscheite nach.

Inzwischen erschien ihr die Küche angenehm warm, die Kühle, die am Vortag noch von den Wänden abgestrahlt wurde, war verschwunden.

„Es wird richtig gemütlich", dachte sie, holte sich heißes Wasser und mischte es mit kaltem. Sie putzte sich die Zähne, wusch sich mit einem Waschlappen von Kopf bis Fuß und trocknete sich ab. „Die Generationen vor uns haben sich ebenso gewaschen", dachte sie, „wenn sie nicht in einen Fluss oder in einen See eintauchen konnten. Man nimmt sich bewusster wahr, wenn die Reinigung Stück für Stück stattfinden muss." Anschließend zog sie sich an und setzte Wasser für den Kaffee auf. Danach öffnete sich die unverschlossene Hüttentür.

Rainer hatte ihr am Vortag erklärt, dass es nicht üblich war abzuschließen, wobei er zugegeben hatte, dass er einmal, als er alleine gewesen war, doch lieber den Schlüssel umgedreht hatte. „Aber du bist bei mir", hatte er ergänzt, „da kann mir nichts passieren."

Helen war am Vorabend, kurz bevor sie ins Bett gegangen waren, noch einmal vor die Hütte getreten. Es hatte in Strömen geregnet und sie war sich sicher gewesen, dass sich in dieser Nacht niemand in ihre Gegend verirren würde. Jetzt lagen die Wiesen im Sonnenschein vor ihr und sie konnte seitlich von der Hütte den Berg hinauf bis zum Gipfel sehen. Die Berge lagen im Halbkreis um das Tal. Nur ganz im Süden war ein leichter Wolkenschleier zu sehen.

„Ein prächtiger Tag", dachte sie, „wie gemacht für eine Wanderung."

Nachdem der Schnee noch bis auf eine Höhe von etwa 1.500 Meter reichte, war klar, dass sie nur ein Stück den Berg hinauf und dann allenfalls an ihm entlang gehen konnten. Sie vertraute auf Rainer. „Er kennt die Gegend, ihm wird schon was einfallen."

Plötzlich quietschte die Tür hinter ihr und zwei Hände umfassten ihre Schultern. Rainer drehte sie zu sich um.

„Guten Morgen, meine Schöne, du bringst mir wirklich Glück. So schönes Wetter gibt es nur, wenn du hier bist! Ich habe auf dieser Hütte auch schon tagelang im Nieselregen gesessen. Schau mal, da drüben kannst du den Großglockner sehen."

„In der Gegend kann man bestimmt noch prima

179

Skifahren."

„Sicher, aber ich wollte mit dir allein sein. Und heute werden wir beide Händchen haltend den Berg hinaufwandern."

„Bis zur Schneegrenze."

„Vielleicht ein wenig darüber hinaus", schmunzelte Rainer, „ich habe da eine Idee."

„Zuerst gibt es aber Kaffee."

„Sofern das Kaffeewasser nicht inzwischen verdunstet ist."

„Oh je, ich habe ganz vergessen, wie schnell es kocht, wenn der Ofen angeheizt ist. Ich habe mich übrigens schon gewaschen", sagte Helen, „vielleicht bist du diesmal so nett und machst eine kleine Show vor meinen Augen."

„Gerne, wenn dir das Freude bereitet", grinste Rainer und küsste sie erneut. Anschließend nahm er Helen bei der Hand und zog sie mit sich in die Hütte.

Nachdem der Kaffee sie richtig wach und Brote mit Bauernbutter, Hartwurst und Käse sie gestärkt hatten, packte Helen ihren Rucksack und nahm eine Thermoskanne Früchtetee sowie Obst und zwei Müsliriegel mit, die Rainer in einem Regal in der Küche entdeckt hatte.

„Ich glaube zwar nicht, dass ich in nächster Zeit hungrig werde", sagte er und klopfte sich auf seinen gut gefüllten Bauch, „aber bei Frauen weiß man nie, wann sie schlapp machen."

„Ganz recht", pflichtete ihm Helen bei, „ich werde schnell hungrig und möchte gut versorgt werden, wenn ich schon nicht in einem Wellnesshotel übernachten kann."

„Dafür mache ich jetzt mit dir einen Wellnessspaziergang", sagte Rainer.

Nachdem sie Bergschuhe und Anorak angezogen und Rainer die Hütte verschlossen hatte, damit, wie er meinte, ihre Vorräte nicht geplündert würden, nahm er Helen bei der Hand und beide stiegen den kleinen Fahrweg entlang aufwärts.

„Wir machen jetzt eine Überraschungstour. Ich erzähle dir nicht, wo wir hingehen, außer, dass es vorerst ein Stück bergauf geht und wir es von daher langsam angehen lassen sollten, damit du gut durchhältst."

„Ich habe eine prima Kondition."

„Wir werden sehen."

Sie gingen schweigend nebeneinander her, bis sie nach einer halben Stunde ein Gasthaus erreichten, das Autofahrer auch über eine geteerte Landstraße anfahren konnten. Circa hundert Meter über ihnen war die Schneegrenze sichtbar, sodass Helen sich fragte, wie es nun weitergehen würde. Etwa fünfzig Meter vom Gasthaus entfernt ging rechts ein Pfad ab. An der Kreuzung stand ein Schild. Rainer lief an dieser Stelle voraus, zog seinen Anorak aus und hängte ihn über das Schild.

„Ich möchte die Dame bitten weiterzugehen und davon auszugehen, dass hier kein Wegweiser ist, auf dem stehen könnte, wohin es geht."

„Aha", sagte Helen, und stapfte voran. „Was kann an einem Berg eigentlich Überraschendes kommen? Ein Ausblick, von dem aus man eine Wildfütterung betrachten kann, vielleicht eine vorgebaute Kanzel, von der aus man einen besonderen Blick hat, oder eine Alm?", dachte sie, und legte ein wenig Tempo zu. Inzwischen war sie gut eingegangen und kam in Fahrt. Rainer stapfte hinter ihr her.

„Kann man dich irgendwie bremsen?", rief er nach

einer Viertelstunde.

Helen sah sich um. Rainer war ein Stück hinter ihr. Das war ihr gar nicht aufgefallen.

„Das kommt davon, wenn man immer alleine etwas unternimmt. Ich sollte ein wenig achtsamer sein", dachte sie. Dennoch rief sie: „Eigentlich nicht, ich lasse mich höchstens von einer Alm, die Kaiserschmarrn anbietet, bremsen."

„Die kann ich dir nicht versprechen, aber vielleicht lässt du dich durch einen Kuss aufhalten."

„Könnte sein", meinte Helen, und blieb stehen.

Als Rainer sie eingeholt hatte, nahm er sie in die Arme und küsste sie intensiv.

„Du glaubst gar nicht, wie erregend es ist, hinter deinem hin- und herpendelnden Hinterteil herzugehen", sagte er, „aber wenn es in die Ferne zu entschwinden droht, bekomme ich Panik."

„So weit war ich auch noch nicht weg. Aber du musst entschuldigen, ich war so im Rhythmus, dass ich gar nicht mehr gemerkt habe, dass es einen größeren Abstand zwischen uns beiden gab."

„Macht doch nichts. Ich dachte, meine Kondition wäre besser, aber seitdem die Kinder geboren wurden, habe ich wenig unternommen, bis auf etwas Fitnesstraining in letzter Zeit."

„So viel mache ich auch nicht, aber ich jogge halt gerne. Das schaffe ich jede Woche ein- bis zweimal."

„Ich hoffe, du nimmst mich in Zukunft mit, das wäre ein Ansporn."

„Gemeinsam laufen finde ich problematisch, weil jeder sein eigenes Tempo hat, aber wir können gerne gemeinsam starten und uns dann irgendwo treffen. Der Englische Garten ist ideal dafür. Er bietet so viele Möglichkeiten. Man kann jedes Mal eine andere Route laufen."

„Was bin ich für ein glücklicher Mann", sagte Rainer, „dass ich dich kennengelernt habe", und küsste Helen erneut. „Wenn du vielleicht in der nächsten halben Stunde ein wenig Rücksicht auf meinen Trainingsrückstand nehmen könntest, wäre ich dir sehr verbunden."

„Mache ich gerne", antwortete Helen und nahm ihn bei der Hand.

Inzwischen hatten sie die Schneegrenze erreicht.

„Jetzt ist es nicht mehr weit. Wir werden ein Stück durch den Schnee laufen. Ich hoffe, er ist nicht zu tief."

Rainer führte Helen bis zu einer Kreuzung, von der ein weiterer Weg abzweigte. Im Schnee waren Fußstapfen von Leuten zu sehen, die diesen Weg vermutlich am Vortag gegangen waren.

„Es ist nicht ganz ideal, dass hier noch Schnee liegt, aber wir werden es schaffen. Gut, dass es Fußspuren gibt."

„Jetzt bin ich aber doch gespannt", dachte Helen, „wo das hinführen wird."

Von jetzt ab ging es wieder etwas steiler bergauf und beide stiegen hintereinander Schritt für Schritt bedächtig voran.

Plötzlich hörte Helen einen Fluss rauschen.

„Hörst du das?", fragte Rainer, „so zweihundert Meter von uns entfernt ist eine Schlucht. Da saust schon das erste Schmelzwasser in die Tiefe."

Nach etwa dreihundert Metern wurde das Tosen wesentlich lauter.

„Jetzt ist es nicht mehr weit", sagte Rainer.

„Und ich bin froh um die Fußspuren. Ansonsten hätte ich Bedenken, dass wir hier irgendwann über die

Klippe stürzen."

„Man kann sich auch an dem Felsvorsprung da oben orientieren. Solange wir links davon bleiben, sind wir im sicheren Bereich."

Helen konnte erkennen, dass die Spuren nach dem nächsten kleinen Hügel rechts abbogen. Als sie diese Stelle erreicht hatten, hielt Rainer ihr die Augen zu.

„Jetzt musst du mir vertrauen, die Augen zu lassen und dich von mir führen lassen." Angesichts des immer lauter werdenden Flusses fühlte Helen sich unsicher, wollte aber keine Spielverderberin sein.

Rainer nahm ihre Hand und legte die andere um ihre Hüfte.

„Wir gehen jetzt ganz vorsichtig Schritt für Schritt."

Das Tosen wurde lauter. Nach fünfzig Schritten sagte Rainer: „Jetzt kannst du die Augen aufmachen."

Helen hatte als Erstes einen tosenden Wasserfall im Blick, der von einer Klippe circa zwanzig Meter ins Flussbett stürzte und dabei ordentlich Gischt versprühte, in der ein Regenbogen zu sehen war.

„Ach, ist das schön!" Helen drückte Rainer an sich. Dann nahm sie wahr, dass sie nur fünf Meter vom Rand einer Klippe entfernt standen, und wich ein paar Schritte zurück.

„Nicht, dass der Rand unter uns ausgehöhlt ist und wir in die Tiefe krachen!"

„Wenn du dich sicherer fühlst, können wir auch hier zur Seite gehen. Da gibt es eine Bank, auf die wir uns setzen können. Sie dürfte inzwischen einigermaßen trocken sein."

Rainer zog Helen hinter sich her, bis sie den Sitzplatz erreicht hatten, und beide ließen sich erleichtert darauf fallen. Helen konnte den Blick gar nicht von dem Regenbogen wenden.

„Du weißt, dass ein Regenbogen Glück bringt", sagte sie.

„Wusste ich nicht, aber wenn du es sagst, glaube ich es sofort. Außerdem weiß ich, dass du mir Glück bringst. Glaubst du, dass ich dir Glück bringe?"

Helen schwieg einen Moment, dann sagte sie: „Ehrlich gesagt, ich weiß es noch nicht. Aber der Regenbogen hilft mir, daran zu glauben. Meine Unsicherheit kommt daher, dass ich bei einer früheren Beziehung auch das Gefühl hatte, dass alles passt, aber dann ging es doch nicht gut weiter. Ich hoffe, du bist nicht enttäuscht, wenn ich das sage."

Rainer drückte sie an sich.

„Das ist in Ordnung. Ich bin froh, dass du so ehrlich zu mir bist."

„Aufrichtigkeit ist wichtig. Vielleicht gelingt es nicht immer zu hundert Prozent, aber wir sollten es versuchen."

„Ich wüsste gar nicht, warum ich nicht ehrlich zu dir sein sollte."

„Das ist gut!", sagte Helen und zog Rainer an sich.

31. Kapitel

Am Sonntagmorgen sah Frau Vogt, dass der Himmel bedeckt war und sich die Bäume vor dem Haus im Wind bogen. „Das ist kein Wetter zum Spazierengehen", dachte sie.

Hatte am Freitagabend noch eine ziemliche Funkstille zwischen ihr und ihrem Mann geherrscht, so war der Samstag in guter Stimmung verlaufen. Er hatte morgens Semmeln gekauft und für seine Frau ein Croissant mitgebracht, wofür sie sich freundlich bedankt hatte. Anschließend hatte Herbert kleinere Einkäufe erledigt. Frau Vogt hatte wie sonst auch das Bad geputzt und die Wohnung durchgesaugt. Danach hatte sie Würstchen mit Kartoffelbrei und Kraut zubereitet und als ihr Mann schließlich zu seiner Sky-Kneipe aufbrach, hatte sie es sich im Wohnzimmer mit der Tageszeitung gemütlich gemacht.

Nachdem der FC Bayern gewonnen hatte, kam ihr Mann am Samstagabend zufrieden nach Hause und sie hatten sich auf einen Fernsehfilm geeinigt, den beide gut fanden, sodass der Tag einen gelungenen Abschluss fand.

Spät am Abend hatte Herbert ihr vorgeschlagen: „Wenn du möchtest, können wir morgen einen Ausflug zum Speichersee machen. Langsam wird es draußen grüner, man hört immer mehr Vögel zwitschern und vielleicht treffen wir sogar einen Osterhasen."

„Gerne."

„Wir könnten auch mit den Fahrrädern hinfahren."

„Das ist eine gute Idee, aber nur, wenn es warm genug ist."

„Vielleicht greift mein Plan schon", hatte sich Frau Vogt gedacht, „und mein Mann kommt auch auf die Idee, dass wir wieder mehr gemeinsam unternehmen sollten." Sie stand frühzeitig auf und bereitete das Frühstück. Als ihr Mann bald darauf in die Küche kam, erklärte er: „Den Ausflug können wir vergessen. Ich glaube, ich mache unsere Steuererklärung."

„Muss das unbedingt am Sonntag sein?", erwiderte Frau Vogt. „Ich würde lieber mit dir ins Museum gehen. Wie wäre es denn mit dem Deutschen Museum?"

„Darauf kann ich auch nur sagen: ,Muss das unbedingt am Sonntag sein?' Weißt du denn nicht mehr, wie voll es immer war, wenn wir mit Manuel hingegangen sind? Am Sonntag kriegst du mich nicht in ein Museum."

„Leider ist es so, dass ich unter der Woche keine Zeit dafür habe."

„Für andere Leute hast du doch auch Zeit, für sie baust du Überstunden ab. Wenn du also unbedingt ins Deutsche Museum willst, können wir das gerne unter der Woche machen."

„Gut, aber wir haben noch keine Idee für heute."

„Wie gesagt, heute mache ich die Steuererklärung. Dann sehe ich gleich, ob uns noch ein paar Belege fehlen. Die kann ich dann morgen bei den zuständigen Stellen beantragen."

„Dann werde ich mir auch etwas einfallen lassen. Mir ist nicht danach, den ganzen Tag zu Hause zu bleiben."

Zunächst überlegte sie, allein ins Deutsche Museum

zu gehen, dann aber fiel ihr ein, dass sie in das Lenbachhaus gehen könnte. Dort waren unter anderem die Bilder der Gruppe „Der Blaue Reiter" ausgestellt. „Zeitlich", überlegte sie, „knüpft diese Phase an das an, was ich mir zusammen mit Herrn Seitz angesehen habe. Bestimmt kann er mir dazu einiges erklären. Aber ich könnte schon mal sehen, was mich interessiert."

Zu ihrem Mann sagte sie: „Ich denke, ich gehe ins Lenbachhaus."

„Schon wieder mit deinem Verehrer?"

„Nein, ich gehe alleine."

„Du wirst noch zur Kunstexpertin werden, wenn du so weitermachst."

„Vielleicht."

Frau Vogt entschloss sich, früh aufzubrechen, denn das Museum war immer gut besucht. Sie räumte in der Küche auf und machte sich auf den Weg.

„Mit meinem Mann ist es wirklich nicht einfach", dachte sie. „Warum muss er ausgerechnet an einem Sonntag mit der Steuererklärung beginnen? Wir hätten gemeinsam etwas unternehmen können." Aber sie hatte heute einen freien Tag und wollte sich die gute Laune nicht verderben lassen.

Im Museum angekommen ging sie in den zweiten Stock. Der erste Saal war voller Menschen, sodass sie mit Bedauern gleich weiterging. Je weiter sie der Ausstellung folgte, desto ruhiger und entspannter war die Atmosphäre. Frau Vogt hatte sich vorgenommen, in jedem Saal bei mindestens einem Bild, das sie besonders ansprach, stehen zu bleiben und vielleicht auch im Katalog nachzusehen. Besonders gut gefiel ihr die Gemäldereihe *Der rote Fleck* von Wassily Kandinsky und am Ende der Ausstellung das Bild

Indianer auf Pferden von August Macke. Leider gab es in den Sälen gerade zu diesen Bildern keine Beschreibung, sodass sie sich vornahm, Herrn Seitz zu fragen. Vermutlich war es das Beste, wenn sie ihm bei ihrem nächsten gemeinsamen Telefonat die beiden Titel nennen würde, dann könnte er sich vorbereiten.

Nach einer guten Stunde Rundgang hatte Frau Vogt das Bedürfnis, sich zu setzen. Leider war das Wetter zu schlecht, um im Garten der Lenbach-Villa Platz zu nehmen und den schönen Ort zu genießen. Sie warf einen Blick in das Museums-Café, in dem sie noch nie gewesen war, und entdeckte einen Platz am Fenster. „Jetzt gönne ich mir ein Glas Prosecco und beobachte das Treiben auf der Straße", entschied sie, setzte sich und wurde gleich bedient. Bald darauf konnte sie das prickelnde kühle Getränk genießen.

Der Alkohol tat seine Wirkung. Als sie nach einer Weile aufstand, ihren Mantel holte und nach Hause fuhr, war sie mit sich und der Welt vollkommen zufrieden.

32. Kapitel

Als Helen am Sonntagabend nach Hause kam, stand Sarah in der Küche und kochte.

„Was für ein Duft!", sagte Helen, und ließ ihr Gepäck fallen. Sie zog ihre schmutzigen Bergschuhe aus, lief zu Sarah und umarmte sie. „Du bist ein Schatz, dass du uns etwas kochst. Ich habe richtig Hunger!"

„Hab ich mir schon gedacht", antwortete Sarah.

„Machst du Hühnersuppe?"

„Ja, mit Zitronengras."

„Wunderbar!", sagte Helen, und ließ sich in einen der Sessel plumpsen. Sie fuhr sich mit den Fingern durchs Haar.

„Eigentlich sollte ich erst einmal in die Badewanne und mir die Haare waschen", sagte sie.

„Ja, du riechst ein bisschen streng nach ...", Sarah schnüffelte und überlegte „... nach Rauch."

„Richtig geraten!"

„Seid ihr auf einer Berghütte eingekehrt?"

„Nicht nur eingekehrt, wir haben dort gewohnt."

„Oh je, das war wohl nicht ganz dein Fall."

„Zuerst nicht, aber dann immer mehr. Ich glaube, ich bin an diesem Wochenende zum Hüttenfan geworden. Aber das erzähle ich dir später. Wenn noch Zeit ist, dann mache ich mich erst einmal frisch."

„Klar, die Suppe können wir essen, wann immer du willst."

„Ich beeile mich", meinte Helen und lief schnell ins Badezimmer.

Eine dreiviertel Stunde später erschien sie, mit Schlafanzug und Bademantel bekleidet, entspannt in der Küche. Die schmutzige Kleidung rotierte in der Waschmaschine.

„Jetzt bin ich bereit!"

„Gerne", sagte Sarah, teilte die Suppe aus und goss jeder ein Glas Weißwein ein.

„Wasser habe ich dir auch hingestellt. Ich gehe mal davon aus, dass du durstig bist nach der langen Fahrt."

„Du liegst richtig. Was für ein wunderbares frisches Baguette."

„Das habe ich soeben aufgebacken. Aber erzähl mal, wie war es denn?"

„Lass mich erst ein paar Löffel Suppe essen."

„Du bist sicher müde, aber ich bin neugierig."

Helen genoss die warme Suppe und überlegte: „Wie erzähle ich das am besten? Ich glaube, ich muss erst einmal all die Eindrücke für mich sortieren."

Laut sagte sie: „Sarah, es war sehr schön. Wir sind zwar in einer kalten Hütte gelandet, für die ich mich erst erwärmen musste, aber je länger wir da waren, desto besser hat es mir gefallen. Am Sonntagnachmittag wollte ich gar nicht mehr weg. Dort gab es übrigens nur Stockbetten und ich dachte, dass man in Stockbetten keinen guten Sex haben kann. Aber ich habe mich getäuscht. Liebes Kind, man sollte in seinem Leben alles einmal ausprobieren."

„Kannst du noch etwas genauer werden?", fragte Sarah.

„Nein", sagte Helen, „denke bitte daran, dass ich deine Tante bin."

„Gut", sagte Sarah, „aber vielleicht kannst du mir

erzählen, was ihr sonst noch gemacht habt."

„Am Samstag sind wir so lange gewandert, bis wir einen Wasserfall und einen Regenbogen gesehen haben, und am Sonntag sind wir noch einmal gelaufen, bis wir die sonnigste Bank der ganzen Region gefunden haben und einen grandiosen Fernblick in die Alpen hatten. Ansonsten haben wir uns viel erzählt, wie man es halt so macht, wenn man sich kennenlernen möchte. Rainer hatte für den Sonntag geplant, dass wir auf dem Heimweg in einem schicken Restaurant zum Essen gehen, aber das Wetter war so schön, dass wir bis zum letzten Augenblick geblieben sind. Wie war dein Wochenende?"

„Hier war das Wetter gar nichts Besonderes. Bedeckt, ziemlich windig und am Nachmittag, als ich joggen gehen wollte, hat es geregnet."

„Hoffentlich war dir nicht langweilig?!"

„Nein, war es nicht. Ich habe mich im Internet weiter über Jobs informiert und einiges über die Firmen nachgelesen, die gerade inserieren. Gestern war ich in der Stadt und habe mich umgesehen, was sich alles geändert hat. Ich war beschäftigt. Nur das mit dem Joggen war schade."

Helen schloss entspannt die Augen: „Sarah, das Essen war wunderbar, und das Bad auch. Und weißt du was? Ich gehe jetzt ins Bett."

„So ist das mit den Liebesnächten, irgendwann muss man sie wieder reinholen."

„Da hast du recht, liebes Kind", sagte Helen, nahm Sarahs Kopf zwischen ihre Hände und küsste sie auf die Stirn. „Gute Nacht."

„Schlaf gut."

„Das wird kein Problem sein", murmelte kicherte

Helen und schlurfte zur Küchentür hinaus.

33. Kapitel

Am Montagmorgen traf Kerstin, kaum dass sie das Untergeschoß der Münchner S-Bahn verlassen hatte, auf Frau Vogt. Die Sonne schien und Wärme lag in der Luft.

„Bilde ich mir das nur ein, oder ist das Wetter an den Arbeitstagen meistens schöner als am Wochenende?", sagte sie zu Frau Vogt.

„Ich glaube schon. Zumindest kommt es mir so vor. Gestern war es viel zu kalt und unbeständig, um einen Ausflug zu unternehmen."

„Ja, wir haben uns die Zeit mit einem Besuch bei meiner Mutter vertrieben. Es war ein gemütliches Wochenende und die Kinder haben sich überhaupt nicht gezankt."

„Das ist doch etwas wert", antwortete Frau Vogt und blieb an der roten Ampel an der Straße stehen, die sie kurz vor der Kanzlei überqueren mussten. „Das Problem hatte ich bei unserem Sohn, der Einzelkind ist, nicht. Dafür mussten wir, bis er vierzehn Jahre alt war, am Wochenende häufig mit ihm spielen. Ich denke, wenn man mehrere Kinder hat, dann unternehmen die mehr miteinander."

„Bei uns ist das auch nicht so einfach. Erstens haben wir ein Mädchen und einen Jungen, und der Altersunterschied zwischen den beiden beträgt fast sechs Jahre. Ich habe Lisa bereits am Ende des Studiums bekommen."

„Umso bemerkenswerter, dass Sie das Staatsexamen

geschafft haben."

„Wenn ich die Unterstützung meines Mannes nicht gehabt hätte, hätte das bestimmt nicht geklappt. Aber Mark ist ein guter Familienvater, der mir in dieser Zeit viel abgenommen hat."

„Da können Sie froh sein, wenn man bedenkt, wie viele Frauen heute alleine zurechtkommen müssen."

„Alleinerziehende muss ich wirklich bewundern. Auch unsere Mandantinnen. Zum Teil haben sie nach der Scheidung drei Kinder und allenfalls jedes zweite Wochenende frei."

Mittlerweile waren sie die Treppe hochgestiegen und Frau Vogt hatte die Tür aufgeschlossen. Sie sammelte die Post, die am Samstag durch den Türschlitz geworfen worden war, auf.

„Da ist einiges angekommen. Ich werde die Schreiben mit dem Eingangsdatum versehen und den Akten zuordnen, bevor ich mit den Diktaten beginne."

„Das wäre hilfreich, dann haben Helen und ich gleich einen Überblick, was heute bearbeitet werden sollte."

„Ich stelle die Kaffeemaschine an, ich habe heute noch gar nicht gefrühstückt."

„Dann wird es aber Zeit!"

„Sicher", erwiderte Frau Vogt und verschwieg, dass sie gar kein Interesse daran gehabt hatte, sich zu ihrem Mann in die Küche zu setzen. Sie war etwas später aufgestanden als sonst und hatte das als Begründung dafür benutzt, dass sie gleich los müsse. Es machte ihr einfach keinen Spaß, bei ihrem schlecht gelaunten Ehemann zu sitzen. Offensichtlich hatte ihm seine Steuererklärung wenig Freude gemacht, denn als sie nach Hause gekommen war, war er noch unzugänglicher gewesen als vorher. „Das muss ich mir doch nicht antun", hatte Frau Vogt gedacht, und sich heute Morgen auf dem Weg zur U-Bahn ein Croissant und für die Mittagspause eine Vollkornstange mit Käse und Ei gekauft. Bisher hatte sie fast immer zusammen mit Herbert gefrühstückt und anschließend noch in aller Eile die Küche aufgeräumt. „Aber wer sagt denn, dass man Gewohnheiten nicht ändern kann. Frühstücken soll zwar gesund sein, aber ich hole es auf der Arbeit nach. Da hat sicher niemand etwas dagegen."

Nachdem sie die Akten auf die Zimmer der beiden Anwältinnen verteilt hatte, goss sie sich eine Tasse Kaffee ein und tunkte – in der Küche stehend – ihr Croissant in den Milchkaffee.

Kerstin hatte mittlerweile ihre Fälle auf drei Stapel verteilt, die sie für sich mit „dringend", „weniger dringend" und „später" bezeichnete. Gerade als sie die erste aufschlug, hörte sie, wie Helen die Tür aufschloss. „Ich bin gespannt, wie das Wochenende verlaufen ist", dachte sie. Als sie Helen mit Frau Vogt in der Kaffeeküche sprechen hörte, ging sie direkt zu ihnen.

„Helen, wie war dein Wochenende?"

„Wunderbar! Ich bin viel gewandert."

„Aha. Und sonst?"

„Am Freitagabend hat es noch richtig geschüttet, aber ab Samstag wurde es sonnig und man hatte eine gute Fernsicht."

„Ich mache mich jetzt mal an die Arbeit", sagte Frau Vogt. Sie spürte, dass Frau Bärenreuther gerne mehr erfahren wollte.

„Sie können gerne hierbleiben, Frau Vogt. Ich denke, auch Sie sollten wissen, dass ich an diesem Wochenende mit Herrn Bosch zusammen war. Das kann in unserer kleinen Kanzlei kein Geheimnis bleiben. Wir hatten eine schöne Zeit, allerdings weiß ich nicht, wie es weitergeht."

„Das kann ich dir sagen", sagte Kerstin, die gerade aus der Küchentür spähte, weil sie im Eingangsbereich ein Geräusch gehört hatte. Dort stand Rainer Bosch mit einem Strauß Wiesenblumen in der Hand.

„Ist Frau Binz zu sprechen?"

„Aber sicher", meinte Kerstin und schob Helen auf den Flur.

„Ich glaube, wir machen mal schnell die Küchentür zu, damit wir die beiden bei ihrer Begrüßung nicht stören."

„Aber ich muss doch zu meinem Arbeitsbereich", sagte Frau Vogt.

„Gönnen Sie den beiden doch eine Minute. Oder wie lange dauert ein Begrüßungskuss?"

„Am Anfang kann das schon eine Weile dauern", sagte Frau Vogt. „Meiner Erfahrung nach werden die Küsse nach einiger Zeit aber kürzer."

„Da können Sie recht haben. Aber manchmal gibt es Revivals."

„Das ist bei mir schon einige Zeit her."

„Man soll die Hoffnung nie aufgeben, dass eine alte Liebe wieder auflebt."

„Ja, oft dauert es eine Weile, bis es soweit ist, oder es passiert gar nicht mehr."

„Das ist dann wieder unser Glück. Sonst hätten wir hier keine Arbeit."

Kerstin öffnete die Küchentür einen Spalt und sah hinaus.

„Ich glaube, die Luft ist rein, wir können loslegen."

Helen hatte Rainer mittlerweile in ihr Zimmer gelotst. Am Morgen hatte sie sich vorgenommen, offen damit umzugehen, dass sie ein verlängertes Wochenende mit Rainer verbracht hatte. Als er dann mit dem Blumenstrauß in die Kanzlei platzte, war es ihr doch unangenehm, dass die beiden Frauen so viel von ihrem Privatleben mitbekamen. „Rainer hält mit seiner Begeisterung nicht hinter dem Berg", dachte sie, „wie ein kleiner Junge ist er hier hereingestürmt."

„Wie bist du denn hereingekommen?"

„Die Tür stand offen, da bin ich einfach eingetreten", meinte er.

„Ah! Meine Schuld! Wahrscheinlich habe ich sie vorher nicht richtig zugemacht. Rainer, ich freue mich sehr, dich zu sehen", begann sie und wollte ihm gerade erklären, dass er sie nicht so unangemeldet an ihrem Arbeitsplatz überfallen sollte. Aber so weit kam sie nicht, denn er fiel ihr ins Wort und sagte: „Und ich erst! Ich habe die ganze Nacht an dich gedacht. Von zwei bis vier Uhr habe ich wach gelegen und war glücklich, dass es dich gibt. Ich liebe dein Lächeln, deinen wunderbaren Körper, ach, einfach alles!", schwärmte er und küsste sie erneut.

Als er sie nach einer Weile losließ, sagte Helen: „Ich glaube, ich nehme dir erst einmal die Blumen ab."

„Ja, natürlich, unbedingt. Ich glaube, ich habe dich am Rücken ein wenig nassgetropft."

„Das macht nichts."

Helen nahm den Strauß in die Hand und betrachtete ihn. „Wunderschön."

„Noch ist es auf den Almen nicht so weit, aber in drei Monaten blühen auf den Wiesen vor unserer Hütte auch solche Blumen."

„Das würde ich gerne sehen."

„Das wirst du! Ich habe Stefan gleich heute Morgen auf die Mailbox gesprochen und ihn gebeten, mir all die Termine mitzuteilen, an denen unser kleines Paradies frei ist. Dann können wir wieder hinfahren."

„Das wäre schön!"

„Hast du gut geschlafen?"

„Wie ein Stein!"

„Und wie geht es dir heute?"

„Wunderbar", sagte Helen, und sah Rainer liebevoll an.

„Was hältst du davon, wenn wir heute Abend zusammen joggen gehen?"

Helen überlegte. „Heute habe ich Sarah versprochen, mit ihr ins Kino zu gehen. Sie möchte im Theatiner Filmtheater diesen neuen französischen Film sehen. Aber wir können uns morgen Abend treffen."

„Besser als nichts", sagte Rainer. „Wann soll ich dich abholen?"

„Wir könnten uns gleich an der Brücke der Ecke Königinstraße/Mandlstraße treffen. Von dort können wir direkt in den Park laufen. Achtzehn Uhr?"

„Das ist eine gute Zeit. Dann laufen wir noch im Hellen."

„Wenn du möchtest, nehme ich dich anschließend mit zu mir, da kannst du dich duschen, und dann stelle ich dir Sarah vor."

„Ich könnte dich auch zu mir einladen. Aber meine kleine Wohnung ist nichts Besonderes."

„Dann besser zu mir!"

„Und wie soll ich" – Rainer rechnete nach – „die dreiunddreißig Stunden überstehen, bis ich dich wiedersehe?"

„Heutzutage gibt es elektronische Boten, die zuverlässig und schnell kleine freundliche Nachrichten überbringen. Vielleicht versuchst du es damit."

„Wenn ich die Hoffnung haben darf, dass ich auch

eine Antwort erhalte?!"

„Sicherheit gibt es in Liebesdingen nicht. Genau das macht es so spannend."

„Bitte spiel nicht mit mir, Helen."

„Nein, so habe ich es nicht gemeint. Du weißt doch genau, dass ich antworten werde."

„Dann bin ich beruhigt!"

Rainer sah auf die Uhr. „Ich muss los. Ich werde mich im Büro darauf berufen, dass das Auto heute nicht anspringen wollte."

„So etwas soll vorkommen. Damit kommst du bestimmt durch."

„Jetzt geh schon", sagte Helen, nachdem Rainer sie noch einmal intensiv geküsst hatte.

Sie begleitete ihn bis zum Eingang und schob ihn ins Treppenhaus.

Nachdem sie die Tür hinter ihm geschlossen hatte, lief Kerstin ihr grinsend über den Weg.

„Bitte keinen Kommentar!", sagte Helen zu ihr.

„Kann ich mir nicht verkneifen. Ich muss schon sagen, Herrn Bosch hat es richtig erwischt."

„Ich glaube, mich auch", dachte Helen und schloss die Zimmertür, um weiteren Ablenkungen vorzubeugen.

34. Kapitel

Kerstin setzte sich an ihren Laptop und begann eine E-Mail zu schreiben.

„Hoffentlich belastet diese neue Liebesgeschichte nicht die weiteren Verhandlungen mit Frau Bosch", überlegte sie. Sie hatte Erfahrung damit, dass auch Ex-Partner, die sich mit der Trennung bereits abgefunden hatten, eifersüchtig reagierten, wenn der frühere Partner eine neue Beziehung einging. „Dass die neue Partnerin auch Anwältin der vertretenden Kanzlei ist, macht es noch etwas pikanter. Zum Glück bin ich die beauftragte Anwältin, sodass Arbeit und Liebe in unserer Kanzlei nicht vermischt werden."

Nachdem sie ihre E-Mail versandt und sich einem neuen Fall zugewandt hatte, klopfte es an der Tür. „Herein", sagte Kerstin und Frau Vogt kam ins Zimmer.

„Frau Bärenreuther, das Ehepaar Stranowicz hat angerufen und angefragt, ob sie eine Stunde eher kommen könnten. Sie hatten mit Frau Stranowicz elf Uhr als Besprechungstermin vereinbart, aber die Fahrt von Umland nach München ging schneller als erwartet, sodass sie in zehn Minuten hier sein könnten."

„Von mir aus gerne, dann sind wir spätestens bis zwölf Uhr fertig."

In der Kanzlei gab es kein Besprechungszimmer, deshalb achtete Kerstin darauf, dass ihr Schreibtisch aufgeräumt war, wenn Mandanten zu ihr kamen, auch wenn sie sich mit ihnen an einen Nebentisch setzte. Ihr war wichtig, den Ratsuchenden das Gefühl zu vermitteln, dass sie sich für ihr Anliegen Zeit nahm und ihr Fall nicht nur einer unter vielen war.

Gerade als sie mit einem Glas Wasser aus der Küche in ihr Zimmer zurückging, läutete es an der Tür. Frau Vogt stand auf, um zu öffnen. Kerstin hörte, wie die Mandanten empfangen wurden, ablegten und gefragt wurden, ob sie gerne Kaffee, Tee oder ein Softgetränk haben wollten. Dann öffnete Frau Vogt die Tür und sagte: „Frau Bärenreuther, Herr und Frau Stranowicz sind da."

Kerstin ging in den Empfangsbereich und gab beiden die Hand.

„Haben Sie schon etwas zu trinken bestellt?"

„Mein Mann möchte einen Cappuccino. Ich brauche nichts."

„Möchten Sie vielleicht ein Glas Wasser?"

„Ja, gerne! Wenn wir länger sprechen, wäre das gut."

„Für mich bitte auch", rief Herr Stranowicz.

Frau Vogt nickte und ging in die Küche.

„Bitte kommen Sie mit mir", sagte Kerstin, „die Getränke werden gebracht", und ging voran zu ihrem Besprechungstisch.

„Wenn Sie hier Platz nehmen möchten." Sie deutete auf die beiden Stühle, die an dem runden Tisch standen, und setzte sich selbst auf den dritten, von dem aus sie die Tür im Blick hatte.

„Ich hoffe, Sie haben eine gute Fahrt gehabt und schnell hierher gefunden."

„Ja", sagte Herr Stranowicz, „und vielen Dank, dass Sie uns früher empfangen, sonst hätte meine Frau angefangen, in der Stadt einzukaufen, und Sie wissen ja, wer das dann bezahlen muss."

„Gut, dass ich das verhindert habe", entgegnete Kerstin, „dann gibt es zumindest an diesem Punkt schon einmal keinen Streit."

„Ja, aber ich möchte nachher noch etwas einkaufen", sagte Frau Stranowicz, „da wirst du wohl oder übel mitkommen müssen."

Kerstin sah, dass Herr Stranowicz etwas erwidern wollte, und sagte schnell: „Vielleicht können Sie das später klären. Was kann ich denn für Sie tun?"

„Wir haben uns getrennt", berichtete Frau Stranowicz, „es hat einfach keinen Sinn mehr. Mein Mann macht immer mehr Schulden, und ich sehe nicht, wohin das führen soll."

„Ich denke nicht, dass ich nur Geld für mich verbraucht habe, sondern auch für dich und die Kinder."

„Wer hat sich denn den dicken BMW gekauft, mit dem ich nicht einmal fahren darf?"

„Du warst gegen diesen Kauf, sodass ich nicht einsehe, dass du jetzt damit fahren sollst. Du hast den kleinen Polo, der ist auch erst zwei Jahre alt."

„Aber mit den Kindern ist es immer ganz schön eng."

„Du liebe Zeit, meine Eltern sind früher mit mir und meinen drei Brüdern in einem VW-Käfer bis nach Italien gefahren, also erzähl mir nichts von Enge."

Herr Stranowicz atmete tief durch. Kerstin nutzte diese Pause, um dazwischen zugehen.

„Bevor ich mir die Situation näher ansehe, ist es mir wichtig, klarzustellen, wen von Ihnen beiden ich vertrete. Sie, Frau Stranowicz, haben bei mir angerufen und um einen Termin gebeten. Sie wünschen sich eine Scheidung ohne Streit mit nur einem Anwalt. Ich habe Ihnen erklärt, dass ich grundsätzlich nur eine Seite vertreten kann. Die andere kann gerne zu einem Gespräch mit dazukommen. Der Scheidungsantrag muss von einem Anwalt gestellt werden; es reicht aus, wenn die andere Partei zustimmt. Sicher müssen auch Fragen zu den Kindern, dem Unterhalt und dem Vermögen geregelt werden. Bevor Sie darüber eine Vereinbarung abschließen, sollte derjenige, der nicht anwaltlich vertreten ist, zumindest einmal zu einem Beratungsanwalt gehen, eventuell muss dieser als zweiter Anwalt eingeschaltet werden. Ist das für Sie beide verständlich?"

„Ja, das habe ich meinem Mann schon gesagt. Ich möchte von Ihnen vertreten werden, weil ich mich mit den Zahlen nicht gut auskenne. Mein Mann versteht mehr vom Wirtschaftlichen, er kann für sich selbst sorgen."

„Wie sehen Sie das, Herr Stranowicz?", fragte Kerstin.

„Ich sehe das genauso. Wir wollen unser Geld nicht zum Fenster hinauswerfen, und schon gar nicht den Anwälten hinterher. Ich habe verstanden, einen braucht man. Ob ich zu einem gehe, werde ich mir überlegen."

„Dann sind Sie damit einverstanden, dass ich Ihre Frau vertrete? Ich mache darauf aufmerksam, dass ich auch mit ihr alleine sprechen werde."

„Das geht in Ordnung", sagte Herr Stranowicz.

„Ob Sie einen Anwalt aufsuchen, ist Ihre Sache, aber ich rate grundsätzlich dazu."

„Das habe ich verstanden."

„Gut, dann halte ich das so fest. Ich mache mir nebenbei Notizen und werde diese später diktieren und Ihnen, Frau Stranowicz, zusenden, dann haben Sie eine Erinnerungshilfe."

„Das ist gut", sagte Herr Stranowicz, „meine Frau

neigt dazu, hinterher zu sagen, dass sie das gar nicht gehört oder ganz anders verstanden hat, ganz so, wie es ihr in den Kram passt."

Kerstin überlegte, ob sie an dieser Stelle intervenieren sollte, um darauf hinzuweisen, dass Beleidigungen und Unterstellungen nicht hilfreich seien, aber sie hatte den Eindruck, dass Frau Stranowicz ihrem Mann gar nicht richtig zugehört hatte. Offensichtlich war sie Vorwürfe dieser Art gewöhnt. Sie sagte daher: „Da die Frage der Vertretung geklärt ist, wüsste ich gerne mehr über Ihre Lebenssituation. Wie lange kennen Sie sich schon?"

„Zwölf Jahre", sagte Frau Stranowicz.

„Und wann haben Sie geheiratet?"

„Vor zehn Jahren, am siebzehnten Mai."

Während Kerstin das notierte, fragte sie: „Sie haben Kinder?"

„Ja, zwei. Sascha und Kayla."

„Wie alt sind die beiden?"

„10 und 7."

„Womit verdienen Sie Ihren Unterhalt?"

„Ich bin Mechatroniker", sagte Herr Stranowicz.

„Ich bin Schneiderin. Zurzeit arbeite ich wieder halbtags in einer Änderungsschneiderei."

„Wie hoch ist Ihr Nettoverdienst in etwa?"

Beide teilten gerundete Beträge mit.

Kerstin wies darauf hin, dass sie diesbezüglich noch genaue Unterlagen bräuchte. Zu ihrem Erstaunen zogen beide ihre Verdienstbescheinigungen aus der Tasche.

„Vielen Dank, dass Sie das mitgebracht haben. Ich erwähne es bei jedem ersten Telefongespräch, aber die meisten vergessen es."

„Nein, ich habe mir gedacht, sonst müssen wir noch

einmal kommen", sagte Frau Stranowicz.

Herr Stranowicz sah seine Frau an und rollte mit den Augen.

„So etwas schickt man heutzutage mit der Post, per Fax oder per E-Mail."

„Nur dass ich kein Fax habe und auch nicht weiß, wie man ein Papier per E-Mail schickt", sagte seine Frau.

„Ich hätte das in jedem Fall von der Firma aus schicken können", sagte Herr Stranowicz.

„So haben wir es einfacher", sagte Kerstin, „jetzt habe ich das, was ich brauche. Gibt es monatliche Belastungen, zum Beispiel Schulden, die während der Ehezeit entstanden sind, oder Aufwendungen für die Altersvorsorge?"

„An Altersvorsorge können wir gar nicht denken. Wir sind schon froh, wenn wir das Heute schaffen, aber Schulden kann Ihnen mein Mann jede Menge nennen."

Kerstin sah Herrn Stranowicz an.

„Nun ja, es gibt die Leasingraten für die beiden PKWs, die sind schon happig. Dann habe ich noch einen Kredit zu tilgen, da zahle ich monatlich auch ungefähr 500,00 Euro."

„Was wurde damit angeschafft?"

„Zunächst eine Einbauküche, dann …"

„Das ist für jede Menge Spielschulden", unterbrach seine Frau ihn.

„Nicht nur. Wir hatten auch Anschaffungen für die Kinder."

„Pah! Für die Kinder wurde fast gar nichts angeschafft. Die meisten Sachen, die wir gebraucht haben, wie Kinderbettchen oder Hochstuhl, habe ich von meiner Schwester bekommen. Ihre Kinder waren damit schon durch. Aber mein Mann hat einfach angefangen zu wetten. Er hat gedacht, damit macht er das große Geld, aber er hat laufend verloren."

„Einmal habe ich zweitausend Euro bei einer Sportwette gewonnen!"

„Aber wahrscheinlich zehntausend eingesetzt, oder?"

„So viel nicht, ich bin doch nicht verrückt!"

„Wenn ich berechne, was Ihr Mann für die Kinder und eventuell auch für Sie zu zahlen hat, dann setze ich Ihre Einkommen ein und ziehe das ab, was Ihnen monatlich nicht zur Verfügung steht. Konsumkredite werden berücksichtigt, leichtfertig eingegangene Kredite, zum Beispiel für Spielschulden, nicht."

„Wie ich Ihnen schon gesagt habe, es geht nicht nur um Spielschulden!"

„Gut", sagte Kerstin, „schlüsseln Sie mir bitte auf, welche Zahlungen für Anschaffungen zu leisten sind und welche Raten für Ihr Privatvergnügen?"

„Was meinen Sie mit Privatvergnügen?"

„Die Sportwetten zum Beispiel."

„Ich denke, dass ungefähr die Hälfte des Betrages für Aufwendungen war. Aber ich stelle Ihnen das zusammen."

„Das wäre hilfreich. Bis wann können Sie mir das schicken?"

„Brauchen Sie das bald?"

„Ohne Ihre Auskünfte kann ich keine solide Berechnung erstellen."

„Sie bekommen das Anfang nächster Woche."

„Gut."

Es klopfte an der Tür und Frau Vogt kam mit den Getränken.

„Sie müssen entschuldigen, dass es so lange gedauert hat, aber der Kaffee war ausgegangen."

„Vielen Dank, Frau Vogt", sagte Kerstin und fuhr

fort: „Frau Stranowicz, Sie haben mir erzählt, dass Ihr Mann vor acht Wochen ausgezogen ist. Was zahlen Sie beide an Miete?"

Frau Stranowicz teilte mit, dass ihr Mann aus der gemeinsamen Ehewohnung ausgezogen sei und sich eine kleine Wohnung für 500 Euro gemietet habe. Kerstin fragte nach den Vermögensverhältnissen und Herr Stranowicz gab Auskunft.

Kerstin notierte sich die Eckdaten und schlug vor, zunächst nur den Unterhalt zu berechnen, damit dann geklärt wäre, wer monatlich wie viel Geld zur Verfügung habe. Die Aufteilung des Vermögens konnte aus ihrer Sicht zurückgestellt werden, da ein Scheidungsantrag frühestens nach Ablauf eines Trennungsjahres gestellt werden konnte. Sie hatte den Eindruck, dass sowohl ihre Mandantin als auch Herr Stranowicz diese Information mit Erleichterung aufnahmen.

„Der Gesetzgeber hat das Trennungsjahr eingeführt, damit Sie sich in dieser Zeit darüber klar werden, ob Sie sich wirklich scheiden lassen möchten. Manchmal braucht es in einer Beziehung nur eine Auszeit, und das Paar kommt wieder zusammen."

„Das kann ich mir bei uns nicht vorstellen", murmelte Frau Stranowicz.

Ihr Mann sah zu Boden.

Kerstin erläuterte zum Abschluss, dass sie nach den gesetzlichen Gebühren abrechnen werde, und schlug einen Betrag für eine Vorschusszahlung vor.

Herr Stranowicz sagte, ihm sei klar, dass er diesen Betrag zahlen müsse, weil seine Frau nichts auf dem Konto habe, und fragte, ob er in zwei Raten bezahlen könne. Kerstin legte zusammen mit ihm die Zeitpunkte für die Zahlungen fest.

Dann lehnte sie sich zurück.

„Gibt es von Ihrer Seite noch Fragen?"

Beide Parteien sahen etwas erschöpft aus. Frau Stranowicz schüttelte den Kopf: „Ich glaube nicht. Das war ganz schön viel auf einmal."

„Wenn Ihnen noch etwas einfällt, können Sie mich gerne anrufen. Zum Abschluss habe ich noch eine Frage: Was war für Sie heute wichtig?"

Beide überlegten einen Moment.

„Für mich war wichtig", sagte Frau Stranowicz, „dass jetzt endlich was vorangeht und Sie mir ausrechnen, was mir zusteht."

„Für mich war wichtig, dass wir uns nicht gleich scheiden lassen müssen. Ich bin nicht gerne zu Hause ausgezogen. Der ewige Streit ging mir auf die Nerven, aber die Familie geht mir schon ab."

„Die Kinder waren erst letztes Wochenende bei dir."

„Aber das ist etwas anderes. Vielleicht gibt es doch noch Hoffnung für uns", sagte er und sah seine Frau zum ersten Mal freundlich an.

„Nur wenn das Thema mit den Schulden geklärt wäre. Dieses Theater mache ich nicht mehr mit."

„Vielleicht sollten Sie zu einer Schuldnerberatungsstelle gehen", riet Kerstin.

„Die sind alle überlastet."

„Gut, vielleicht können Sie sich mit Ihrer Bank besprechen oder den jeweiligen Kreditgebern. Das Wichtigste ist, dass Sie eine Aufstellung machen, wo Ihr Geld hinfließt und wie man die Schulden langfristig tilgen kann."

„Ich denke, so was muss ich machen. Es fällt mir nicht leicht. Vielleicht kann mir mein Bruder helfen."

„Bloß nicht dein Bruder! Der hat dich da reingeritten", sagte Frau Stranowicz. „Geh lieber zu einer Beratungsstelle."

Herr Stranowicz stand auf.

„Wir werden sehen."

Frau Stranowicz und Kerstin erhoben sich ebenfalls.

„Ich begleite Sie noch zur Garderobe."

Die beiden zogen ihre Mäntel an, Kerstin verabschiedete sich und das Ehepaar verließ die Kanzlei.

35. Kapitel

Während Helen vom Amtsgericht zur Kanzlei ging, freute sie sich darauf, am Abend Rainer zu treffen, sein Lachen zu hören und seine Berührungen zu spüren. War sie am Sonntagabend noch froh um eine Pause gewesen, so hatte sie ihn gestern Abend bereits vermisst. Der französische Film hatte weder Sarah noch ihr besonders gefallen, sodass sie etwas enttäuscht nach Hause gegangen waren. Sarah hatte ihr gesagt, dass sie neugierig auf Rainer sei und sich darauf freue, wieder einmal ein männliches Wesen um sich zu haben. „Ja", dachte Helen, „das genieße ich auch."

Mit ihrer Verhandlung vor dem Amtsgericht konnte sie zufrieden sein. Das Verfahren, das dreieinhalb Jahre gedauert hatte, war endlich mit einem Vergleich abgeschlossen worden. Ausschlaggebend war der Vorschlag gewesen, den Helen letzte Woche zur Ferienwohnung gemacht hatte. Der Streitpunkt war ein Apartment auf der Insel Mallorca. Es gehörte beiden Parteien gemeinsam und keiner wollte sich von der Immobilie trennen. Erst als Kerstin den Vorschlag gemacht hatte, dass eine Partei als alleiniger Eigentümer der Wohnung eingetragen werden und die andere dafür eine Ausgleichszahlung und ein Nutzungsrecht erhalten sollte, war es zu einer Lösung gekommen. Die Wohnung wurde nur drei Monate im Jahr bewohnt und allenfalls kurzzeitig an Freunde vermietet. Im Grunde ergab sich damit ein Vorteil für beide Seiten, da jeder zugeben musste, dass es für die Räume gut war, wenn sie öfter bewohnt wurden. Helens Mandantin hatte zum Schluss gesagt: „Wäre doch albern, wenn wir keine Toleranz aufbringen. Von mir aus kann mein Ex hinfahren, mit wem er will. Hauptsache, ich kann auch hinfahren, mit wem ich möchte." Schließlich einigte man sich darauf, dass die Ehefrau alleinige Eigentümerin wäre und der Ehemann dafür eine großzügige Ausgleichszahlung erhalten würde und die Wohnung acht Wochen im Jahr nutzen konnte.

Kaum war die Lösung gefunden, als sich weitere, noch offene Fragen problemlos klären ließen. Schließlich konnte die Richterin einen zwei Seiten langen Vergleich diktieren, mit dem alle Beteiligten zufrieden waren.

Helen freute sich darauf, ihre Rechnung zu schreiben. Der Streitwert war überdurchschnittlich hoch und trotz der bereits erhaltenen Vorschüsse war sie sich sicher, dass sie noch etwas geltend machen konnte.

In jeder Hinsicht bestens gelaunt stieg sie die Treppe zur Kanzlei hoch und kam gerade rechtzeitig, um zu hören, wie Frau Vogt sagte: „Ja, sicher, Herr Seitz, ich würde mich sehr freuen, wenn wir uns diesen Freitag wieder treffen könnten."

Helen wollte nicht lauschen und ging deshalb gleich in die Kaffeeküche.

„Da ist richtig was im Gange", ging es ihr durch den Kopf, während sie sich eine Tasse aus dem Schrank holte und nachsah, ob noch Kekse vorhanden waren. Als sie mit ihrem Cappuccino am Schreibtisch von Frau Vogt vorbeiging, hatte diese bereits aufgelegt und sah sehr zufrieden aus.

„Nun, Frau Vogt, haben Sie wieder ein Rendezvous vereinbart?"

„Rendezvous würde ich das nicht nennen. Im Mittelpunkt steht doch die Kunst."

„Sicher", sagte Helen, „ich wollte Ihnen da nicht zu nahe treten."

„Nein, das tun Sie nicht. Sie haben recht, eine Art Rendezvous ist es schon, falls wir uns wieder nach der Besichtigung zu einem Kaffee zusammensetzen. Aber wie ist denn die Verhandlung in der Sache Krämer gegen Krämer verlaufen?"

„Gut! Wir haben einen Vergleich geschlossen, ich werde Ihnen gleich die Abrechnung diktieren."

„Das freut mich, Frau Binz, das war ein aufwändiges Verfahren. Der Gegenanwalt hat immer lange Schriftsätze gefaxt."

„Er ist nicht gerade ein Fan davon, die Sache auf den Punkt zu bringen. Ich bin froh, dass wir das jetzt abschließen können. Diese streitigen Verfahren kann man manchmal nach einiger Zeit einfach nicht mehr sehen."

„Insbesondere, wenn man viel Energie in einen Fall gesteckt hat. Sie haben immer wieder Vorschläge gemacht und die Gegenseite war mit nichts zufrieden."

„Leider dauert es oft einige Zeit, bis sich Wut, Trauer und Enttäuschung gelegt haben und sachlich verhandelt werden kann."

Helen hatte ihren Cappuccino mittlerweile ausgetrunken und ging zurück in die Küche, um ihre Tasse abzustellen. Dann machte sie sich an die Arbeit.

36. Kapitel

Pünktlich um achtzehn Uhr traf Helen am vereinbarten Treffpunkt im Englischen Garten ein und erkannte Rainer schon von Weitem. Die Brücke war ein häufig vereinbarter Treffpunkt. Neben Rainer standen noch viele andere und sahen in den Fluss.

„Was gibt es denn da zu sehen?", fragte Helen, als sie Rainer von hinten mit beiden Armen umfasste.

Er drehte sich um und küsste sie.

„Nichts Sensationelles, aber es ist schön, dem Wasser beim Fließen zuzusehen. Es eilt schnell und dennoch gelassen dahin. Das beruhigt mich."

„Dann gucke ich auch ein bisschen in den Fluss", sagte Helen. „Ich habe mich ein bisschen gehetzt, um es bis achtzehn Uhr zu schaffen. Außerdem fand ich, dass meine Wohnung unaufgeräumt war, und habe angefangen, die Kissen aufzuschütteln. Plötzlich wurde ich richtig nervös, weil du nachher zu uns kommst."

„Bei nicht aufgeschüttelten Kissen wäre ich auch gleich wieder gegangen! So was kann ich gar nicht haben", antwortete Rainer und lachte, während er sie umarmte und küsste. „Ach, bin ich froh, dass du da bist!"

„Ich bin auch froh, dass du da bist! Diesmal habe ich dich richtig vermisst."

„War das bisher nicht der Fall?"

„Vermisst nicht, ich habe mich immer gefreut, dich zu

sehen. Ich glaube, ich bin die Langsamere in unserer Beziehung."

„Wenn du mir einigermaßen hinterherkommst, soll es mir recht sein."

„Ich glaube, das werde ich schaffen. Wollen wir los?"

„Nur, wenn du bereits genügend in den Fluss geschaut und dich beruhigt hast."

„Sich neben dir beruhigen ist gar nicht so einfach", flirtete Helen und boxte ihn in die Seite. „Komm, lass uns loslegen, sonst wird es dunkel, bevor wir zu Hause sind."

„Ganz wie die Dame möchte."

„Nur zur Sicherheit. Ich laufe zum Monopteros, am Seehaus vorbei und dann wieder hierher zurück. Was hältst du davon, wenn wir uns hier wieder treffen, falls du schneller oder länger laufen möchtest?"

„Ich glaube, dass ich nichts anderes möchte, als neben dir herzulaufen."

„Auch gut!"

Helen und Rainer setzten sich in Bewegung.

Als sie ihre Runde beendet hatten und wieder bei der Brücke angekommen waren, fragte Helen: „Wie war dieses Tempo für dich?"

„Gut. Ich glaube, ich bin früher schneller gelaufen, aber im Moment reicht es mir. Man merkt, dass du gut trainiert bist."

„Danke. Keine Ahnung, ob ich gut oder schlecht trainiert bin. Ich laufe gerne und eher langsam, aber regelmäßig, und finde es prima, so verschwitzt zu sein."

„Ich finde es prima, dass wir jetzt einen Anlass haben, gemeinsam zu duschen", sagte Rainer und nahm Helen bei der Hand.

„Damit es sich richtig lohnt, könnten wir noch bis zu

meiner Wohnung joggen."

„Da habe ich mir was eingebrockt. Dann möchte ich aber heute Abend eine Massage, um einem Muskelkater entgegenzuwirken."

„Mal sehen, was sich machen lässt." Helen grinste und nahm   Rainer   bei   der   Hand.

37. Kapitel

Kerstin, Helen und Sarah hatten sich am Dienstag zum Mittagessen verabredet, weil Kerstin von Sarah hören wollte, wie es ihr in New York ergangen war. Sie sprang daher sofort auf, als es mittags in der Kanzlei klingelte, öffnete die Tür und umarmte Sarah fest.

„Ich freue mich so, dich wiederzusehen!"

„Ganz meinerseits!"

Kerstin schob Sarah ein Stückchen von sich: „Gewachsen bist du in der Zwischenzeit nicht mehr, aber du siehst viel erwachsener aus. Eine junge Businessfrau, der man eine leitende Position zutrauen würde."

„Wenn es nur schon so weit wäre!"

„Komm herein, ich glaube, Helen telefoniert noch."

In diesem Moment kam Helen in den Flur.

„Ich bin fertig. Von mir aus können wir gehen."

„Umso besser", sagte Kerstin, „wollen wir zum Pschorr-Bräu, direkt an der Ecke zum Markt?"

„Da ist die Versuchung groß, schon mittags eines ihrer eisgekühlten Biere zu trinken und dann nachmittags lahm im Büro herumzuhängen."

„Helen, hast du nicht was von einem vegetarischen Restaurant hier in der Nähe erzählt?", fragte Sarah.

„Ja, da gibt es ein gutes. Wenn ihr Lust darauf habt, ich bin dabei!"

„Ich auch", sagte Kerstin, „dann fällt es nicht so schwer, sich ein Bier zu verkneifen. Außerdem geht es dort ein bisschen ruhiger zu. Wir wollen uns doch ausgiebig unterhalten."

„Wo ist eigentlich eure Frau Vogt?", fragte Sarah.

„Sie macht gerade Mittagspause."

„Dann ist niemand in der Kanzlei?"

„Zwischen zwölf und dreizehn Uhr finden wir das vertretbar. Außerdem ist der Anrufbeantworter an."

„Du siehst, mit unserem Erfolg werden wir richtig lässig."

„Recht habt ihr. Ihr arbeitet sowieso zu viel."

„Manchmal schon, aber es macht uns immer noch Spaß. Komm", sagte Kerstin und hakte sich bei Sarah unter. „Auf dem Weg zum Restaurant kannst du mir schon mal erzählen, wie es dir in New York ergangen ist. Ich würde gerne auch mal hinfahren. Aber mit zwei Kindern ist das teuer. Vermutlich wird es erst etwas werden, wenn die Kinder aus dem Haus sind."

„Nein, das solltet ihr unbedingt gemeinsam machen. Ich glaube, dass die Stadt auch deinen Kindern gefallen würde, die Wolkenkratzer, der Central Park mit dem Zoo, das Naturkundemuseum. Jungs hängen auch gerne im Baseball-Shop ab. Dann das amerikanische Essen, Pancakes und Hamburger finden alle Kinder toll. Ich war am Anfang auch ganz scharf drauf und habe erst damit aufgehört, als ich den Reißverschluss meiner Jeans nicht mehr schließen konnte."

Helen schlenderte hinter den beiden Frauen her. Sie ging davon aus, dass sie das meiste von Sarah schon gehört hatte, und freute sich, dass Kerstin und Sarah sich gut verstanden, obwohl sie sich lange nicht gesehen hatten. Sie dachte an den gestrigen Abend. Rainer hatte darauf bestanden, gemeinsam zu duschen, und Helen lächelte entspannt, wenn sie an die erotischen Momente dachte, die das mit sich gebracht hatte. Nachdem sie sich beide umgezogen hatten, hatte sie Sarah und Rainer miteinander bekannt gemacht. Beide hatten mit ihren Erlebnissen in New York sofort ein Gesprächsthema gefunden, sodass Helen sich zurückgelehnt und entspannt zugehört hatte.

Rainer war öfter beruflich für einige Tage in New York gewesen und hatte manchmal ein Wochenende drangehängt, um sich die Stadt anzusehen. Allerdings lag das bereits einige Jahre zurück, sodass er interessiert war zu hören, was es inzwischen Neues gab.

Zu Beginn hatte sie Weißwein und Oliven sowie Käsestücke angeboten. Helen war schließlich in die Küche gegangen, um den Rest der Hühnersuppe, die sie vor ein paar Tagen eingefroren hatte, aufzutauen und mit frischem Baguette zu servieren. Zum Abschluss hatte es, von Sarah zubereitet, Mousse au Chocolat gegeben.

Rainer hatte mit großem Appetit gegessen und sich anschließend bei den beiden Frauen bedankt.

„Rainer, das war heute ein Begrüßungsessen. So opulent wird es nicht immer sein, wenn du hier öfter auftauchst", hatte ihn Sarah gewarnt.

„Das habe ich schon befürchtet. Also werde ich nächstes Mal etwas mitbringen."

„Gute Idee!"

„Seit Sarah da ist, ist das Niveau gestiegen. Es macht einfach mehr Spaß, für zwei Leute zu kochen, und für drei erst recht", hatte Helen gesagt und Rainer liebevoll angesehen.

Er hatte ihre Hand genommen und sie geküsst. „Für so eine wundervolle Frau koche ich gerne."

219

„Das ist eine gute Einstellung. Helen, halte dir diesen Mann warm", hatte Sarah hinzugefügt und alle hatten gelacht.

„So, jetzt lass ich euch alleine, damit ihr euch der romantischen Seite des Lebens hingeben könnt. Ich hingegen werde mich der Wirklichkeit stellen und im Internet auf Arbeitssuche gehen."

„Guter Vorsatz", hatte Helen gesagt, „aber wenn dir das zu langweilig wird, darfst du wieder zu unserem romantischen Abend dazustoßen."

Letztendlich hatte es nicht mehr lange gedauert, und sie war mit Rainer im Schlafzimmer verschwunden.

Helen lächelte immer noch versonnen vor sich hin, als sie das vegetarische Restaurant betraten. Vorne bei der Eingangstür war noch ein Tisch frei.

„Wir hätten reservieren sollen", sagte Kerstin.

„Zu spät", sagte Helen. „Wir haben Glück, dass wir überhaupt einen Platz bekommen."

Sie setzten sich und studierten die Tageskarte. Als die Bedienung kam, bestellten sie pflichtbewusst ein großes Mineralwasser und einen Vorspeisenteller, den sie sich zu dritt teilen wollten. Als Hauptgericht entschieden sich alle für ein asiatisches Reisgericht.

„Du hast gestern Abend Herrn Bosch kennengelernt", sagte Kerstin zu Sarah.

„Rainer gefällt mir."

„Und unsere Helen sieht richtig glücklich aus, findest du nicht?"

Bevor Sarah etwas erwidern konnte, mischte sich Helen ein: „Das ist nicht nur wegen Rainer. Ich bin auch glücklich, weil du da bist, Sarah. Sie bringt einfach Leben in die Bude", sagte sie zu Kerstin gewandt.

„Und ich bin froh, dass ich so eine liebe Tante habe,

bei der ich wohnen kann, noch dazu so edel, mitten in Schwabing, Ohne diese Möglichkeit wären meine Ersparnisse schnell aufgebraucht."

„Wie sieht es mit einer Arbeitsstelle aus?", fragte Kerstin.

„Nicht so rosig. Es gibt zwar einiges, aber ich habe den Eindruck, dass sie lieber Leute nehmen, die Referenzen vom deutschen Markt vorzuweisen haben."

„Aber du warst in New York doch für eine bedeutende Zeitung tätig. Internationale Erfahrung zählt doch heutzutage viel."

„Aber gerade Stellen mit dem Schwerpunkt Internationales und Wirtschaft sind derzeit keine frei."

„Hast du Zeugnisse aus den USA mitgebracht?"

„Einige, und die sind gar nicht schlecht."

„Wie sieht es denn in anderen Städten aus?", fragte Kerstin.

„Ehrlich gesagt, habe ich bisher nur in München gesucht. Ich möchte in dieser Stadt bleiben. Hier gefällt es mir. Die vielen Seen und die Berge in der Nähe, und der Leberkäse, die Weißwürste und der gute Senf."

„Nicht so laut", sagte Helen lachend, „wir sind in einem vegetarischen Restaurant."

Die Bedienung kam an ihren Tisch und brachte das Mineralwasser, die Vorspeise sowie einen Brotkorb.

„Ich wünsche guten Appetit!"

„Danke", sagten alle drei gleichzeitig und begannen zu essen.

Nachdem sie die Vorspeise genossen hatten, nahm Sarah das Thema wieder auf: „Um noch einmal auf die Arbeitssituation zurückzukommen: Übermorgen habe ich mein erstes Vorstellungsgespräch. Da geht es um ein Volontariat bei einer renommierten Tageszeitung. Sie brauchen jemanden für 25 Stunden in der Woche. Vielleicht wäre das ein Anfang, um einen Fuß in die Tür zu bekommen. Daneben könnte ich mich nach Aufträgen umsehen."

„Besser als nichts", sagte Helen, „für den Einstieg sicher akzeptabel."

Anschließend erkundigte sich Sarah nach Lisa und Julian, und Kerstin erzählte mit Begeisterung von ihrer Familie. Als sie geendet hatte, meinte Sarah: „Ich würde die beiden gerne mal wiedersehen."

„Gute Idee. Das machen wir mal am Wochenende."

Als die Hauptspeise kam, widmeten sich alle drei schweigend ihrem Essen, das, wie sie übereinstimmend feststellten, richtig gut schmeckte.

„Wollen wir uns hier einen Espresso leisten?"

„Gute Idee", bemerkte Kerstin, „dann können wir noch ein bisschen zusammenbleiben."

„Fährst du anschließend nach Hause?", fragte Helen an Sarah gewandt.

„Vorher gehe ich noch in ein Sportgeschäft. Ihr habt mich gestern dazu animiert, es wieder regelmäßiger mit dem Joggen zu versuchen, und meine alten Schuhe sind ziemlich lädiert."

„Gute Schuhe sind wichtig beim Laufen. Da solltest du auf dich achten."

„Ja, liebe Tante", sagte Sarah grinsend, und Kerstin musste lachen.

„Wir beide müssen wohl wieder zurück in unser Büro. Hoffentlich hat der Postbote nicht so viel Post angeschleppt."

„Wer viel schreibt, kriegt eben auch viel Post zurück", seufzte Helen.

„Willst du damit sagen, dass wir selbst schuld sind?",

fragte Kerstin.

„Irgendwie schon."

Helen winkte der Bedienung und bat um die Rechnung.

„Zusammen oder getrennt?"

„Zusammen", sagte Helen, „ich möchte euch beide einladen."

„Danke, Helen, aber dann lade ich euch beide zu uns nach Hause ein."

„Vielen Dank an euch beide", sagte Sarah, „ich hoffe, ich kann mich auch bald revanchieren."

„Was mich betrifft, so kannst du wieder einmal eine gute Mousse au Chocolat machen", schlug Helen vor.

„Davon hätte ich auch gerne etwas", stimmte Kerstin mit ein.

„Kein Problem. Helen kann dir etwas mitbringen."

Nachdem Helen gezahlt hatte, standen alle auf.

„Ich kann noch ein Stück mit euch zusammen gehen", sagte Sarah und hakte sich bei den beiden Frauen   unter.

38. Kapitel

Am Freitag traf Frau Vogt pünktlich um vierzehn Uhr dreißig beim Lenbachhaus ein. Wie abgesprochen ging sie in die Eingangshalle. Dort sah sie Herrn Seitz an der Kasse stehen. Sie gesellte sich zu ihm und sagte nach einer kurzen Begrüßung: „Heute sollten Sie nicht schon wieder für mich zahlen. Ich nehme an, dass Sie eine Dauerkarte haben und sich nur wegen meiner Karte angestellt haben."

„Da haben Sie Recht, Frau Vogt, aber bedenken Sie, dass Sie mir eine Freude machen, wenn ich Sie einladen darf."

„Beim ersten Mal war das schon in Ordnung", sagte Frau Vogt, „aber das soll nicht so weitergehen."

Herr Seitz sah etwas verstimmt aus. Deswegen fügte sie hinzu: „Gut, ich stimme zu, aber nur unter der Voraussetzung, dass ich Sie anschließend ins Café einladen darf. Sofern Sie noch Zeit haben."

„Natürlich habe ich dafür Zeit, Frau Vogt. Also gut. Wenn Sie meinen, dann machen wir das so."

„Aber Sie dürfen dann nicht nur einen Espresso trinken, sondern müssen auch einen Kuchen nehmen."

„Ich werde vielleicht sogar eine Torte essen. Ich habe extra das Mittagessen ausgespart, damit ich mir eine leisten kann", sagte Herr Seitz und klopfte sich dabei auf den Bauch.

Frau Vogt musste lachen. „Das habe ich genauso gemacht", sagte sie, „sonst werde ich durch unseren

Kunstgenuss noch kugelrund."

„Ich glaube nicht, dass das so schnell geschehen würde, aber ich möchte natürlich nicht daran schuld sein, dass Sie sich Ihre tolle Figur verderben."

Frau Vogt wurde ein bisschen rot. Sie war froh, dass Herr Seitz nun an der Reihe war, die Eintrittskarte zu kaufen, bevor er sich wieder ihr zuwandte.

„Danke für das Kompliment", sagte sie, „ich bin das gar nicht mehr gewohnt."

„Das ist ein Nachteil der Ehe, dass man vieles zu selbstverständlich nimmt. Nachdem meine Frau verstorben war, tat es mir leid, dass ich ihr nicht öfter gesagt habe, wie sehr ich sie geliebt und geschätzt habe."

„Ich denke, Ihre Frau wird das schon gewusst haben."

„Das glaube ich auch, aber trotzdem freut man sich über ein Kompliment. Die Vergangenheit lässt sich nicht ändern, aber man kann gute Vorsätze für die Zukunft haben." Herr Seitz sah Frau Vogt in die Augen, sodass sie ein wenig nervös wurde.

„Ich glaube, ich muss klarstellen, dass ich keine Affäre eingehen möchte", dachte Frau Vogt und gab zerstreut ihren Mantel an der Garderobe ab. „Aber dafür muss ich den richtigen Zeitpunkt abpassen, um Herrn Seitz nicht zu verletzen."

„Ich schlage vor, dass wir gleich in die Abteilung mit den Bildern der Gruppe ‚Der Blaue Reiter' gehen. Wie Sie sich vorstellen können, habe ich mich auf unseren Besuch vorbereitet und war bereits letzten Mittwoch hier. Ich habe mir auch die Erläuterungen, die an den Museumswänden stehen, angesehen, aber ich denke, es gibt doch einiges, was ich Ihnen dazu erzählen kann."

„Ich bin gespannt."

Als beide eineinhalb Stunden später im Café des Lenbachhauses saßen und Espresso, Tafelwasser und Ananastorte serviert wurden, sagte Frau Vogt: „Herr Seitz, ich möchte mich erneut bei Ihnen ganz herzlich bedanken. Sie haben anschaulich erklärt und die Beziehungen zwischen den Künstlern der Gruppe ‚Der Blaue Reiter' so lebendig dargestellt, dass ich die einzelnen Personen wie in einem Film vor mir gesehen habe. Diese Gruppe war für die damalige Zeit recht ungewöhnlich, auch wie die Künstler zusammengelebt haben. In der Stadt mag das öfter vorgekommen sein, aber auf dem Land zwischen all den Bauernhöfen ... Ich denke, dass insbesondere Gabriele Münter eine unabhängige und mutige Frau gewesen ist."

„Wenn Sie möchten, können wir gerne einmal zusammen nach Murnau in das Gabriele-Münter-Haus fahren. Es wurde von den Einheimischen auch das ‚Russenhaus' genannt. Es ist nur nicht ständig geöffnet. Ich muss mich erkundigen, wann man es besuchen kann."

„Das wäre schön, aber Herr Seitz, ich denke, es ist der richtige Zeitpunkt, um einmal deutlich anzusprechen: Ich bin verheiratet und auch wenn Herbert und ich nicht gerade unsere beste Phase haben, so möchte ich dennoch nichts daran ändern. Mein Mann hat ganz schön daran zu knabbern, dass wir uns nun schon zum zweiten Mal treffen. Und in den letzten beiden Tagen kam er mir fast deprimiert vor, wobei ich mir nicht sicher bin, ob das mit unserem heutigen Treffen zusammenhängt."

„Es ist gut, dass Sie das sagen, Frau Vogt. Ich möchte keine Unruhe in Ihre Ehe bringen. Im Gegenteil, ich möchte Ihnen eine Freude machen. Die soll nicht durch ungute Gefühle, weder bei Ihnen noch bei Ihrem Mann, getrübt werden. Denn ich erlebe Gutes bei unseren Treffen. Wie ich letztes Mal schon sagte, durch Sie ist wieder Schwung in mein Leben gekommen. Ich habe mir auch Ihre Anregung zu Herzen genommen, vielleicht die eine oder andere Führung zu übernehmen, und habe bei zwei Museen nachgefragt. Man hat mich gebeten, einen Lebenslauf zu schreiben und meine Anfrage schriftlich einzureichen, mir aber grundsätzlich Interesse signalisiert."

„Das klingt wunderbar! Falls Sie eine positive Nachricht bekommen, müssen Sie mich unbedingt anrufen. Dann können wir zusammen darauf anstoßen."

Herr Seitz musste lachen, weil Frau Vogt vor lauter Begeisterung rote Wangen bekam.

„Das verspreche ich Ihnen. Aber um noch einmal auf Ihren Mann zurückzukommen: Was könnte denn die Ursache für seine schlechte Stimmung oder Depression sein?"

„Depression würde ich es noch nicht nennen, aber er scheint mir seit Mittwoch so verändert. Ich weiß es einfach nicht. Ich denke, ich werde abwarten, wie es sich entwickelt."

Beide schwiegen einen Moment. Dann erzählte Herr Seitz: „Ich hatte letzten Mittwoch übrigens ein interessantes Erlebnis, und zwar in dem Café, in dem wir beide uns das erste Mal gesehen haben. Die hübsche Verkäuferin, diese Samanta, arbeitet nicht mehr in dem Backshop. Und einer der beiden Herren, zu denen sie sich in ihrer Pause häufig gesetzt hat, hat mich angesprochen, ob ich wüsste, warum Frau Reiz nicht mehr da sei. Da ich das auch nicht wusste, sind wir zur Theke gegangen und haben die beiden Verkäuferinnen gefragt. Eine hat vorgeschlagen, wir könnten in der Personalabteilung fragen. Sie wüssten nichts Genaueres und hätten nichts damit zu tun. Der andere Herr hat dann aber gesagt: ‚Ich glaube schon, dass Sie etwas damit zu tun haben. Mein Eindruck war, dass Sie mit Frau Reiz nicht gut auskamen.‘ Daraufhin sagte die eine: ‚Dazu möchte ich gar nichts sagen.‘, und die andere: ‚Wenn Sie hier arbeiten würden und ihre Kollegin ständig mit den Kunden Kaffee trinken würde, dann würden Sie das auch nicht so prickelnd finden.‘ Dieser Dialog wäre sicher noch weitergegangen, aber hinter uns sagte eine Frau laut: ‚Ich würde jetzt gerne etwas einkaufen.‘, sodass ich den Herrn am Arm genommen und zu meinem Tisch gebracht habe. Wir haben uns dann noch unterhalten. ‚Ich wusste schon, dass Samanta Schwierigkeiten mit ihren Kolleginnen hat, aber dass ihr gleich gekündigt wird …‘, hat der Herr nachdenklich gesagt.

‚Vielleicht hat man sie nur in eine andere Filiale versetzt. Sie haben sich gerne mit ihr unterhalten‘, habe ich geantwortet. Darauf erwiderte er: ‚Es war erfrischend, dass sich eine junge Dame für mich interessiert hat.‘

‚Ja, das schmeichelt‘, merkte ich an. Wir haben uns dann noch ein bisschen unterhalten.“

„Das ist interessant“, dachte Frau Vogt, wagte aber nicht zu fragen, wie der „andere Herr“ ausgesehen hatte. „Ich werde einfach das Smartphone meines Mannes checken, ob er immer noch mit dieser Samanta telefoniert. Vielleicht ist der Kontakt abgerissen und er ist deshalb so deprimiert. Dann hätte ich ein Problem weniger.“ Bei dieser Aussicht wurde sie ganz vergnügt. Schließlich sagte sie zu

Herrn Seitz: „Also wird sich die Anzahl der älteren Herren bei diesem Backshop nach und nach verringern, wenn sie nicht mehr so bevorzugt behandelt werden."

Herr Seitz lachte: „Das kann schon sein. Da es jetzt wärmer wird, weiche ich sowieso auf die Leopoldstraße aus. Aber um noch einmal auf Ihren Ehemann zurückzukommen. Vielleicht sollten Sie ihn einfach mitbringen. Denn ich hoffe, dass wir uns ein weiteres Mal treffen werden."

„Auf alle Fälle", bestätigte Frau Vogt, „ich habe mich schon die ganze Woche auf unser Treffen gefreut. Die Beschäftigung mit Kunst kann so interessant und schön sein, und mit Ihnen macht es besonders viel Spaß."

Dann überlegte sie: „Ich weiß nicht, ob sich mein Mann gleichermaßen für Gemälde interessiert wie ich. Wohl eher nicht."

„Wir könnten zur Abwechslung ins Deutsche Museum gehen. Als Restaurator hatte ich viel mit Chemie, Farben und technischen Dingen zu tun, da würde sich eine Verbindung ergeben."

„Für Technik kann mein Mann sich begeistern. Er war lange Facharbeiter bei BMW. Aber ich sehe mich schon gelangweilt hinter Ihnen beiden herschlendern."

„Nein, so soll es nicht sein. Sie stehen bei mir an erster Stelle. Ich muss mir überlegen, wie das alles zusammenpassen könnte."

„Vielleicht reicht es schon, wenn ich meinen Mann einlade. Falls er kein Interesse daran hat, dann bleibt er eben zu Hause. Immerhin weiß er dann, dass wir ihn nicht ausschließen wollen."

„Es ist nicht so leicht, in unserem Alter

Freundschaften zu schließen. Gerade wir Männer tun uns oft schwer. Falls Ihr Mann genauso nett ist wie Sie, wäre es eine Chance, wenn er und ich uns kennenlernen würden."

„Er würde zumindest Vertrauen zu Ihnen fassen und sich nicht vorstellen, dass sich unsere Beziehung in eine Richtung entwickelt, die unserer Ehe abträglich ist."

„Nein, das sollte nicht passieren. Aber ich muss zugeben, dass ich die Stunden, die ich mit Ihnen verbringe, sehr genieße."

„Ganz meinerseits." Frau Vogt lächelte Herrn Seitz entspannt an.

Als sie schließlich in die U-Bahn stieg, dachte sie: „Das war wieder ein schöner Nachmittag. Ich habe das Gefühl, dass alles gut weitergeht." Sie nahm sich vor, mit ihrem Mann ein klärendes Gespräch zu führen.

39. Kapitel

Am Freitagabend entschieden Helen und Sarah, am nächsten Tag im Englischen Garten zu joggen.

„Jetzt ist Frühling", hatte Helen bestimmt, „da gibt es keine Ausrede mehr."

„Ich hoffe, du nimmst mich mit", hatte Sarah gesagt, „denn trotz meiner neuen Schuhe konnte ich mich in den letzten Tagen nicht aufraffen. Irgendwie fühle ich mich schlapp."

„Gerade dann ist es wichtig, sich mehr zu bewegen."

„Du hast recht, ich war wohl einfach zu faul."

Aber dann hatte es am Samstagmorgen stark geregnet, sodass es schon vierzehn Uhr war, als die beiden beim Englischen Garten angelangt waren.

„Wir werden um einige Pfützen herumlaufen müssen", bemerkte Sarah. Dann waren sie losgetrabt. Vorab hatte Helen mit ihr einen Treffpunkt vereinbart, falls sie sich verlieren sollten, aber Sarah konnte gut mit ihr mithalten. „Wenn man jung ist, hat man einfach eine gute Kondition", hatte Helen neidvoll gedacht. „Ich dagegen muss einiges tun, um sie mir zu erhalten."

Helen hatte diesmal eine Strecke südlich des Chinesischen Turms gewählt. Als sie ihre Runde schon fast beendet hatten, kamen sie an einem Spielplatz vorbei. Plötzlich rief Sarah: „Das ist doch Rainer!", und deutete auf ein Klettergerüst.

Helen folgte ihrem Hinweis und tatsächlich: Gerade half er einem Mädchen, sich an eine Turnstange zu hängen.

Helen überlegte kurz, ob sie nicht einfach weiterlaufen sollten, aber da rief Sarah laut seinen Namen.

Rainer blickte interessiert in ihre Richtung, sprach dann mit dem Mädchen, das immer noch an der Turnstange hing, fasste es an der Hüfte und half ihm wieder auf den Boden. Dann nahm er es bei der Hand und ging zum Eingang des umzäunten Spielplatzes.

„Das ist ja ein Zufall!", sagte Sarah, als die vier aufeinandertrafen.

Rainer grinste. „So ein Zufall ist es auch wieder nicht. Ich habe gehofft, dass ihr beiden hier vorbeikommt."

Er sah sich um und winkte einem Jungen, der ihn verwundert ansah.

„Maxi, komm doch mal her! Ich möchte dir zwei hübsche Damen vorstellen."

Maxi hatte offensichtlich keine Lust, zu seinem Vater zu laufen, und hob nur grüßend die Hand. Anschließend buddelte er mit seiner Schaufel weiter im Sand.

„Also gut, dann stelle ich euch zunächst einmal meine Tochter Vicky vor."

Das Mädchen sah Sarah und Helen mit großen Augen an.

„Das sind Helen und Sarah, zwei Freundinnen von mir."

Vicky sah ihren Vater erstaunt an.

„Ich will zu Maxi!"

„Ja, geh nur", sagte Rainer, und strahlte Sarah und Helen an.

„Ganz süß, deine Kleinen", bemerkte Sarah und lächelte, während Helen nicht so recht wusste, was sie machen sollte. Schließlich hatte sie sich gefasst.

„Rainer, ich glaube, das wird ein kurzes Treffen. Ich

fühle mich vollkommen verschwitzt. Wir sind jetzt am Ende unserer Runde und ich möchte mich duschen. Ich würde dich ja gerne zu uns nach Hause einladen, aber wie schon gesagt, ich glaube nicht, dass das im Hinblick auf deine Kinder eine gute Idee ist."

„Ich verstehe schon", sagte Rainer, „dann werde ich eben auch ein bisschen im Sand buddeln. Aber allein die Tatsache, dass ich dich gesehen habe, lässt den Tag in einem ganz anderen Licht erscheinen."

„Du bist ein richtiger Romantiker", seufzte Sarah.

„Stimmt."

Rainer nahm rasch Helens Gesicht in seine Hände und drückte ihr einen Kuss auf die Lippen.

„Mach es gut, meine Liebste. Und denk beim Duschen an mich."

„So etwas sollte er nicht sagen, wenn Sarah dabei ist", dachte Helen. Aber als sie sich umsah, fiel ihr auf, dass Sarah bereits einige Schritte zu laufen begonnen hatte, sich dann umdrehte, Rainer zuwinkte und rief: „Ich wünsche dir ein schönes Kinderwochenende!"

„Vielleicht hat sie es gar nicht gehört", dachte Helen erleichtert, und gab Rainer entspannt einen Kuss zurück.

„Lass es dir gut gehen", sagte sie. „Das nächste Wochenende gehört wieder uns, oder?"

„Darauf kannst du dich verlassen!", nickte Rainer grinsend.

Helen lächelte Rainer an und lief noch einige Schritte rückwärts, um zu winken, bevor sie sich umdrehte und Sarah einholte.

„Ganz schön hartnäckig, der Bursche", sagte sie.

„Stimmt."

Etwa zur gleichen Zeit klingelte Manuel bei seinen

Eltern an der Wohnungstür. Normalerweise kam er mittwochs, aber in dieser Woche war er auf einem Seminar gewesen, sodass er mit seinen Eltern vereinbart hatte, dass er am Samstagnachmittag vorbeischauen würde.

„Hallo, Manuel", sagte Frau Vogt und umarmte ihren Sohn. Sie hoffte, dass durch seine Anwesenheit die schlechte Stimmung, die zwischen ihr und ihrem Mann herrschte, aufgelockert würde. Als sie am Freitagabend nach Hause gekommen war, hatte sie keine Möglichkeit gehabt, einen Blick auf das Smartphone ihres Mannes zu werfen. Als er am Samstagmorgen zum Bäcker gegangen war, hatte sie es in der Garderobe liegen sehen. Sie hatte die letzten gesandten SMS und Anrufe aufgerufen, konnte aber keine Kommunikation mit Frau Reiz entdecken.

„Vielleicht schreibt er ihr E-Mails. Aber an seinen Laptop komme ich nicht ran", überlegte sie.

Herbert gab stets ein Passwort ein, arbeitete dann konzentriert und fuhr den Laptop anschließend wieder herunter.

„Es ist ein gutes Zeichen, dass über das Smartphone in den letzten Tagen nichts mehr gelaufen ist", dachte sie. Aufgrund der Erzählung von Herrn Seitz hegte sie die Hoffnung, dass sich die Beziehung mit Frau Reiz erledigt haben könnte.

Gestern Abend war ihr Mann so mürrisch gewesen, dass sie es nicht über sich gebracht hatte, ihm von dem Angebot, gemeinsam einen Museumsbesuch zu machen, zu erzählen. „Ich muss abwarten, bis sich ein guter Zeitpunkt ergibt", hatte sie gedacht, und die Angelegenheit vorerst auf sich beruhen lassen.

Manuel kam mit ihr in die Küche, wo bereits der Kaffeetisch gedeckt war.

„Hey, du hast ja einen Apfelkuchen gebacken! Super!"
„Heute Morgen hatte ich Zeit dazu. Unter der Woche
kriege ich das nicht gut unter."
„Du bist auch eine hart arbeitende Mami", grinste er
und gab seiner Mutter einen Kuss.
„Seid ihr denn mit der Pfändung gegen diese Frau ..."
„Meinst du Frau Reiz?"
„Ja, genau. Und, seid ihr vorangekommen?"
In diesem Moment kam Herr Vogt durch die Tür.
„Hallo, Papa", sagte Manuel, und begrüßte seinen
Vater mit einer Umarmung.
„Schön, dass du da bist", sagte Herr Vogt.
Manuel drehte sich wieder zu seiner Mutter um.
„Also, seid ihr mit der Pfändung gegen die Frau Reiz
vorangekommen?"
„Ja, das läuft gut. Ich denke, wir werden bald eine
Kontopfändung durchhaben", sagte Frau Vogt ganz
automatisch.
„Und wen vertretet ihr in dieser Sache?", fragte
Manuel, während er mit dem Löffel in die Schale mit
geschlagener Sahne fuhr und ihn anschließend in den
Mund steckte.
„Mhmm, lecker, mit Puderzucker", sagte er, bevor
seine Mutter antworten konnte.
„Du weißt genau, dass ich in Angelegenheiten, die die
Kanzlei betreffen, Schweigepflicht habe und dir nichts
erzählen kann, aber ich glaube, diese Frau Reiz hat
einem älteren Herrn einiges an Geld abgeknöpft,
indem sie ihm Dinge versprochen hat, die sie dann
nicht gehalten hat, sodass er gegen sie geklagt hat, und
jetzt können wir pfänden", schwindelte Frau Vogt.
Herr Vogt sah während dieses Gesprächs zu Boden
und sagte schließlich: „Wollen wir uns nicht setzen?
Soweit ich dich verstanden habe, wolltest du dich

noch mit ein paar Leuten zum Fußballspielen treffen?"

„Richtig, aber wir haben das um zwei Stunden verschoben, weil es heute Morgen geregnet hat und die Wiese nass ist. Wir hoffen, dass das jetzt trocknet."

„Das war sicher eine gute Entscheidung", bestätigte Herr Vogt und zu seiner Frau gewandt: „Was hältst du davon, wenn wir nachher auch einen Spaziergang in den Isarauen machen?"

„Wir beide?", sagte Frau Vogt erstaunt. Sie war froh, dass sie nicht sofort antworten musste, weil Manuel fragte: „Und, was habt ihr diese Woche gemacht?"

„Ich habe gearbeitet und gestern war ich mit Herrn Seitz im Lenbachhaus. Herr Seitz ist ein pensionierter Restaurator, weiß viel über Kunst und hat mich eingeladen, ihn zu begleiten."

„Und das schon zum zweiten Mal", rutschte es Herrn Vogt heraus.

„Ich kann mir gut vorstellen, dass ich das jetzt öfter mache. Das ist eine gute Abwechslung zur Arbeit im Büro und zur Hausarbeit."

„Finde ich prima", sagte Manuel und verteilte jeweils ein Kuchenstück auf die Teller. „Vor allem, wenn er dir das alles umsonst erzählt und du keine Führung zahlen musst, die sind nämlich ganz schön teuer."

„Ich habe Herrn Seitz auf die Idee gebracht, dass er diese Führungen anbieten könnte."

„Dann wirst du ihm bestimmt auch bald was zahlen müssen."

„Das glaube ich nicht", entgegnete Frau Vogt, und an ihren Mann gewandt: „Ich habe ihm gestern von dir erzählt, Herbert. Herr Seitz hat gemeint, dass er dich gerne einmal kennenlernen möchte."

„Ich habe aber kein Interesse daran, mit euch beiden ewig vor ein und demselben Bild zu stehen und mir alles, was er darüber weiß, anzuhören."

„Das habe ich ihm auch gesagt. Daher hat Herr Seitz vorgeschlagen, dass wir zusammen ins Deutsche Museum gehen."

„Da kann ich auch alleine hingehen."

„Aber zu zweit oder zu dritt macht es doch mehr Spaß", mischte Manuel sich ein. „Papa, das ist doch ein gutes Angebot. Ist dieser Herr Seitz auch Rentner?", fragte er seine Mutter.

„Natürlich, und unglücklicherweise ist vor einiger Zeit seine Frau gestorben. Herr Seitz kann daher Kontakt zu anderen Leuten gut gebrauchen. Er hat gemeint, in unserem Alter ist es nicht mehr so leicht, neue Leute kennenzulernen."

„Wenn man keinen Sport macht, nicht mehr in die Disco geht", meinte Manuel, „und auch nicht zur Arbeit, wie soll man da jemanden kennenlernen?"

„Na vielleicht im Backshop", rutschte es Frau Vogt heraus. Im gleichen Moment dachte sie: „Super, so kann man mit einem Satz alles verderben."

Ihr Mann sah sie erstaunt an.

„Ich meine nur", sagte sie, „weil ich Herrn Seitz in einem Backshop kennengelernt habe, das heißt eigentlich im Café, das dazugehört. Ich glaube, ich setze noch etwas Wasser auf."

Während sie Wasser einfüllte, versuchte sie, ruhig durchzuatmen. „Da habe ich gerade noch einmal die Kurve gekriegt. Ich möchte nicht, dass Herbert erfährt, dass ich ihm nachspioniert habe."

Sie fasste sich schnell wieder und stellte den Wasserkocher an.

„Ich glaube, ein Themenwechsel wäre jetzt günstig",

dachte sie, drehte sich um und fragte ihren Sohn: „Und was gibt es bei dir Neues?"

„Eigentlich nicht viel. Ich kann euch etwas von meinem Seminar erzählen. Interessanterweise war in diesem Seminar auch ein Detektiv. Ich habe mich länger mit ihm unterhalten. Es ist wohl gar nicht so leicht, in diesem Gewerbe Fuß zu fassen, aber unmöglich ist es nicht. Ich denke, das ist etwas, was ich im Hinterkopf behalten werde." Manuel berichtete seinen Eltern, was er von seinen Kollegen erfahren hatte, und Frau Vogt war froh, bei einem unverfänglichen Thema angekommen zu sein.

Nachdem Manuel sich verabschiedet hatte, ging sie auf den Vorschlag ihres Mannes ein, gemeinsam an der Isar einen Spaziergang zu machen. „Ich nehme es mal als Versöhnungsangebot", dachte sie, während sie schweigend neben ihm herlief. Als sie auf dem Rückweg waren, sagte Herbert: „Ich werde mir das mit dem Deutschen Museum durch den Kopf gehen lassen. Aber ins Bergwerk will ich auf keinen Fall, da war ich schon so oft mit Manuel."

„Dann werde ich das so weitergeben", sagte Frau Vogt und dachte: „Geht doch."

40. Kapitel

Am Montag trafen die drei Frauen gut gelaunt und nahezu gleichzeitig in der Kanzlei ein.

„Sie strahlen richtig", sagte Kerstin zu Frau Vogt, „hatten Sie ein gutes Wochenende?"

„Auf jeden Fall. Ich habe mich mit Herrn Seitz getroffen und hatte einen wunderbaren Nachmittag."

„Das wird ja mittlerweile zur Gewohnheit", kommentierte Helen, „was sagt Ihr Mann denn dazu?"

„Ich hatte auch das Gefühl, dass das ein Problem werden könnte. Deshalb haben Herr Seitz und ich überlegt, meinen Mann mit einzubeziehen. Herbert war zunächst nicht erbaut, aber ich denke, inzwischen hat er angebissen. Außerdem habe ich erfahren, dass diese Frau Reiz nicht mehr im Backshop tätig ist. Vielleicht ist die Verbindung zwischen ihr und meinem Mann abgerissen."

„Dann würde sich die Sache von alleine regeln", meinte Helen, „wie praktisch!"

„Mein Mann ist irgendwie verändert. Er hat mir dieses Wochenende sogar einen Spaziergang vorgeschlagen. Es war zunächst ungewohnt, wieder etwas gemeinsam zu unternehmen, aber dann doch ganz schön."

„Es würde mich freuen, Frau Vogt, wenn sich alles wieder einrenkt. Damit hätte sich auch Ihre kluge Taktik, nicht gleich auf den Putz zu hauen, bewährt. Ihr Mann hat sich vermutlich kurzzeitig in etwas verrannt."

„Und ich habe einen neuen Freund gewonnen", sagte Frau Vogt. „So sehe ich Herrn Seitz jedenfalls. Aber Sie beide sehen auch gut aus."

„Ich war gestern mit Sarah in den Bergen", sagte Helen, „nachdem es am Samstagmorgen noch geregnet hatte, war die Luft am Sonntag klar und die Wiesen trocken. Wir sind in Garmisch auf den Eckbauer gegangen und abwärts durch die Partnachklamm gelaufen. Ich habe es genossen, auf dem Land zu sein. Sarah war ganz hin und weg von der Fernsicht, die wir in den Bergen hatten."

„Ich war mit meiner Familie im Zoo und habe mich gefreut, dass auch Lisa mitgekommen ist."

„Da wir alle ein schönes Wochenende hatten, können wir uns jetzt voller Energie in die Arbeit stürzen", fasste Helen zusammen.

„Ich hätte noch einen freien Tag gebrauchen können", entgegnete Kerstin und gähnte verstohlen, „aber was sein muss, muss sein. Ist mit der Samstagspost etwas Besonderes angekommen?"

„In der Scheidungssache Herrmann ist das rechtskräftige Urteil eingetroffen, Frau Bärenreuther."

„Das ist gut", erwiderte Kerstin, „dann können wir die Akte endgültig ablegen."

„Wann hast du eigentlich das Vierergespräch in der Sache Bosch?", fragte Helen.

„Das ist inzwischen ein zweites Mal verschoben worden", sagte Kerstin, „und findet jetzt am übernächsten Donnerstag statt. Ich hoffe, dass es bei diesem Termin bleibt."

Frau Vogt reichte Helen einen Stapel Akten, denen sie bereits die geöffnete und mit Eingangsstempel versehene Post zugeordnet hatte.

„Frau Binz, damit können Sie erst einmal anfangen.

Wenn ich noch etwas für Sie finde, bringe ich es in Ihr Zimmer."

„Danke, dann habe ich keine Ausrede mehr, noch länger zu plaudern", antwortete Helen, nahm die Unterlagen und ging in ihr Büro.

Kaum hatte sie es erreicht, summte ihr Smartphone. Helen sah, dass sie von Rainer eine Mitteilung erhalten hatte.

„Helen, ich habe Sehnsucht nach dir. Heute Abend gemeinsames Jo&Du?"

Sie brauchte einen Moment, bis sie die Abkürzung entschlüsselt hatte. Dann dachte sie: „Bitte kein Joggen. Ich habe einen Muskelkater von unserer Wanderung." Also schrieb sie zurück: „Jo nicht – Muskelkater, du schon! Ab 19 h."

Kaum hatte sie ihre Nachricht versandt und das Smartphone auf die Seite gelegt, als es wieder brummte.

„Wunderbar", lautete die Nachricht.

„Wir können den Abend ganz geruhsam angehen lassen. Hat Sarah nicht heute Morgen gesagt, dass sie eine Muschelsuppe kochen will? Ich werde ihr Bescheid geben, dass sie etwas mehr machen und Weißwein kühl stellen soll. Anschließend können wir uns einen gemütlichen Abend machen und nicht all zu spät ins Bett gehen", überlegte Helen und freute sich darauf.

Währenddessen hatte Frau Vogt auch Kerstin ihren Aktenstapel gebracht. Diese trug gerade zwei neue Gerichtstermine in ihren Kalender ein, als ihr auffiel, dass in gut zwei Wochen ihr Geburtstag war. „Wie schnell so ein Jahr vergeht", dachte sie. „Früher hat es endlos lange gedauert, bis ich zwölf, dreizehn oder vierzehn wurde." Eigentlich hatte sie gar keine Lust zu feiern. Zu ihrem zweiundvierzigsten Geburtstag hatte sie sechzehn Leute eingeladen und selbst gekocht, danach aber festgestellt, dass sie kaum Zeit gehabt hatte, sich mit ihren Gästen zu unterhalten, weil sie ständig hin- und hergelaufen war, um Speisen und Getränke zu servieren. Mark und Lisa hatten ihr zunächst geholfen, aber nach einiger Zeit mit den Gästen geredet, sodass es an ihr hängen geblieben war, den Service zu organisieren. „Dieses Jahr werde ich es ruhiger angehen lassen. Vielleicht können wir gemeinsam einen Ausflug machen. Am schönsten wäre es natürlich, wenn wir wegfahren könnten", überlegte sie, denn ihr Geburtstag fiel dieses Mal auf einen Donnerstag, der in Bayern Feiertag war, und sie hatte sich im Kalender eingetragen, dass beide Kinder an dem folgenden Brückentag frei haben würden. „Aber vermutlich sind die Autobahnen in diesen Tagen vollkommen verstopft", dachte sie, und ließ den Gedanken wieder fallen. Sie nahm sich vor, am Abend mit ihrer Familie zu sprechen, ob es eine Idee für eine gemeinsame Unternehmung gab. Dann nahm sie die erste Akte vom Stapel und begann zu lesen.

Als Kerstin beim Abendessen das Thema zur Sprache brachte, stieß sie auf wenig Begeisterung. Mark murmelte: „Ich weiß nicht, wo möchtest du denn hinfahren? Du weißt doch, an den verlängerten Wochenenden ist auf den Straßen immer die Hölle los", und vertiefte sich wieder in sein Essen. Auch Lisa meinte: „Ich denke, wir feiern deinen Geburtstag lieber hier."
„Wir fahren doch an unseren Geburtstagen auch nicht weg", ergänzte Julian und zwinkerte seiner Schwester

zu.

„Na gut", gab Kerstin sich geschlagen, „es war nur eine Idee. Ehrlich gesagt, wollte ich mir dieses Jahr keine Arbeit mit einer Einladung machen."

„Musst du auch nicht", sagte Mark, „wir können Essen gehen."

„Das klingt gut", antwortete sie.

„Oh ja", sagte Julian, „dann gehen wir nachts richtig lange weg und ihr trinkt so viel Alkohol, dass wir mit dem Taxi heimfahren müssen. Ich bin schon so lange nicht mehr Taxi gefahren."

„Das sind ja tolle Aussichten", lachte Mark, „und am nächsten Tag haben wir dann alle Kopfweh."

„Wir doch nicht! Kinder trinken keinen Alkohol."

„Ich vielleicht schon", sagte Lisa, „einen kleinen Drink."

„Ist noch nicht erlaubt in deinem Alter", entgegnete Kerstin, „da musst du noch ein bisschen warten."

„Dafür hast du dann auch kein Kopfweh", sagte Mark.

„Bekommt man denn immer Kopfweh, wenn man Alkohol trinkt?", fragte Julian.

„Nein", erklärte Kerstin, „nur wenn man zu viel trinkt."

„Und ab wann ist es zu viel?"

„Das ist gar nicht so einfach. Da verschätzt man sich manchmal", fügte Mark hinzu, „aber im Laufe der Zeit wird man schlauer."

„Dann hoffe ich, dass ihr schlau seid und nur so viel trinkt, dass ihr kein Kopfweh habt und wir trotzdem mit dem Taxi fahren können."

„Wir werden versuchen, genau das hinzubekommen", sagte Kerstin und begann, sich auf ihren Geburtstag zu   freuen.

41. Kapitel

Der Rest der Woche war, wie Helen am Freitagnachmittag feststellte, harmonisch verlaufen. Mit Rainer war sie jeden zweiten Tag zusammen gewesen. Am Montag hatte Sarah Muschelsuppe gekocht und Rainer hatte fast den halben Topf gegessen, wohingegen Sarah kaum etwas davon genießen konnte. Mit der Begründung, nun habe sie das ganze Meeresgetier geputzt und ihr sei jetzt nicht mehr danach, hatte sie nur Weißbrot gegessen und war bald in ihrem Zimmer verschwunden.

Helen und Rainer hatten sich anschließend mit einem Glas Wein ins Wohnzimmer gesetzt, waren aber bald ins Schlafzimmer gegangen, um all das nachzuholen, was am Wochenende nicht möglich gewesen war. Ab Mittwoch war das Wetter jeden Tag wärmer geworden, sodass sie sich nach dem Joggen in den Biergarten gesetzt hatten. Eben waren sie mit Helens Cabrio an den Starnberger See gefahren. Sie kamen am frühen Abend rechtzeitig im Undosa-Bad an, um einen Drink in der Sonne genießen zu können. Als es kühler wurde, beschlossen sie, einen Spaziergang zu machen. Händchenhaltend gingen sie am See entlang und fanden schließlich eine einsam gelegene Bank, die sie ganz für sich beanspruchen konnten. Die Dämmerung hatte eingesetzt und es waren kaum noch Leute unterwegs.

„Ich bin so glücklich mit dir, Helen", sagte Rainer, „du hast ein ausgeglichenes und harmonisches Wesen.

Das tut mir gut, nachdem meine Frau an mir gehangen hatte wie ein Klammeraffe. Ich weiß, es ist nicht schön, wenn ich so über sie spreche, aber ich will damit sagen, dass ich mich bei ihr ständig unter Druck gefühlt habe. Und dein Körper und deine Hingabe sind einfach ein Genuss."

Helen freute sich über dieses Kompliment.

„Ich kann dich auch genießen, Rainer, sehr sogar."

Sie rückte noch ein wenig näher an ihn heran.

„Gibt es etwas, mit dem ich dich noch ein wenig glücklicher machen könnte?", fragte sie spontan, und war von sich selbst überrascht.

Rainer dachte nach. „Im Moment fällt mir nichts ein. Ich kann dir nur erzählen, dass ich als heranwachsender junger Mann die Fantasie hatte, mal in einem Pool zu schwimmen, in dem außer mir nur nackte Frauen sind."

„Ah, du meinst, ich sollte eine Party für dich veranstalten, bei der das möglich wäre."

„Nein, das war einfach eine Fantasie, die mir lange Zeit gefallen hat. Jetzt kommt sie mir schon gar nicht mehr so interessant vor. Du musst gar nichts machen, Helen, ich bin glücklich mit dir, so wie es ist."

Er zog sie zu sich heran und küsste sie. Beide sahen wieder auf den See hinaus und beobachteten ein kleines Segelboot, das langsam den Hafen ansteuerte.

„Gibt es etwas, womit ich dich glücklich machen könnte?"

Helen dachte nach.

„Nein, ich glaube, es passt alles. Aber wenn du auf Fantasien anspielst, kann ich dir sagen, dass es eine Phase gab, in der ich es interessant gefunden hätte, mit zwei Männern im Bett zu liegen. Ich hätte mich dann wie eine Prinzessin gefühlt, die sozusagen an allen Ecken und Enden bedient wird. Während der eine Mann sich mit meinen Zehen beschäftigt, fängt der andere bei meinem Nacken an, und so geht das weiter."

„Eine interessante Vorstellung", antwortete Rainer, „dann ist man als Mann vielleicht auch nicht so schnell überfordert."

Helen musste lachen. „Ich hab dich bisher noch nicht überfordert erlebt."

„Wenn du mich weiterhin so beanspruchst, könnte das schon sein."

„Gut, dann werde ich mich in Zukunft öfter schlafend stellen."

„Bloß nicht!", schmunzelte Rainer und drückte sie lachend an sich. „Es ist schön, dass wir über so etwas sprechen können. Das bedeutet, dass wir uns vertrauen. Und ich weiß es zu schätzen, Helen, nachdem du schon einmal so verletzt worden bist."

„Ich denke, Vertrauen geschieht einfach. Du scheinst es dir verdient zu haben." Sie knuffte ihn in die Seite. „Komm, lass uns zurückgehen. Mir wird langsam kühl."

„Gerne. Ich habe auch schon eine Idee, was wir zu Hause   machen   könnten."

42. Kapitel

Am Montagmorgen ging Kerstin über den Viktualienmarkt. Die Sonne schien ihr ins Gesicht und sie erfreute sich an den mit Obst, Kräutern und Blumen gefüllten Verkaufsständen. „Endlich bin ich einmal nach einem Wochenende so ausgeruht, wie es sein sollte." Beide Kinder hatten von Freitag auf Samstag jeweils bei ihren Freunden übernachtet, sodass sie mit Mark zum ersten Mal seit Langem wieder zu einer Spätvorstellung ins Kino gegangen war und am Sonntagmorgen lange und genüsslich ausgeschlafen hatte. Dann hatten sie noch gemeinsam einige Zeit im Bett verbracht. Die Erinnerung daran bescherte ihr immer noch ein wohliges Gefühl. „So richtig Zeit für uns haben Mark und ich viel zu selten, aber in Zukunft wird es wieder mehr werden, da unsere Kinder selbstständiger werden." Lediglich die Planung für ihren Geburtstag war nicht so verlaufen, wie sie es sich gewünscht hatte. Kerstin hatte am Freitagabend erwähnt, dass sie dieses Mal gerne in einem besonderen Lokal, einem Italiener in Schwabing, feiern würde. Es war ihr von verschiedenen Seiten empfohlen worden. Da das Lokal klein war, hatte sie sich vorgenommen, dort einen Tisch zu reservieren. Seltsamerweise hatte die gesamte Familie dagegen gehalten.

„Ich weiß gar nicht, was ihr gegen eine Reservierung habt", hatte sie gesagt.

„Nichts", meinte Mark, „nur ist es viel zu früh. Zum

Schluss überlegst du es dir noch anders."

„Ich werde es mir nicht anders überlegen."

„Doch", hatte Julian seinen Vater unterstützt, „einmal wollten wir zu McDonalds und dann sind wir doch zu Burger King gefahren, nur weil es näher war."

„Das ist nun wirklich was anderes", hatte Kerstin eingewandt.

„Wer weiß, ob du nicht auch den Italiener noch mal wechseln willst, zum Beispiel, wenn du auf die Speisekarte schaust und feststellst, dass er dir viel zu teuer ist", hatte Lisa gemeint.

„Ich weiß nicht, was mit euch los ist. Ich habe fast den Eindruck, ihr wollt gar nicht zum Italiener."

„Doch, doch", hatten alle drei gesagt und sich dabei angeblickt.

„Wir finden nur, dass du es mit der Planung übertreibst", hatte Mark gesagt. Schließlich war es Kerstin zu dumm geworden.

„Ok, ihr wisst genau, wo ich hingehen möchte, vielleicht kann einer von euch die Organisation übernehmen."

„Das mache ich gerne", hatte Mark gesagt.

„Aber wehe, wenn wir dann keinen Platz bekommen."

„Mein Schatz", hatte Mark gesagt und sie dabei in den Arm genommen, „du wirst einen wunderbaren Geburtstag erleben."

„Dann ist ja gut", hatte Kerstin erwidert und es dabei belassen.

Inzwischen war sie bei der Kanzlei angekommen und wollte aufschließen, als sie beinahe mit Frau Vogt, die eben aus der Tür trat, zusammengestoßen wäre. „Frau Vogt, wollen Sie schon wieder nach Hause?"

„Guten Morgen, Frau Bärenreuther, natürlich nicht,

aber ich habe gerade festgestellt, dass wir keine Milch mehr haben. Zurzeit bestellen alle Mandanten einen Cappuccino. Ich gehe einkaufen und bin gleich wieder zurück." Schon schoss sie an ihr vorbei. Kerstin sah ihr hinterher.

„Wie sie mit ihren hohen Absätzen so schnell die Treppe hinuntersausen kann, ist mir ein Rätsel. Da gehe ich mit meinen Blockabsätzen vorsichtiger. Vermutlich hat sie aufgrund ihrer geringen Körpergröße seit ihrer Pubertät High Heels getragen", überlegte sie und schloss die Tür. Als Erstes ging sie zum Fax, um nachzusehen, ob etwas angekommen war. Gerade ratterte ein Schreiben hindurch.

„Dieses alte Gerät sollten wir bald mal ersetzen. Es macht einen Höllenlärm. Aber vermutlich bekommen wir dann eines dieser Multifunktionsgeräte, mit denen sich keiner auskennt." Sie entnahm die vier Blätter und sah, dass es sich um die Sache Bosch handelte.

„Ist ja wieder einmal typisch", dachte sie, „drei Tage vor dem gemeinsamen Gespräch fordert der Kollege vermutlich noch eine Menge neuer Unterlagen an." Neugierig begann sie zu lesen.

Sehr geehrte Frau Kollegin Bärenreuther,

aus aktuellem Anlass hat meine Mandantin mich gebeten, Sie und Ihren Mandanten, Herrn Rainer Bosch, darüber zu informieren, dass die behandelnde Psychologin der Zwillingskinder Viktoria und Maximilian bei unserem „Vierergespräch" anwesend sein wird. Grund dafür ist die anhaltende Schulangst der Zwillinge, die insbesondere bei Maximilian sehr ausgeprägt ist. Kurz vor dem Auszug Ihres Mandanten schienen die Angstzustände, die sich in Weinkrämpfen, Erbrechen vor dem Schulbesuch und

Schlafstörungen äußern, bei beiden Kindern aufgrund der therapeutischen Behandlung überwunden. Nachdem die Therapie aufgrund des Betreibens Ihres Mandanten vorzeitig beendet worden war, hat sich der Zustand der Kinder, insbesondere auch seit dem Auszug Ihres Mandanten, verschlechtert. Beide Kinder weigern sich derzeit morgens, die Schule zu besuchen. Meine Mandantin hat versucht, mit Ihrem Mandanten darüber zu sprechen, was zu keiner Lösung geführt hat. Bisher hat meine Mandantin versucht, alleine mit diesem Problem fertigzuwerden. Eskaliert ist die Situation nach dem letzten Besuchswochenende. Beide Kinder haben sich so verhalten, dass es meiner Mandantin nur mit Mühe gelungen ist, sie morgens in die Schule zu bringen. Sie ist aufgrund dieses Problems selbst erkrankt und muss sich in ärztliche Behandlung begeben.

Nachdem sowohl Sie, verehrte Frau Kollegin, wie auch ich keine Fachleute für dieses Thema sind, halte ich es für sinnvoll, die bisher behandelnde Psychologin, Frau Dipl.-Psych. Annette Erdmann, hinzuzuziehen. Dies nur vorab zu Ihrer Information.

Wir sehen uns, wie vereinbart, am kommenden Donnerstag ab sechzehn Uhr.

Mit freundlichen kollegialen Grüßen

Rechtsanwalt Dr. Edward Troll

„Lieber Himmel", dachte Kerstin, „das wird bestimmt eine endlos lange Besprechung werden. Zuerst wegen der Kinder und dann wegen der Finanzen. Außerdem ist das ein scheußliches Problem, was die beiden Kleinen da haben. Ich muss mich erkundigen, was man unter Schulangst versteht. Schulunlust kenne ich aus meiner Zeit und von Lisa und Julian nur zu gut. Angst? Na ja, vor der einen oder anderen Prüfung vielleicht, aber eine generelle Schulangst, das scheint problematisch zu sein." Ihr war nicht bewusst gewesen, dass sie den letzten Satz laut gesagt hatte.

„Was scheint problematisch zu sein?", hörte sie Helen plötzlich hinter sich. Kerstin zuckte zusammen und drehte sich um.

„Hast du mich erschreckt."

„Sorry. Das war nicht meine Absicht. Hast du denn nicht gehört, dass ich hereingekommen bin?"

„Nein, ich war in dieses Schreiben vertieft. Sieh mal, es betrifft die Sache Bosch."

„Ich denke, dass solltest besser du bearbeiten."

„Sicher, aber hier geht es um die Schulangst der Kinder."

„Rainer hat mir erzählt, dass die Kinder diese Angst hatten, aber mithilfe einer Therapie überwunden haben. Seltsam. Gib mir das Schreiben doch mal." Helen nahm es Kerstin aus der Hand und las. „Ich kann mir das nicht erklären. Rainer schildert die Situation ganz anders."

„Mal angenommen, die Gegenseite hätte Recht, könntest du dir vorstellen, dass Rainer dieses Problem unter den Teppich kehrt, weil er nicht sehen will, dass sich die Situation durch die Trennung verschlechtert hat?"

Helen dachte nach. „Du kannst nicht von mir verlangen, dass ich da objektiv bin. Wir haben auch nicht oft über die Kinder gesprochen. Aber ich habe den Eindruck, dass sie ihm wichtig sind und er genau hinsieht, was mit ihnen passiert. Er schildert seine Ehefrau als wenig belastbar. Vielleicht ist sie mit der

Trennung überfordert und die Zwillinge bekommen das irgendwie ab, sodass sie sich bei ihr anders verhalten als bei ihm."

„Kann gut sein. Ich meine nur, ob er Anzeichen, die objektiv vorhanden sind, vielleicht gar nicht wahrnimmt."

„So wie ich ihn einschätze, eher nicht."

„Gut. Ich werde Frau Vogt bitten, ihm dieses Fax zu schicken mit der Bitte um einen Rückruf an mich."

„Das wird Rainer belasten. Es ist ihm wichtig, dass es seinen Kindern gut geht."

Frau Vogt kam vom Einkauf zurück.

„Sie machen beide ein Gesicht wie drei Tage Regenwetter, dabei scheint draußen die Sonne."

„Sie haben Recht", sagte Helen, „aber lesen Sie mal dieses Schreiben. Wenn es stimmt, was da drinsteht, dann scheint es den beiden Kindern von Herrn Bosch aufgrund der Trennung schlecht zu gehen."

„Welchem Kind geht es nicht schlecht, wenn die Eltern sich trennen?"

„Wir wissen nicht, was wir davon halten sollen. Vielleicht ist alles gar nicht so schlimm", versuchte Kerstin zu beschwichtigen, und ging in die Küche, um sich eine Tasse Kaffee zu machen.

Eine halbe Stunde später kam der Anruf von Herrn Bosch.

„Entschuldigen Sie, Frau Bärenreuther, wenn ich ausfallend werde, aber diese dumme Kuh von Psychologin hat meine Kinder ganz durcheinandergebracht. Ich will diese Frau auf keinen Fall bei unserem Gespräch dabeihaben."

„Was bringt Sie so gegen Frau Erdmann auf?"

„Sie wollte, dass Vicky und Maxi drei Mal die Woche

zu ihr in die Therapie kommen. Ich habe mich erkundigt. Normalerweise gehen Kinder einmal die Woche zu einer Therapie. Unsere Kleinen hatten überhaupt keine Zeit mehr, mit ihren Freunden zu spielen, und wurden nachmittags früher aus dem Hort geholt. Die anderen Kinder frotzelten schon: ‚Müsst ihr wieder zu eurer Psycho?‘ Unsere Kinder konnten in dieser Zeit oft nicht an den Nachmittagsausflügen, zum Beispiel zur Feuerwehr oder an die Isar, teilnehmen, weil sie andauernd diese Termine hatten."

„Herr Bosch, als das Fax ankam, habe ich es Helen gezeigt. Sie hat mir erzählt, dass Sie gesagt hätten, die Therapie hätte geholfen und den Kindern die Angst genommen."

„Da ist was dran. Zumindest in den ersten zwei, drei Wochen hat es wirklich geholfen. Aber die Kinder haben sich auch so nach und nach in ihren Klassen eingewöhnt und Freunde gefunden. Sie taten sich einfach mit dem Übergang vom Kindergarten zur Schule schwer. Die beiden sind ein bisschen zarter als die anderen Kinder. Das ist bei Zwillingen häufig so. Insbesondere Maxi hat als Junge manchmal darunter zu leiden, dass andere körperlich stärker sind, ihn schubsen und er sich dann nicht durchsetzen kann. Aber inzwischen haben die anderen auch schätzen gelernt, dass er ein lustiges und schlaues Kerlchen ist. Er hat Freunde gefunden, zum Beispiel den kleinen Achmad aus Afghanistan, der beschützt ihn. Der hat angekündigt: ‚Wer den Maxi schubst, der kriegt es mit mir zu tun.‘ Seitdem ist alles viel besser. Vicky hatte von Anfang an weniger Probleme. Mein Eindruck war, dass sie hauptsächlich darunter zu leiden hatte, dass sie müde wurde. Im Kindergarten konnte sie sich mittags hinlegen, da gab es eine Ruhephase, in der eine CD mit Märchen angehört wurde. Die gab es im Hort nicht mehr. Inzwischen ist ihre Kondition besser geworden und Vicky kann gut mithalten. Ich weiß wirklich nicht, was das Ganze soll."

„Kann es sein, dass Ihre Frau mit den Kindern überfordert ist?"

„Gut möglich. Ihr war von Anfang an alles zu viel. Aber sie hat nach wie vor ein Au-pair-Mädchen. Sie machen sich um halb acht auf den Weg in die Schule. Die Zwillinge sind bis um sechzehn Uhr im Hort, danach holt das Au-pair die Kinder ab und betreut sie, bis sie ins Bett gehen. Oft übernimmt das natürlich auch meine Frau oder sie machen zu viert etwas. Ich weiß nicht, was man sonst noch anbieten kann."

„Ich danke Ihnen, Herr Bosch, dass Sie mir Ihre Sicht geschildert haben. Ich finde glaubwürdig, was Sie erzählen, weiß aber nicht, ob es klug ist, die Psychologin von vornherein abzulehnen. Letztendlich geht es um das Kindeswohl und falls die Gegenseite Anträge bei Gericht stellt, käme die Psychologin auch dort zu Wort. Ich würde mir gerne persönlich einen Eindruck von ihr verschaffen." Es trat ein längeres Schweigen ein.

„Herr Bosch, sind Sie noch da?"

„Sicher. Ich überlege gerade. Wenn Sie es aus taktischen Gründen für klüger halten, dass diese Frau Erdmann dabei ist, dann muss ich mich wohl mit ihrer Anwesenheit abfinden."

„Ich werde versuchen, den Zeitraum, in dem sie anwesend ist, auf ein Minimum zu beschränken. Wäre das eine Vorgehensweise, auf die Sie sich einlassen können?"

„Ja, vermutlich sollten wir das so machen, auch wenn mir das alles nicht gefällt. Sie müssen wissen, meine

Ehefrau hat eine manipulative Seite, der ich in der Vergangenheit oft nichts entgegensetzen konnte."

„Was will sie Ihrer Meinung nach erreichen?"

„Das kann ich Ihnen sagen. Sie möchte, dass ich wieder zu ihr zurückziehe."

„Oh je", dachte Kerstin, „ich hoffe nicht, dass es dazu kommt." Bald darauf beendete sie das Gespräch.

43. Kapitel

Da ihr Mann den gemeinsamen Museumsbesuch nicht mehr angesprochen hatte, fragte Frau Vogt ihn am Mittwochabend, während sie beim Essen saßen: „Herbert, ich würde Herrn Seitz gerne anrufen, um ihm mitzuteilen, ob und wann wir uns mit ihm treffen wollen."

„Musst du denn jetzt jede Woche ins Museum? Das hat doch noch Zeit."

„Wir können das gerne an einem anderen Wochenende machen, aber ich möchte Herrn Seitz Bescheid geben, wie wir planen. Hast du am Freitag oder Samstag schon etwas vor?"

„Nein, aber am Samstag gehe ich auf gar keinen Fall. Du weißt, wie voll es da immer ist."

„Gut, dann könnten wir uns am Freitagnachmittag treffen. Das Deutsche Museum hat bis siebzehn Uhr geöffnet."

„Ich finde, dieser Herr Seitz soll einen Vorschlag machen, was er anschauen möchte, dann sage ich dir, ob ich mitgehe."

„Du kannst auch einen Vorschlag machen."

„Ich werde mich hüten. Dein Herr Seitz ist doch der Schlaue. Der will uns doch was erklären. Er wird wohl kein Spezialist auf allen naturwissenschaftlichen Sachgebieten sein, oder?"

„Nein, sicher nicht", sagte Frau Vogt und musste an sich halten, weil ihr die schroffe Art ihres Mannes auf die Nerven ging. Aber sie wollte das Gespräch zu einem guten Ende bringen. Daher holte sie tief Luft und erwiderte: „Ich werde Herrn Seitz anrufen und ihm ein Treffen am Freitagnachmittag anbieten. Wenn dir sein Vorschlag gefällt, gehst du mit, und wenn nicht, gehe ich alleine. Wäre das in Ordnung?"

„Du gehst sowieso lieber alleine."

„Das ist nicht wahr, sonst hätte ich dir keine gemeinsame Unternehmung vorgeschlagen. Ich freue mich einfach darauf, etwas Neues kennenzulernen."

„Du hast viel mehr Abwechslung als ich."

„Das ist richtig. Deswegen hätte ich dich auch gerne dabei."

„Nicht nur als Alibi, damit du diesen Herrn Seitz treffen kannst?"

„Nein, *ich* meine es ehrlich", sagte Frau Vogt und sah ihrem Mann in die Augen, während sie sich überlegte, ob sie das „ich" nicht zu deutlich betont hatte.

„Gut, dann frag ihn mal, was er vorhat."

Als Frau Vogt ihrem Mann später den Vorschlag von Herr Seitz mitteilte, ins Planetarium zu gehen und dort die Vorstellung „Auf zu fernen Galaxien" anzusehen, hellte sich die Miene ihres Mannes auf.

„Da gehe ich mit", sagte er, „das wollte ich mir immer schon mal ansehen."

„Anschließend können wir noch in ein Café gehen."

„Das werden wir dann sehen."

Zur gleichen Zeit saßen Helen, Sarah und Rainer am Esstisch in Helens Wohnung und aßen griechischen Salat, Oliven und Käse, die Helen auf dem Rückweg von der Kanzlei auf dem Markt gekauft hatte.

„Sarah, wie steht es eigentlich um deine Bewerbungen?", fragte Rainer, „hattest du nicht ein Vorstellungsgespräch?"

„Ja. Ich hatte ein gutes Gefühl. Sowohl die Abteilungsleiterin wie auch die Dame in der Personalabteilung machten den Eindruck, als ob sie dringend jemand suchen und meine Erfahrungen in den USA positiv bewerten. Aber inzwischen habe ich Zweifel, ob daraus etwas wird. Wir hatten vereinbart, dass sie sich innerhalb von zehn Tagen bei mir melden würden, und die Frist war letzten Sonntag vorbei."

„Man kann nicht erwarten, dass die Leute sich am Sonntag melden."

„Nein, aber am Montag oder Dienstag", sagte Sarah, „doch heute ist schon Mittwoch und bisher habe ich nichts gehört."

„Ich denke, du könntest einmal nachfragen", schlug Helen vor.

„Das habe ich mir für morgen vorgenommen. Seit diesem Vorstellungsgespräch bin ich auch nicht mehr so motiviert, weiterzusuchen."

„Ich drücke dir jedenfalls die Daumen", sagte Rainer.

„Und ich drücke dir die Daumen, dass euer Gespräch morgen gut läuft."

„Danke, Sarah, das kann ich gebrauchen", erwiderte Rainer. Dann wandte er sich an Helen: „Ich bin richtig nervös."

„Das ist normal. Auf der anderen Seite gibt es nichts, wovor du dich fürchten müsstest. Was deine Finanzen betrifft, hat Kerstin sicher alles im Griff. Natürlich wirst du deiner Frau Unterhalt zahlen und von deinem Vermögen etwas abgeben müssen. Aber wie ich dich kenne, macht dir das nichts aus."

„Das ist es auch nicht, was mich beunruhigt. Eher, dass Elvira als Mutter vielleicht nicht stabil genug ist, um die nicht einfache Situation einer Trennung mit den Kindern zu managen. Wenn es den Kindern schlecht geht, leide ich auch."

„Das geht, glaube ich, allen Eltern so", meinte Sarah.

„Du hast doch gesagt, dass es den Kindern gut geht", bemerkte Helen. „Hast du sie nicht am Montag in die Schule gebracht?"

„Sicher. Da gab es auch keine Probleme. Nur Maxi hat beim Abschied gesagt: 'Wann sehe ich dich wieder, Papa?' Ich hab ihm erklärt, dass ich ihn am übernächsten Wochenende wieder abhole. ,Das ist aber lange', hat er gesagt."

„Für so einen kleinen Kerl ist das auch lange. Vielleicht könntet ihr vereinbaren, dass du die Kinder auch an einem Abend in der Woche besuchen kommst."

„Das ist schwierig. In manchen Wochen würde es klappen, in manchen nicht. Elvira und ich hatten das damals überlegt", erzählte Rainer, „aber wir hatten beide den Eindruck, dass es die Kinder durcheinanderbringen könnte, weil ich dann nur für zwei Stunden da wäre, bis sie ins Bett gehen. Ich glaube, die Therapeutin hatte sich auch dagegen ausgesprochen, weil Vicky und Maxi damals schnell verunsichert waren."

„So wie du es geschildert hast, hat sich das aber geändert", entgegnete Helen.

„Vielleicht spreche ich das morgen noch einmal an."

Es entstand eine Pause, in der alle drei nachdenklich schwiegen. Helen wollte versuchen, das Thema zu wechseln, damit Rainer nicht noch mehr ins Grübeln kam. Sie fragte daher Sarah: „Hast du eigentlich noch einmal mit deiner Mutter telefoniert, wann du sie besuchen kannst? Meine Schwester Anna lebt in Hannover und ist eine vielbeschäftigte Tierärztin", fügte sie für Rainer hinzu.

„Das kann man wohl sagen", sagte Sarah. „Seitdem ich in München bin, habe ich sie bereits dreimal angerufen, um mit ihr zu besprechen, wann sie Zeit hat. Anscheinend sind alle Tierärzte in ihrer Gegend erkrankt oder in Urlaub, sodass sie ständig die Bereitschaft übernehmen muss. Aber in vierzehn Tagen wird es so weit sein. Ich fahre dann am Donnerstag und komme voraussichtlich erst am Montag zurück. Dann hast du endlich mal wieder sturmfreie Bude." Sie grinste ihre Tante an.

„Gott sei Dank", grinste Helen zurück, „ich werde eine Party veranstalten."

„Rainer, was hältst du davon, wenn wir einen Spaziergang machen? Ein bisschen frische Luft und die Bewegung tun uns sicher gut und helfen dir zu entspannen", schlug sie dann vor.

„Eine gute Idee", sagte Rainer, „und entschuldigt bitte, dass ich heute so trübsinnig herumsitze."

„Ich denke, einmal können wir dir das verzeihen", antwortete Sarah, „aber wehe, wenn das so weitergeht."

„Ich werde versuchen, mich zu bessern." Rainer lachte.

„Geht doch einfach los", sagte Sarah, „noch ist es draußen hell. Ich räume auf. Wundert euch bloß nicht, falls ich schon ins Bett gegangen bin, wenn ihr zurückkommt. Ich habe heute nicht viel gemacht, fühle mich aber schwer wie Blei. Anscheinend macht Nichtstun noch träger wie Arbeiten."

„Vom Nichtstun kann doch nicht die Rede sein", sagte Helen. „Du hast heute die ganze Wohnung geputzt."

„Ja", nickte Sarah, „und zwei Arzttermine vereinbart."

„Bist du krank?", fragte Rainer besorgt nach.

„Nein, ich möchte nur ein paar Checks machen. Das habe ich in den USA, wo alles so viel kostet, immer vermieden."

„Sehr vernünftig", erwiderte er, „sollte ich auch mal wieder machen."

„Jeder sollte das machen", sagte Helen. „Komm, lass uns gehen, dann sind unsere Werte bei den Ärzten auch besser, als wenn wir herumsitzen und Chips essen."

„Bei euch habe ich noch nie Chips bekommen.".

„Komisch, dass du das sagst", meinte Sarah. „Ich hatte heute plötzlich so eine Lust auf Chips, dass ich eine Tüte gekauft habe. Also heute Abend gibt es welche, zumindest bei mir."

„Lass mir ein bisschen was übrig", bat Rainer, „damit meine Werte nicht zu gut sind und die Ärzte noch an mir verdienen können."

„Mache ich", sagte Sarah, „und jetzt raus mit euch!"

44. Kapitel

Kerstin war gerade auf dem Weg von der U-Bahn-Station Kolumbusplatz zur Kanzlei von Herrn Rechtsanwalt Dr. Troll, in der das Vierergespräch stattfinden sollte, als sie an der Straßenecke Herrn Bosch aus seinem Sportwagen steigen sah.

„Hallo, Frau Bärenreuther, jetzt, wo ich Sie sehe, fällt mir ein, ich hätte Sie auch in Ihrer Kanzlei abholen können."

„Kein Problem. Ich fahre gerne mit der U-Bahn, das geht meistens schneller."

„Ich bin richtig aufgeregt. Gibt es etwas, was ich bei diesem Gespräch beachten sollte?"

„Mein Vorschlag ist, dass Sie sich ganz natürlich verhalten. Ich denke, hier gibt es nichts zu taktieren. Lediglich bevor Sie irgendwelche Zugeständnisse machen, finanzieller oder sonstiger Art, sollten wir das vorher unter uns besprechen. Wir können das Gespräch jederzeit unterbrechen und uns beraten. Meiner Ansicht nach dienen die Vierergespräche weniger dazu, gleich zu Lösungen zu kommen, sondern in Ruhe die anstehenden Punkte zu besprechen und verschiedene Ideen und Vorschläge mit nach Hause zu nehmen. Meine Vorgehensweise ist soft in der Form, aber hart in der Sache, das heißt, freundlich sein und gut zuhören, aber sich nicht vorschnell auf ein Ergebnis einlassen, nur damit man Ruhe hat."

„Das klingt vernünftig, ich glaube, ich werde erst

einmal den Mund halten."

Inzwischen hatten sie den Aufzug erreicht und fuhren in den vierten Stock. Die Sekretärin fragte, ob sie etwas zu trinken wünschten, und beide bestellten ein Mineralwasser. Anschließend wurden sie in einen Besprechungsraum gebeten. Die Getränke wurden gebracht und kurz darauf traten Herr Rechtsanwalt Dr. Troll und Frau Bosch ein. Kerstin und Herr Bosch standen auf und alle gaben sich die Hand. Kerstin sah Rainers Ehefrau zum ersten Mal. Sie erschien ihr klein, zierlich und elegant gekleidet.

„Danke, dass Sie pünktlich sind", sagte Rechtsanwalt Dr. Troll. „Die Psychologin müsste jeden Moment eintreffen. Ich habe mich soeben mit meiner Mandantin besprochen und sie hat mich gebeten, dass sie zunächst die derzeitige Situation im Hause schildern kann."

„Gerne", sagte Kerstin, „meinem Mandanten ist sehr daran gelegen, dass es den Kindern gut geht."

„Sie können sich nicht vorstellen, Frau Rechtsanwältin", sagte Elvira Bosch, „was ich zurzeit durchmache. Die Kinder wollen abends nicht ins Bett, fürchten sich vor dem nächsten Tag und mein Au-pair-Mädchen und ich haben am Morgen alle Hände voll zu tun, sie rechtzeitig für die Schule fertigzumachen. Vicky und Maxi wollen nicht frühstücken. Wenn sie dann endlich etwas gegessen haben, erbricht Maxi häufig. Oft weinen beide und wir bekommen sie kaum ins Auto. Vor der Schule klammert sich Vicky wieder an mich, die anderen Kinder zeigen schon mit dem Finger auf sie, wenn ich das weinende Kind bis zum Klassenzimmer begleite. Es ist furchtbar."

„Elvira, die Probleme, die du schilderst, hatten wir

letztes Jahr im September ungefähr ein, zwei Wochen lang. Anschließend wurde es immer besser. Als ich die Kinder letzten Montag nach dem Besuchswochenende in die Schule gebracht habe, gab es keine Probleme. Ich kann mir das Ganze nicht erklären. Ist denn irgendwas in der Schule vorgefallen? Hast du mal mit der Lehrerin gesprochen, ob die Kinder Schwierigkeiten haben?", fragte Rainer.

„Mit der Lehrerin konnte ich nicht sprechen, weil sie erkrankt ist. Es gibt zurzeit eine Ersatzkraft."

„Vielleicht liegt es daran", wandte Kerstin ein.

„Sicher wäre es sinnvoll, wenn Sie beide ein Elterngespräch mit der derzeitigen Lehrerin führen würden", sagte Herr Dr. Troll.

„Was soll das bringen?", erwiderte Frau Bosch, „vermutlich sagt die Lehrerin, dass es in der Schule schon geht. Wenn sie erst einmal in der Schule sind, fügen sie sich im Allgemeinen, aber zu Hause und auf dem Schulweg erlebe ich ständig Widerstand."

„Es ist nur seltsam, dass ich das Theater nicht habe", warf Rainer ein.

„Ich weiß nicht, ob es richtig ist, Herr Bosch, hier von Theater zu sprechen", mischte sich Herr Dr. Troll ein. „Ihre Kinder haben offensichtlich Schwierigkeiten, sich in einer größeren Gruppe, in der auch Leistung verlangt wird, zurechtzufinden. Meine Mandantin hat mir erzählt, dass sich das Verhalten der Kinder durch die Therapie zwischenzeitlich verbessert hatte, offensichtlich hat es sich nach Ihrem Auszug wieder verschlechtert. Ich bin kein Psychologe, aber ich kann mir gut vorstellen, dass die Kinder Sie vermissen. Wenn sie mit Ihnen zusammen sind, geht es ihnen besser. Wenn Sie dann nicht mehr im Haus sind, geht es ihnen schlechter. Sie werden ängstlich und zeigen

Verhaltensweisen, die sie in Ihrer Gegenwart nicht zeigen. Dies belastet wiederum meine Mandantin, weil es schwierig ist, gleichzeitig mit zwei Kindern, die sich sträuben, fertigzuwerden."

Bevor Rainer antworten konnte, wurde an die Tür geklopft und die Sekretärin kündigte Frau Erdmann an. Herr Dr. Troll ging der Psychologin entgegen. Frau Erdmann war mittelgroß und rundlich. Sie trug, wie Kerstin fand, passend zu ihrem Namen ein erdfarbenes Leinenkostüm, das durch eine bunte Perlenkette aufgeheitert wurde. Herr Dr. Troll stellte die Anwesenden einander vor und dankte der Psychologin für ihr Kommen. Dann fragte er sie, ob und wie sie sich erklären könne, dass die Zwillinge nun wieder massive Schulangst hätten.

„Leider habe ich Viktoria und Maximilian schon seit einigen Monaten nicht mehr gesehen. Dazu muss man wissen, dass die Kinder bei mir lediglich in der Zeit von Oktober letzten Jahres bis kurz vor Weihnachten in Behandlung waren. Herr Bosch war dagegen, dass die Behandlung fortgesetzt wurde. Wir hatten zunächst mit drei Therapiestunden in der Woche begonnen, da die Angst beider Kinder damals außerordentlich stark war. Ich hatte in Aussicht gestellt, dass mit Beginn des nächsten Kalenderjahres zwei Stunden ausreichen würden, da beide Kinder Fortschritte machten. Aber auch dieser Therapieumfang schien dem Vater zu viel. Auf sein Betreiben hin wurde die Therapie abgebrochen."

„Ich habe nicht den Eindruck, dass die Therapie abgebrochen wurde, sondern die Kinder hatten gut auf Ihre Arbeit angesprochen und sich mittlerweile sowohl in der Schule wie auch im Hort eingelebt", sagte Rainer. „Ich sehe nicht ein, dass Kinder nicht mehr spielen können, weil sie ständig zu einer Therapie gebracht werden, wenn der Grund dafür bereits weggefallen ist."

„Ich war mit meinen Ausführungen noch nicht zu Ende", unterbrach ihn Frau Erdmann. „Da ich die Kinder nicht mehr gesehen habe, kann ich mich zu ihrem derzeitigen Zustand nicht äußern. Ich kann aber aus langjähriger Berufserfahrung sagen, dass es zu Rückfällen kommen kann. Die Kinder waren bereits an einem guten Punkt, aber meiner Ansicht nach noch nicht stabil genug, um eventuelle Schwierigkeiten in der Schule zu meistern. Auf meinen Rat hin waren die Zwillinge in unterschiedliche Klassen versetzt worden, damit insbesondere Viktoria sich nicht um den in einigen Bereichen weniger entwickelten Maximilian kümmern muss. Beide hatten meines Wissens Freunde gefunden, aber in der ersten Klasse sind Freundschaften oft noch nicht stabil. Wie ich nun erfahren habe, sind auch Sie, Herr Bosch, inzwischen von der Familie weggezogen. Die Kinder verkraften die Trennung nicht, die alten Schwierigkeiten tauchen wieder auf."

„Können Sie sich erklären, warum die Kinder nach der Trennung nahezu ein halbes Jahr damit zurechtkamen und die Schwierigkeiten gerade jetzt auftauchen?"

„Da ich an dem therapeutischen Prozess nicht mehr beteiligt bin, kann ich dazu nichts Konkretes sagen. Allgemein weiß man, dass bei Kindern, die eine hohe Sensibilität haben, manchmal Kleinigkeiten ausreichen, um ihnen die Freude an der Schule zu verderben, sodass die früheren Ängste wieder auftauchen."

„Was würden Sie vorschlagen?", fragte Herr Dr. Troll.

„In jedem Fall würde ich den therapeutischen Prozess wieder aufnehmen. Und es müssten Elterngespräche stattfinden, wie eine weitere Belastung der Kinder vermieden werden kann."

„Können Sie sich vorstellen, dass die Kinder wieder von Frau Erdmann behandelt werden?", fragte Herr Dr. Troll mit Blick auf seine Mandantin und Herrn Bosch.

„Aber natürlich. Das ist doch das Einzige, was bisher geholfen hat. Ich wäre Ihnen sehr dankbar, wenn Sie uns baldmöglichst einen Termin geben könnten", sagte Frau Bosch.

„Das ist gar nicht so einfach", erwiderte Frau Erdmann. „Derzeit bin ich sehr ausgelastet." Sie zog ihren Kalender aus der Tasche und begann zu blättern.

„Ich weiß noch nicht, ob ich mit Therapiestunden einverstanden bin", warf Herr Bosch ein. „Ich möchte erst einmal mit der Lehrkraft sprechen und auch mit unserem Au-pair-Mädchen."

„Mit Biggi brauchst du nicht zu sprechen", sagte Frau Bosch. „In zwei Wochen bekommen wir ein neues Au-pair."

„Auch das noch", klagte Frau Erdmann. „Das wird eine weitere schwierige Umstellung für die Kinder sein. Ständig ändert sich etwas im Bereich ihrer Bezugspersonen."

„Nun, ich bin immer für die Kinder da", konterte Frau Bosch.

„Ja natürlich", bemerkte Frau Erdmann zerstreut. „Ich könnte Ihnen übernächste Woche den Mittwoch anbieten. Es wäre sinnvoll, wenn wir nach der Therapiestunde auch ein Elterngespräch vereinbaren könnten. Dazu wäre es hilfreich, wenn Ihr Au-pair-Mädchen die Kinder nach dieser Stunde abholen könnte, damit ich mit Ihnen beiden alleine sprechen kann."

„Vielleicht können Sie diesen Termin vormerken", sagte Kerstin, „und Herr Bosch sagt Ihnen bis Freitag in der Woche davor Bescheid, ob er den Termin für sich und die Kinder wahrnehmen möchte. In der Zwischenzeit sollte ein Gespräch mit der Lehrerin möglich sein."

„Ich verstehe nicht, Rainer, warum du dich so dagegen sperrst, dass für die Kinder etwas Gutes passiert. Du musst bedenken, dass ich mit meinen Nerven bereits am Ende bin", wandte sich Frau Bosch direkt an ihren Mann.

„Du bist immer mit deinen Nerven am Ende", kommentierte Rainer trocken.

Kerstin legte ihm sanft ihre Hand auf den Unterarm.

„Ich denke, wir haben eine Zwischenlösung gefunden. Mein Mandant und Sie, Frau Bosch, können sich bei den Lehrern erkundigen, welchen Eindruck die Kinder dort machen, und Sie, Frau Erdmann, erfahren rechtzeitig, ob der Termin wahrgenommen werden kann. Eine Therapie hat keinen Sinn, wenn mein Mandant nicht davon überzeugt ist. Im Moment erleben die Eltern ihre Kinder sehr unterschiedlich. Sie müssen wissen, dass mein Mandant die Zwillinge in die Schule gebracht hat und es dabei keinerlei Schwierigkeiten gab. Das ist es, was ihn irritiert."

„Nun, das kann natürlich sein", ergänzte Frau Erdmann, „oftmals verhalten sich Kinder bei jedem Elternteil anders. Mehr kann ich dazu momentan nicht sagen."

„Dafür haben wir vollstes Verständnis", sagte Herr

Dr. Troll. „Ich danke Ihnen, dass Sie sich die Zeit genommen haben, hierherzukommen. Vielleicht sollte noch geklärt werden, wie Sie diesen Termin hier abrechnen können."

„Ich werde abwarten, wie Sie sich entscheiden", sagte Frau Erdmann. „Andernfalls schicke ich Ihnen eine Rechnung für ein Vorgespräch zu."

„Das ist doch selbstverständlich", sagte Frau Bosch, „mein Mann wird die Rechnung begleichen."

„Sicher", murmelte Rainer, „ich begleiche alle Rechnungen."

„Ich kann nur hoffen, dass Sie im Sinne der Kinder zu einer guten Entscheidung kommen." Frau Erdmann verabschiedete sich mit einem Kopfnicken. „Sie brauchen mich nicht zu begleiten", sagte sie zu Herrn Dr. Troll, „ich finde schon hinaus."

Nachdem sie die Tür hinter sich geschlossen hatte, sagte Herr Dr. Troll: „Ich denke, wir lüften einmal kurz und machen eine kleine Pause. Kann ich noch etwas zu trinken bestellen?"

„Nein, danke", lehnte Rainer ab, „wenn Sie mich entschuldigen, ich gehe kurz zur Toilette."

„Die Gelegenheit will ich auch nutzen", schloss sich Frau Bosch an. Als beide Parteien das Zimmer verlassen hatten, begann Herr Dr. Troll: „Ich hoffe, Frau Kollegin, dass es bei den finanziellen Fragen nicht ebenfalls einen großen Dissens gibt."

„Nun, es gibt immer unterschiedliche Interessen", erwiderte Kerstin, „aber ich hoffe, Sie haben nicht den Eindruck gewonnen, dass mein Mandant besonders sperrig ist. Das ist er nicht. Ihm ist sehr an dem Wohl seiner Kinder gelegen."

Dann schwiegen beide, bis Herr und Frau Bosch wieder in das Zimmer kamen. Als alle saßen, nahm

Kerstin das Gespräch wieder auf. „Ich würde jetzt gerne über die finanzielle Seite, das heißt über den Kindes-, den Trennungsunterhalt und auch in Ansätzen über den Zugewinnausgleich sprechen."

„Ich denke nicht, dass ich mich auf Fragen, die das Geld betreffen, konzentrieren kann", sagte Frau Bosch klagend, „solange es unseren Kindern nicht gut geht. Ich bitte dich sehr, Rainer, dein Einverständnis zu geben, dass die Kinder wieder mit der Therapie beginnen können. Sie hat doch beim letzten Mal geholfen. Und außerdem bitte ich dich, dass du wieder zu uns nach Hause ziehst, zumindest so lange, bis es den Kindern wieder besser geht. In zwei, drei Jahren sieht das vielleicht schon ganz anders aus. Vielleicht brauchen sie dann überhaupt keine Therapie. Vor deinem Auszug war bei den Kindern alles in Ordnung."

„Genau das habe ich erwartet", sagte Rainer unwirsch. „Du benutzt die Kinder, um mich wieder nach Hause zu zwingen."

„Das ist eine Unverschämtheit", schrie Frau Bosch. „Es kommt mir einzig und allein auf die Kinder an. Solange es ihnen gut ging, habe ich nichts zu deinem Auszug gesagt." Herr Dr. Troll und Kerstin warfen sich einen kurzen Blick zu.

„Gut", unterbrach Kerstin den Streit, „dann schlage ich folgenden Stufenplan vor: Mein Mandant spricht zunächst mit der Lehrerin, anschließend mit dem Au-pair-Mädchen. Dann überlegt er sich, wie weiter vorgegangen werden soll."

„Wenn Sie die Ehescheidung und eine finanzielle Trennung von Ihrer Frau wünschen", ergänzte Herr Dr. Troll, „kann dies weiter durchgeführt werden. Wie Sie vielleicht wissen, ist ein Getrenntleben innerhalb einer Wohnung kein Hinderungsgrund dafür. Oft wird dies aus finanziellen Erwägungen gemacht, wenn die Parteien sich keine getrennten Wohnungen leisten können. In Ihrem Fall wäre es den Kindern zuliebe, die wohl derzeit nicht in der Lage sind, die räumliche Trennung von Ihnen zu verkraften. Meine Mandantin bietet Ihnen an, dass Sie mit ihr getrennt in einer Wohnung leben."

Rainer sah deprimiert aus, als er sagte: „Ich muss mir das alles in Ruhe überlegen. Wir sollten jetzt mit den anderen Fragen weitermachen."

„Gerne", sagte Kerstin und gab allen Anwesenden ihre Unterhaltsberechnung. „Ich möchte mit dem Kindesunterhalt beginnen."

45. Kapitel

Helen saß mit Sarah auf dem Balkon und genoss den ungewöhnlich warmen April-Abend. Beide tranken ein Ginger-Bier, das Sarah auf dem Heimweg von ihrem Arzttermin besorgt hatte.

„Die Besprechung von Rainer dauert wohl recht lange", bemerkte Sarah, „jetzt ist es schon bald halb acht. Ist es üblich, dass man so lange verhandelt?"

„Meist reichen zwei Stunden. Soweit ich weiß, hat die Besprechung um sechzehn Uhr angefangen, da sollten sie spätestens um halb sieben fertig gewesen sein. Rainer und ich hatten vereinbart, dass er danach bei uns vorbeikommt. Ich hab extra zwei Flaschen Weißbier kalt gestellt, damit er sich entspannen kann."

Die Frauen schlossen die Augen und genossen die Wärme der letzten Sonnenstrahlen.

„Wie war es eigentlich beim Arzt und wie ist dein Anruf beim Verlag verlaufen?"

„Zu Letzterem kann ich dir sagen, dass die zuständige Dame vermutlich noch bis Montag krankgeschrieben ist, und was den Arzt betrifft: Er hat Blutdruck gemessen und das Blutbild mit mir besprochen."

„Und?"

„Es ist alles okay. Ich habe nur etwas Eisenmangel."

„Vielleicht hast du dich deshalb schlapp gefühlt?"

„Das hat er auch gemeint und mir ein Mittel aus dem Reformhaus empfohlen, einen Saft, dem Eisen beigemischt ist."

„Und, hast du den gekauft?"

„Ja, und die Verkäuferin hat gemeint, dass ich auch viel Tomatensaft trinken soll."

„Woher kommt Eisenmangel?"

„Das weiß ich auch nicht. Ich habe wohl in New York nicht besonders gesund gelebt. Ich denke, das renkt sich alles wieder ein."

„Sicher. Du kannst auch deine Mutter fragen. Immerhin ist sie Tierärztin."

„Damit sie mir eine Spritze für eine Kuh gibt? Ich vertraue ihrem Rat nur bedingt. Als Kind hatte ich immer den Eindruck, dass sie sich gar nicht vorstellen konnte, dass auch Kinder mal krank sind."

„Sie ist nun mal Tierärztin mit Leib und Seele."

„Du verteidigst sie immer."

„Sie kommt mit Tieren besser zurecht als mit Menschen."

Bevor Sarah etwas antworten konnte, klingelte es.

„Bestimmt willst du aufmachen", sagte sie.

„Du meinst, um meinen vermutlich verschwitzten und entkräfteten Mann in Empfang zu nehmen?!", antwortete Helen, und wunderte sich, wie leicht ihr die Worte über die Lippen gekommen waren.

Sie stand auf, ging zur Tür, betätigte den Öffner und wartete.

Als Rainer auf dem letzten Treppenabsatz angekommen war, sah sie sich in ihrer Vermutung bestätigt. Ihr Liebster sah mitgenommen und blass aus.

„Komm, lass dich umarmen", sagte sie und nahm ihn zum Empfang fest in die Arme.

Rainer hielt sie lange Zeit still umschlungen und schnupperte anschließend an ihrem Hals und ihrem Haar.

„Du riechst so gut!", sagte er. „Bin ich froh, dass ich

273

endlich bei dir bin."

Helen trat einen Schritt zurück.

„Komm rein. Möchtest du ein Weißbier?"

„Ich weiß nicht, ob eines ausreichen wird, um mich zu beruhigen."

„Höchst vorsorglich habe ich zwei kalt gestellt."

„Man merkt, du hast Erfahrung mit diesen Gesprächen und weißt, was da auf einen zukommt."

„Für uns Anwälte ist es meistens nicht so anstrengend wie für die Parteien, oder ist Kerstin jetzt genauso fertig wie du?"

„Das kann ich dir nicht sagen. Ehrlich gesagt, ich war mit mir beschäftigt, aber vermutlich geht es ihr gut. Sie ist ein Profi."

„Möchtest du dich zu uns auf die Terrasse setzen?"

„Gerne", sagte Rainer, „frische Luft und ein Weißbier, das wird mich wieder zu der Erkenntnis bringen, dass das Leben doch lebenswert ist."

„Geh schon mal vor", erwiderte Helen und ging in die Küche, um das Getränk zu holen.

Auf dem Balkon begrüßte Rainer Sarah, die gleich ihren Stuhl anbot. „Ich habt sicher viel zu besprechen."

„Du kannst gerne dabei sein."

„Nein, macht das erst mal unter euch aus." Sarah stand auf und lief in die Küche.

Nachdem Helen und Rainer sich gesetzt hatten, begann er zu erzählen: „Ich bin völlig durcheinander. Ich verstehe nicht, wieso es den Kindern jetzt so schlecht gehen soll."

„Hast du den Eindruck, dass deine Frau es darauf anlegt, dass du wieder bei ihr wohnst?"

„Ja, das hat sie auch ausdrücklich vorgeschlagen. Aber

warum gerade jetzt?"

„Ich habe eine Vermutung", sagte Helen. „Könnte es sein, dass die Kinder deiner Frau erzählt haben, dass wir uns am Spielplatz getroffen haben? Du hast uns damals als deine Freundinnen vorgestellt. Falls Vicky das weitererzählt hat, könnte es sein, dass deine Frau nun alles daransetzt, dass sich das wieder ändert. Es kann natürlich sein, dass es den Kindern tatsächlich nicht gut geht. Dazu könntest du Lehrer und Erzieher, die mit den Kindern zu tun haben, befragen."

„Das habe ich vor", informierte Rainer sie, „ich werde mir morgen Nachmittag freinehmen und dann mit den Lehrern und Hortbetreuerinnen sprechen, anschließend mit der Au-pair. Ich hoffe sehr, dass sich das alles regeln lässt und die Kinder nicht mehr zu der Psychologin gehen müssen. Am Anfang sind sie wirklich gerne hingegangen und es hat auch was gebracht. Aber ich wurde den Eindruck nicht los, dass diese Frau irgendwann ihre Bedeutung überschätzt hat."

„Könntest du dir vorstellen, wieder zu deiner Frau zurückzuziehen?"

„Es wäre mir ein Graus, andererseits könnte ich die Kinder besser begleiten. Nein. Eigentlich ist es eine schreckliche Vorstellung, wenn sich meine Frau wieder in mein Leben einmischen würde und ich mir wieder all ihre Wehwehchen und Klagen anhören müsste. Ach, Helen, lass uns jetzt über etwas anderes reden."

Inzwischen war die Sonne untergegangen. Helen sah Rainer liebevoll an. „Lass uns vielleicht überhaupt nicht mehr reden", bot sie an und legte den Arm um ihn. „Findest du nicht auch, dass es hier ein bisschen kühl wird? In meiner Wohnung gibt es viel wärmere Stellen."

„Und in dir gibt es noch wärmere …", murmelte Rainer.

„Dann frage ich mich, was uns hier noch hält?" Helen stand auf.

„Nichts", grinste Rainer und tat es ihr gleich.

46. Kapitel

Frau Vogt hatte bereits mit Kerstin darüber gesprochen, dass sie am Freitag die Kanzlei kurz vor vierzehn Uhr verlassen wollte, um zum Deutschen Museum zu gehen.

„Wenn ich mir Ihre Überstunden so ansehe, Frau Vogt, dann haben Sie noch ein ganzes Jahr die Möglichkeit, am Freitag oder an einem anderen Tag die Kanzlei eher zu verlassen."

„Aber nur, wenn es von der Arbeit her vertretbar ist", erwiderte Frau Vogt.

„Wenn wir es rechtzeitig wissen, können wir uns darauf einstellen. Ich werde heute Vormittag einiges diktieren. Wenn Sie das bis zehn Uhr bekommen, sind Sie sicher mittags damit fertig."

Frau Vogt hatte sich daraufhin in die Arbeit gestürzt und war mit dem Ergebnis zufrieden.

Um zehn Minuten vor zwei räumte sie ihren Schreibtisch auf, als das Telefon klingelte.

„Kanzlei Binz und Bärenreuther, Frau Vogt am Apparat", meldete sie sich.

„Grüß Gott, hier ist Herr Kerndlmeier, Ihre Kanzlei ist mir empfohlen worden."

„Worum geht es denn, Herr Kerndlmeier?"

„Na ja, um eine Scheidung halt."

„Um Ihre?"

„Nein, die meiner Tochter. Die hat so einen depperten Anwalt, dass ich mal fragen wollte, was es bei Ihnen kostet."

„Die gesetzlichen Gebühren sind bei allen Anwälten gleich, außer es wird eine Honorarvereinbarung abgeschlossen. Die Details müssten Sie mit einer der Anwältinnen besprechen. Möchten Sie lieber mit Frau Binz oder Frau Bärenreuther verbunden werden?"

„Das ist mir vollkommen wurscht."

„Gut, dann bleiben Sie bitte in der Leitung, ich sehe nach, was ich für Sie tun kann", sagte Frau Vogt und überlegte schnell, dass Frau Bärenreuther mit einem echten Bayern vermutlich besser zurechtkam als Frau Binz. Also wählte sie den entsprechenden Nebenanschluss. Nachdem Kerstin ihr Einverständnis gegeben hatte, verband sie den Herrn mit ihr.

Als sie anschließend auf die Uhr sah, stellte sie fest, dass es bereits kurz vor zwei war. Schnell machte sie sich frisch, holte ihre Jacke, klopfte noch kurz bei Frau Binz und teilte ihr mit, dass sie die Kanzlei jetzt verlasse und das Telefon auf sie umgestellt habe, da Frau Bärenreuther gerade telefonieren würde. Helen wünschte ihr ein schönes Wochenende. Schon eilte Frau Vogt die Treppe hinunter.

Zur gleichen Zeit stand Herr Seitz vor dem Eingang zum Deutschen Museum und sah sich um. Er war ein wenig nervös und hoffte, dass das gemeinsame Treffen mit Herrn Vogt ein Erfolg würde. „Manchmal haben die nettesten Frauen ganz schreckliche Männer, bei denen man sich fragt, wie die beiden zusammengekommen sind. Aber so schlimm wird es schon nicht sein", versuchte er sich zu beruhigen.

Kurz vor zwei sah er unweit des Eingangs einen Herrn stehen, der ihm bekannt vorkam. „Das ist doch der Herr aus dem Café, zu dem sich Frau Reiz immer gesetzt hat", dachte er. Als es schließlich vierzehn Uhr war und sowohl er als auch der andere Herr immer auf die Uhr sahen, fasste er sich ein Herz und ging auf ihn zu.

„Guten Tag", sagte er, „ich denke, wir kennen uns von dem Café an der Münchner Freiheit, Sie wissen schon, in dem Frau Reiz bedient hat."

„Aber ja!", sagte der andere Herr. „Natürlich! Wir haben uns erst neulich erkundigt, wo sie geblieben ist. Jetzt stehe ich hier und warte auf meine Frau.

„Meinen Sie etwa Frau Vogt?"

„Ja." Herr Vogt stutzte einen Moment. „Dann sind Sie Herr Seitz?"

„Aber sicher", bestätigte dieser. „Wir warten also beide auf Ihre Frau."

Die Männer schüttelten sich die Hand.

„Ich dachte, dass ich heute jemand Neuen kennenlerne", erzählte Herr Seitz, „aber nun kenne ich Sie schon."

„Das ist mir jetzt aber unangenehm."

„Warum?"

„Wegen Frau Reiz. Sie haben mich sicher beobachtet, dass ich mich öfter mit ihr zusammengesetzt habe. Ich muss zugeben, dass ich mich sehr geschmeichelt gefühlt habe, dass sie sich ein wenig – wie soll ich sagen – mit mir ‚abgegeben' hat. Aber nun ist mir zu Ohren gekommen, dass sie sogar betrügerisch tätig sein soll."

„Inwiefern?"

„Sie soll einem älteren Herrn Versprechungen gemacht und dafür Geld bekommen haben, aber das Versprechen nicht eingehalten haben, oder so was Ähnliches."

„Haben Sie das in dem Café gehört?"

„Nein, aber meine Frau bearbeitet ihre

Pfändungssache."

„Na, das sind ja Zufälle!", bemerkte Herr Seitz.

„Ich wäre Ihnen sehr verbunden, wenn Sie meiner Frau nichts davon …"

„Da können Sie sich ganz auf mich verlassen. Ich sehe überhaupt keinen Sinn darin, einen Zwist zwischen Eheleuten zu stiften. Aber unterschätzen Sie Ihre Ehefrau nicht. Wissen Sie, wo ich sie kennengelernt habe? Genau in diesem Café. Sie war mit zwei anderen Damen zusammen, und alle drei haben sich für Frau Reiz interessiert."

„Ach du lieber Himmel!" Herrn Vogt wurde ganz heiß. „Sie glauben doch nicht, dass meine Frau mich dort beobachtet hat?"

„Das kann ich nicht sagen. Aber irgendetwas geahnt haben wird sie schon. Sonst hätte sie vermutlich keinen Grund gehabt, in dieses Café zu gehen. Außer vielleicht, weil die Sache in der Kanzlei bearbeitet wird."

„Ja, ist das denn so ein großer Fall, dass sich gleich zwei Detektivinnen und eine Anwaltssekretärin auf den Weg machen, um vor Ort zu recherchieren? So was gibt es doch nur bei den Anwaltsserien im Fernsehen. Da laufen die Anwälte immer durch die Gegend und besuchen die Mandanten. Ich halte das für vollkommen unrealistisch."

„Das ist es vermutlich auch. Ich glaube, das Rätsel werden wir nicht mehr lösen, denn da kommt Ihre Frau."

„Dann beenden wir dieses Thema lieber." Herr Vogt überließ es Herrn Seitz, auf seine Frau zuzueilen und zu sagen: „Wie Sie sehen, habe ich mich bereits mit Ihrem Mann bekannt gemacht."

„Das ist schön", sagte Frau Vogt. „Es tut mir leid,

dass ich spät bin, aber es kam noch ein Anruf, der mich aufgehalten hat."

„Das ist doch verständlich", sagte Herr Seitz, „Sie gehören zur arbeitenden Bevölkerung."

„Grüß dich, Grete", sagte Herr Vogt und gab seiner Frau demonstrativ einen Kuss auf die Wange.

„Aha", dachte Frau Vogt, „die Begrüßung fällt in Gegenwart eines anderen Herrn liebevoller aus als sonst. Soll mir recht sein." Laut sagte sie: „Ich hoffe, wir sind nicht zu spät für die Vorstellung im Planetarium."

„Das könnte allerdings sein", merkte Herr Seitz an. „Wenn es nicht mehr klappt, dann machen wir einfach etwas anderes."

„Gut", meinte Herr Vogt aufgeräumt, „gehen wir doch einfach mal hinein."

47. Kapitel

Kerstin war müde und hatte ein schlechtes Gewissen, als sie am Freitagabend erst gegen halb acht nach Hause kam. Glücklicherweise hatte sie die Besprechung mit Vater Kerndlmeier und Tochter nach zweieinhalb Stunden zu einem Ende bringen können, ansonsten wäre es noch später geworden.

Mark und die Kinder saßen bereits beim Abendessen und wie es aussah, waren sie fast fertig.

„Hallo, Mama!", begrüßte Julian sie, „es gibt super Nudeln."

„Und Salat. Das Dressing hab ich gemacht", fügte Lisa hinzu.

„Prima", sagte Kerstin, „ich wasch mir nur schnell die Hände."

Als sie damit fertig war, ging sie zu ihrem Mann, küsste ihn auf die Wange und begrüßte anschließend die Kinder. Dann nahm sie Platz und Mark schenkte ihr ein Glas Rotwein ein.

„War's anstrengend?", fragte er.

„Schon. Ich muss auch nachher noch eine Aktennote diktieren. Aber dann habe ich Wochenende!"

„Es ist schlecht, wenn du jetzt noch arbeitest, wir haben doch eine Überraschung ...", begann Julian. Er brach ab und sah zu Lisa, die ihn mit starrem Blick fixierte.

„Du altes Plappermaul", sagte sie. „Du kannst es wohl gar nicht erwarten!"

„Was kann er nicht erwarten?", fragte Kerstin.

„dir das Allerneueste zu erzählen", sagte Lisa, „aber das machen wir erst, wenn du mit deiner Arbeit fertig und richtig im Wochenende bist."

„Ich denke, das hat auch bis morgen Zeit", bemerkte Mark.

„Nein!", rief Julian. „Ich kann es nicht mehr aushalten."

„Das scheint etwas ganz Spannendes zu sein." Kerstin bekam plötzlich wieder gute Laune. „Ach, ist es schön, eine Familie zu haben. Ich schlage vor, dass ich in Ruhe esse, dann brauche ich noch zwanzig Minuten für das Diktat und dann stehe ich euch zur Verfügung."

„Genau dann beginnt das Handballspiel, das ich mir ansehen möchte", warf Mark ein.

Lisa rollte mit den Augen. „Es ist schrecklich, in dieser Familie hat nie jemand für irgendetwas Zeit."

„Genau!", pflichtete Julian ihr bei. „Und den Eltern ist es ganz egal, ob die Kinder vor lauter Druck platzen."

„Wann ist denn dieses Handballspiel vorbei?", fragte Kerstin.

„Das kann man nie so genau sagen", antwortete Mark.

„Dann sind wir vermutlich schon alle eingeschlafen", meinte Lisa.

„Können wir nicht einfach sagen, um halb neun setzen wir uns zusammen, dann hast du schon ein wenig von deinem Spiel gesehen, und richtig spannend wird es sowieso erst immer gegen Ende", schlug Kerstin vor.

„Ich wäre dafür, das morgen nach dem Frühstück zu machen", lautete Marks Gegenvorschlag.

„Wenn ich bis dahin geplatzt bin, tut es euch

hoffentlich leid", sagte Julian.

„Ich schlage vor", versuchte Kerstin es erneut. „ich esse fertig, dann räumen wir auf, setzen uns zusammen und ich mache meine Arbeit später."

„Die fällt bestimmt ein bisschen lässiger aus, wenn du das zweite Glas Rotwein getrunken hast."

Mark schenkte Kerstin noch mal nach.

Dieser Idee konnten sich alle anschließen und nachdem das schmutzige Geschirr in der Küche verstaut und der Tisch abgewischt war, nahmen alle am Esstisch Platz.

„Jetzt bin ich aber gespannt", fing Kerstin an.

„Das kannst du auch sein", sagte Julian, „stell dir vor, wir fliegen."

„Hör auf! du fängst ganz falsch an", wies Lisa ihn zurecht, „lass Papa mal erzählen."

„Vielleicht wird es viel lustiger, wenn ihr das erzählt", sagte Mark und musste lachen.

„Ich will nur so viel sagen, Kerstin, wir haben uns gedacht, dass wir dir einmal eine besondere Geburtstagsüberraschung bereiten möchten."

„Und dir einen besonderen Wunsch erfüllen wollen", fügte Lisa hinzu.

„Und deswegen fliegen wir", betonte Julian und sah seine Schwester herausfordernd an.

„Aha. Und wohin?", fragte Kerstin.

„Das könnten wir eigentlich gemeinsam sagen", schlug Mark vor. „Eins. Zwei. Drei."

„New York!", brüllten alle drei.

„Nach New York?", fragte Kerstin erschrocken, „wieso das denn? Wann denn?"

„Wir fliegen am Mittwochabend, machen ein verlängertes Wochenende und kommen erst am Montagabend zurück."

„Aber ihr habt doch am Montag Schule!"

„Das habe ich bereits alles mit den Klassenlehrern und natürlich auch mit deiner Sekretärin besprochen."

„Helen weiß auch Bescheid?"

„Natürlich weiß Helen Bescheid."

„Das ist ja super!" Kerstin war fassungslos. Ihr kamen die Tränen. Sie stand auf und umarmte nacheinander alle drei. „Was für eine tolle Idee! Das ist ganz lieb von euch!"

Julian hielt sie ganz fest. „Und es gibt noch mehr: Wir fahren mit dem Schiff zur Freiheitsstatue, machen eine Stadtrundfahrt, gehen alle in ein Musical und vielleicht fliegen wir sogar mit dem Helikopter über alle Wolkenkratzer."

Kerstin musste sich wieder setzen. „Nein! Das gibt es nicht!", sagte sie. „Das hätte ich mir nie träumen lassen."

„Und du wolltest bloß zu einem blöden Italiener gehen."

„Na, so blöde ist er nicht", erwiderte Kerstin. „Schauen wir mal. Vielleicht lade ich euch als Dank für euer wunderbares Geschenk bei der Rückkehr dorthin ein."

„Aber da gibt's keine Pancakes", sagte Lisa.

„Und keine Hamburger. Und keine Bagels. Und überhaupt viel zu wenig Fastfood. Ich will mir auch eine Jeans in New York kaufen."

„Und ich will Cola trinken."

„Wir hatten schon überlegt, dir nichts zu sagen und dich erst am nächsten Mittwochabend zum Flughafen zu entführen. Aber dann haben wir gedacht, dass du vielleicht doch einiges in deiner Kanzlei organisieren musst."

„Ich glaube, ich werde einfach alle Mandate kündigen

und dann ab nach New York!"

„Mama wird richtig cool", sagte Lisa zu ihrem Vater.

„Das könnte auch am Rotwein liegen", bemerkte Kerstin, „ich glaube, ich trinke jetzt erst mal ein Glas Wasser. Was haltet ihr davon, wenn wir Helen und Sarah am Sonntagnachmittag einladen. Sarah könnte uns Tipps für New York geben."

„Gute Idee!", pflichtete Mark ihr bei. „Kannst du das organisieren? Mein Spiel fängt jetzt an."

„Natürlich", sagte Kerstin, „mache ich gleich."

48. Kapitel

Helen und Sarah hatten sich über die Einladung von Kerstin gefreut, Helen, weil Rainer sein Kinderwochenende hatte, und Sarah, weil sie die meiste Zeit zu Hause gewesen war und eine Abwechslung gut gebrauchen konnte.

Beide standen am Sonntagnachmittag pünktlich mit einer Flasche Prosecco und einem bunten Blumenstrauß vor der Tür. Sarah klingelte und Julian öffnete.

„Bist du groß geworden!", staunte Helen. „Wann habe ich dich zuletzt gesehen?"

„Keine Ahnung."

„Ich glaube, es war an Weihnachten", überlegte Helen. „Wie kannst du denn in einem halben Jahr so wachsen?"

„Weiß ich auch nicht", sagte Julian, „es passiert einfach."

„Kannst du dich an mich erinnern?", fragte Sarah.

Julian war sich offensichtlich nicht sicher. „Ich glaube, ein bisschen schon", sagte er höflich.

„Kommt rein", forderte Kerstin sie auf, die inzwischen hinter ihrem Sohn aufgetaucht war, „und geht gleich in den Garten. Ich bin froh, dass man endlich wieder draußen decken kann."

„Super!", freute sich Sarah. „Du weißt ja, seit New York bin ich eine richtige Frischluftfanatikerin. Hier habe ich euch meinen Stadtplan und einen Reiseführer aus New York mitgebracht. Der ist zwar auf Englisch, aber du kommst sicher zurecht."

Als sie auf der Terrasse standen, kam ihnen Mark vom hinteren Teil des Gartens entgegen.

„Bist du etwa mit Grillen beschäftigt?", fragte Helen.

„Ich habe mir gedacht, Kerstins Erdbeerkuchen ist gut für den Anfang, aber ihr wollt sicher auch etwas Deftiges."

„Und ich habe Kartoffelsalat gemacht", informierte Lisa, die vom Wohnzimmer auf die Terrasse trat.

„Zu unserem Glück ist sie mittlerweile ein richtiger Salat-Fan geworden und eine echte Hilfe in der Küche."

„Das ist gut", entgegnete Sarah, „in den USA werden viele Mädchen in deinem Alter magersüchtig."

„Und dann irgendwann fett", erwiderte Lisa.

„Kannst du dich noch an mich erinnern?"

„Klar, du warst doch vor zwei oder drei Jahren bei uns."

„Inzwischen bist du erwachsen geworden."

„Sicher nicht. Kannst du mir einen Jeansladen in New York empfehlen?"

„Mindestens zehn", lachte Sarah. „Wir schauen auf dem Stadtplan, wo euer Hotel liegt und welcher gut für euch erreichbar wäre."

„Vielleicht können wir erst einmal mit diesem herrlichen Kuchen anfangen", wechselte Helen das Thema, „wir haben heute das Mittagessen ausfallen lassen."

„Was haltet ihr von einem Glas Prosecco zum Kuchen?", schlug Kerstin vor.

„Und ich?", fragte Lisa.

Kerstin überlegte. „Vielleicht ein kleines Glas?", fragte Helen.

Da Kerstin unentschlossen aussah, half Lisa nach: „Du musst wissen, dass das mit New York meine Idee war."

„War es nicht!", sagte Julian. „Ich habe vorgeschlagen, dass wir wegfahren."

„Aber du wolltest zu den Eisbären nach Alaska."

„Schon, aber deswegen seid Ihr überhaupt erst auf die Idee gekommen, irgendwohin zu fahren. Ich will keinen Prosecco", sagte er zu seiner Mutter.

„Ich schon", versuchte Lisa sich in Erinnerung zu bringen.

„Ich schlage vor, Lisa verzichtet in New York auf jeglichen Alkohol", kam es von Sarah, „da darf man nämlich nichts trinken, bis man einundzwanzig ist. Dafür bekommt sie hier einen kleinen Schluck."

„Überredet", sagte Kerstin. „Bist du einverstanden, Lisa?"

„Die dürfen da gar nichts trinken, bis sie einundzwanzig sind? Das ist ja schrecklich!"

„Ja, und einige halten sich nicht daran, dann gibt es ein ziemliches Theater."

„Also dann vier Gläser", überlegte Kerstin, „und du, Mark?"

„Erst mal nur Kaffee", sagte er, „später gibt es dann ein Bier."

Als Helen und Sarah Stunden später nach Hause fuhren, sagte Helen: „Das war ein schöner Nachmittag."

„Kerstin kann froh sein, dass sie so einen patenten Mann und prima Kinder hat."

„Sie hat das gut hinbekommen mit Familie und Beruf. Das gelingt nicht jedem."

Sarah sah Helen von der Seite an. „Bedauerst du, dass du keine Kinder hast?"

„Manchmal schon. Aber ich bin auch ein anderer Typ.

Kerstin ist ein Familienmensch. Ich hingegen komme gut alleine zurecht, bin aber auch froh, wenn ich Gesellschaft habe."

„Zu mir würde so ein Familientrubel gut passen. Ich habe den Nachmittag richtig genossen."

„Du warst der Star, weil du viel über New York weißt."

„Ich habe Lisa nur zwei kleinere Geschäfte genannt. Anderenfalls müssen alle mindestens einen Tag nur fürs Shoppen einplanen."

„Kerstin ist dir sicher dankbar, dass du Julians Interesse vom teuren Helikopterflug auf einen Besuch in dem Shop mit den bekannten Basketballgrößen umgeleitet hast."

„Wir werden sehen, was sie erzählen, wenn sie zurückkommen. Oft läuft es anders, als man geplant hat."

‚Ich bin gespannt, was Rainer morgen zu erzählen hat', dachte Helen. „Er wird im Stress sein." Seit Samstagmorgen hatte sie von ihm keine Nachricht mehr   erhalten.

49. Kapitel

Am Montagmorgen saß Frau Vogt entspannt in der S-Bahn und freute sich über das gelungene Wochenende. Zwar hatten Herr Seitz, ihr Mann und sie am Freitagnachmittag die ursprünglich gebuchte Vorstellung im Deutschen Museum verpasst, aber sie wurden gleich auf die nächste Vorstellung im Planetarium gebucht.

„Manchmal passt doch alles zusammen", hatte der Verantwortliche erklärt. „Eine amerikanische Familie hat sich soeben gefreut, dass sie noch Karten für die 14-Uhr-Vorstellung bekommen hat, und Sie haben soeben die letzten freien Plätze für die nächste Vorstellung erhalten."

Allen hatte es im Planetarium gut gefallen. Anschließend waren sie noch durch die Bereiche Schifffahrt und Raumfahrt geschlendert und ihr Mann hatte Herrn Seitz angeboten, ihm etwas ganz Besonderes zu zeigen. Frau Vogt wusste, worauf er hinauswollte. Als sie inmitten beeindruckender Schiffe vor einem alten Faltboot standen, meinte Herr Seitz, dass er es sicher übersehen hätte. Herr Vogt erklärte ihm, dass Herr Johannes Heinrich Schultz, der Mann, der das autogene Training entwickelt hatte, in diesem kleinen Boot alleine den Atlantik überquert hatte, um zu beweisen, was man mit mentaler Stärke alles erreichen könne. Darüber gäbe es auch ein Buch. Herr Seitz hatte sich beeindruckt gezeigt und die beiden Männer waren ins Gespräch vertieft weitergeschlendert. Frau Vogt hatte sich alleine umgesehen. Anschließend hatten sie in der Cafeteria nach einem Sitzplatz gesucht. Da es dort laut und voll war, hatte Frau Vogt vorgeschlagen, über die Straße in das Café vom Müllerschen Volksbad zu gehen. Dort hatten sie glücklicherweise gleich einen Tisch bekommen. Nach Kaffee und Kuchen hatte Frau Vogt die beiden zu einem Glas Sekt eingeladen.

„Nein, den Sekt möchte ich spendieren", hatte Herr Seitz gesagt, „ich freue mich sehr, dass Sie sich beide Zeit für ein Treffen mit mir genommen haben. Ich könnte mir vorstellen, dass es nicht das letzte Mal war, was meinen Sie, Herr Vogt?"

„Nein, nein, gewiss nicht, ich denke, wir sollten einmal gemeinsam ins Verkehrsmuseum gehen."

„Na, ich weiß nicht", hatte sich Frau Vogt gedacht, „ob ich das so spannend finde", aber um des lieben Friedens willen erst einmal nichts gesagt. „Schließlich ist es auch an mir, weitere Vorschläge zu machen", hatte sie überlegt, und prompt war ihr etwas eingefallen. „Jetzt, wo das Wetter schöner und die Tage länger werden, kann ich mir vorstellen, dass wir einmal ins Oberland fahren, zum Beispiel zum Franz Marc Museum nach Kochel."

„Das ist eine gute Idee. So etwas habe ich früher oft mit meiner Frau gemacht. Wir sind fast jedes Wochenende gewandert, so lange es noch ging", erzählte Herr Seitz traurig. Ihr Mann hatte nicht ganz so begeistert ausgesehen, aber Frau Vogt hatte das Gefühl, dass er trotzdem mitmachen würde.

Auf dem Rückweg waren sie noch ein Stück gemeinsam mit der S-Bahn gefahren. Dann mussten sie sich verabschieden.

„Ich danke auch Ihnen sehr", hatte Herr Vogt zu Herrn Seitz gesagt und ihn dabei angeblinzelt.

„Wie ich schon gesagt habe, das ist doch selbstverständlich", hatte Herr Seitz geantwortet.

Frau Vogt hatte nicht verstanden, wobei es darum ging. „Die Kommunikation von Männern ist schon seltsam", hatte sie sich gedacht, „manchmal karg, jetzt eher überschwänglich." Aber es sollte ihr recht sein, Hauptsache, die beiden verstanden sich.

Inzwischen war Frau Vogt aus der S-Bahn ausgestiegen und am Viktualienmarkt angekommen. Dort kaufte sie sich die erste Schale Himbeeren in diesem Jahr und überlegte, dafür das Mittagessen ausfallen zu lassen. „Ich denke, ich könnte noch ein, zwei Pfund abnehmen, jetzt, wo ich zwei Herren an meiner Seite habe, bin ich wieder motiviert, auf meine Figur zu achten." Als sie in die Kanzlei kam, standen Helen und Kerstin bereits in der Kaffeeküche.

„Nanu, Sie beide sind heute besonders früh."

„Nachdem ich am Mittwochabend nach New York fliegen werde, ist mir einiges eingefallen, was ich vorher noch erledigen sollte."

„Ihre Reise ist eine tolle Sache", bemerkte Frau Vogt, „ich habe mich sehr für Sie gefreut, als Ihr Mann uns darüber informiert hat."

„Wie lange wissen Sie es denn schon?"

„Seit Februar. Ich glaube, es gab Schwierigkeiten mit den Flügen."

„Das Reisebüro hatte versehentlich nur drei Personen auf den Flug gebucht", mischte sich Helen ein. „Das hatte Mark erst vor einigen Wochen rausbekommen, da war dieser Flug schon ausgebucht. Man hat ihm dann vorgeschlagen, dass einer von euch erst am nächsten Tag nachreisen sollte, aber das wollte Mark auf keinen Fall. Er hat dann alles stornieren lassen und mich nach einem Reisebüro gefragt, mit dem ich gute Erfahrungen hätte. Er hat es dann geschafft, euch alle zusammen auf einem anderen Flug unterzubringen. USA-Flüge sind häufig ausgebucht. An einem langen Wochenende sowieso."

Plötzlich verstand Kerstin.

„„Das waren die Telefonate, die er geführt hat, bei denen er so unwirsch war und von denen ich nichts mitbekommen sollte. Und ich habe schlecht von ihm gedacht. Ich hätte Mark einfach vertrauen sollen."

Laut sagte sie: „Ich denke, ihr werdet die paar Tage auch ohne mich zurechtkommen."

„Sei nicht albern", erwiderte Helen, „es geht ja schließlich nur um Freitag und Montag. Was soll denn da schon sein."

„Ich hoffe, dass in der Sache Bosch alles rund läuft", dachte Kerstin.

Zu Helen sagte sie: „Hast du etwas von Rainer gehört?"

„Nein."

„Das ist seltsam, sonst war er doch kaum zu bremsen. Aber er wollte mit einigen Personen sprechen und sich selbst ein Bild von der Sache machen."

„Das weiß ich auch", sagte Helen und fügte etwas freundlicher hinzu, „aber mehr weiß ich eben nicht."

„Das wird sich sicher bald klären", beruhigte Frau Vogt und überlegte, ob sie von ihrem Treffen mit Herrn Seitz erzählen sollte. Aber die beiden Anwältinnen schienen bereits in Gedanken bei ihrer Arbeit zu sein.

50. Kapitel

Helen hatte bereits einige Stunden gearbeitet, als eine SMS von Rainer eintraf.

„Entschuldige, Liebste, dass ich mich so lange nicht gemeldet habe. Ich war sehr beschäftigt. Können wir uns heute Abend treffen?"

Helen antwortete ihm sofort: „19.00 Uhr, bei mir?"

„Ich liebe dich!", war die Antwort, die gleich darauf eintraf. Helen ging an diesem Abend etwas früher, um noch ein paar Kleinigkeiten für das Abendessen einzukaufen. Als sie zu Hause ankam, standen zwei Sektgläser auf dem Tisch.

„Gibt es etwas zu feiern?"

„Stell dir vor, ich habe die Stelle in der Redaktion bekommen. Es ist zwar nur Teilzeit, aber immerhin ein Anfang."

Helen umarmte Sarah. „Das ist wunderbar, ich freue mich für dich."

„Lass uns gleich anstoßen."

„Du musst mir unbedingt genau erzählen, wie das gelaufen ist. Ich habe auch etwas eingekauft, weil Rainer vorbeikommen wird, aber vermutlich erst in einer halben Stunde."

„Dann setzen wir uns so lange auf den Balkon", schlug Sarah vor und schenkte ein.

Als sie den ersten Schluck genommen hatten, sagte Helen entspannt: „Ich wünsche dir, dass du viel Freude mit deiner Arbeit hast, nette Kollegen und eine freundliche Chefin."

„Deine guten Wünsche kann ich gut gebrauchen", sagte Sarah, „schließlich werde ich mich in ein neues Gebiet einarbeiten müssen."

„Erzähl doch mal, was heute alles geschehen ist."

„Ich habe heute Morgen im Verlag angerufen und endlich die zuständige Dame erreicht. Sie hat sich bei mir entschuldigt, dass sie sich nicht, wie ausgemacht, bei mir gemeldet hat. Sie sei krank geworden und dann wäre ihr gesamter Zeitplan durcheinandergekommen. Sie habe aber mittlerweile klären können, dass man sich für mich entschieden habe und dass ich schon zum nächsten Ersten, also in einer Woche, beginnen könne. Der Verdienst ist bei einer Teilzeitstelle nicht umwerfend, aber wenn du möchtest, kann ich mir jetzt ein Apartment suchen. Ganz so bedürftig wie bisher bin ich dann nicht mehr."

Helen sah Sara entsetzt an. „Bitte nicht, ich habe mich so daran gewöhnt, dass wir es zusammen gemütlich haben. Lass dir Zeit! Ich denke, das tut dir auch finanziell gut, wenn du etwas ansparen kannst."

„Danke. Ich habe gehofft, dass du das sagst. Ich bleibe gerne noch ein Weilchen."

„Wunderbar, dann ist das geklärt."

„Dann hat sie mich gebeten, gleich heute in den Verlag zu kommen. Ich war in der Personalabteilung und habe bereits meinen Arbeitsvertrag. Wenn du magst, kannst du ihn durchlesen, ob dir was auffällt."

„Mache ich gerne, aber heute Abend nicht mehr."

„Ich habe ihn sowieso schon unterschrieben."

„Und wir Anwälte sollen das dann im Nachhinein richten. Aber ich gehe mal davon aus, dass alles ok ist. Es ist ein renommierter Verlag."

„Wenn ich da mitarbeite, sowieso", sagte Sarah und

beide mussten lachen. Ganz nebenbei hatten sie ihre Gläser ausgetrunken.

„Ich glaube, ich unterbreche die Party mal", sagte Helen, „und gehe duschen, bevor Rainer kommt. Irgendwie fühle ich mich pappig."

„Mach das, ich decke inzwischen den Tisch."

Als Helen aus der Dusche kam, klingelte es. Sie hatte nur ein Handtuch um den Körper gewickelt, öffnete aber trotzdem die Tür und wartete, bis Rainer am Treppenabsatz erschien.

„Er sieht blass aus", dachte sie, breitete einen Arm aus und umarmte ihn. Rainer drückte sie fest an sich.

„Du riechst so gut", sagte er. „Mist, da habe ich doch glatt das gemeinsame Duschen verpasst."

„Aber sonst hast du nichts verpasst", sagte sie.

„Dann will ich mich damit begnügen, dir beim Anziehen zuzusehen."

„Ich habe einen anderen Vorschlag. Geh doch schon mal zu Sarah in die Küche. Sie hat etwas zu feiern."

„Wie schön", sagte Rainer, küsste Helen auf den Hals, löste sich von ihr und ging in die Küche, wo Helen die beiden bald darauf jubeln hörte.

Während Rainer in Ruhe sein Glas Prosecco trank, tischte Sarah all die Köstlichkeiten auf, die Helen eingekauft hatte. Kaum hatte sie zur Feier des Tages schöne Servietten mit Blumenmuster auf die Teller verteilt, kam Helen in die Küche.

„Das hat gut getan", sagte sie und legte Rainer ihre Hand auf den Arm. „aber du siehst richtig mitgenommen aus."

„Bin ich auch."

„Willst du uns erzählen, was geschehen ist?"

„Erst einmal möchte ich mit euch das Abendessen

genießen. Wenn ich an all die Gespräche denke, die ich geführt habe, vergeht mir der Appetit. Anschließend berichte ich euch alles."

„Gerne", sagte Helen, „dann lassen wir uns den Prosciutto di Parma und den leckeren französischen Käse schmecken."

„Und die ersten Erdbeeren", fügte Sarah hinzu, „die gibt's aber erst als Nachspeise. Wenn ihr wollt, kann ich dazu Sahne schlagen."

„Das wäre prima", freute sich Helen und die drei begannen zu speisen.

Nachdem nur noch ein paar Reste übrig waren und Sarah die Schlagsahne geschlagen hatte, sagte Rainer:

„Jetzt will ich es nicht weiter hinausschieben und euch berichten: am Freitagmittag konnte ich die Lehrerin von Maxi sprechen. Sie konnte zwar nicht bestätigen, dass er sich schwertun würde, in die Schule zu gehen, meinte aber, dass er derzeit manchmal traurig und lustlos sei. Sie führte das darauf zurück, dass sein Freund nicht mehr in der Klasse sei, da die Familie umgezogen ist. Sie bestätigte meine Auffassung, dass Maxi sich in den letzten Monaten stabilisiert hat, aber für ihn nun eine wichtige Bezugsperson weggefallen sei und er bisher noch keinen neuen Freund gefunden habe.

Die Lehrerin von Vicky konnte ich leider nicht sprechen, da sie derzeit krank ist. Die Kinder von Vickys Klasse sind auf andere Klassen aufgeteilt worden. Teilweise ist eine Aushilfe für sie da, die war an diesem Tag aber bereits nach Hause gegangen. Anschließend hatte ich Gelegenheit, die beiden Betreuerinnen vom Hort zu sprechen. Der Leiterin von Vickys Gruppe ist aufgefallen, dass Vicky sich mit der Rechtschreibung schwertut und offensichtlich nach wie vor mehrere Buchstaben durcheinanderbringt, zum Beispiel das ‚kleine b' und das ‚kleine d', da sei sie aber nicht die Einzige. Ansonsten hat Vicky zwei Freundinnen, mit denen sie abwechselnd spielt, und sie ist ihrer Meinung nach gut in die Gruppe integriert.

Am Wochenende habe ich mich mit den Kindern unterhalten und es stellte sich heraus, dass Vicky tatsächlich ein wenig Angst vor den Buchstaben und Maxi wenig Lust auf Schule hat, weil sein Freund nicht mehr da ist. Die Gruppenleiterin von Maxis Hort hat mir erzählt, dass er häufig alleine in einer Ecke sitzt und sich mit Puzzeln beschäftigt. Für gemeinsame Aktivitäten sei er nur schwer zu begeistern, bis auf das Schwimmen am Mittwochnachmittag. Dort sei er der Beste und traue sich sogar, vom Dreimeterbrett zu springen. Das hängt wohl damit zusammen, dass ich am Sonntag mit den Kindern häufig im Schwimmbad bin.

Ich habe mit den Kindern auch darüber gesprochen, ob sie wieder zu Frau Erdmann gehen würden. Maxi war vollkommen dagegen. ‚Ich will da nicht mehr hin, die fragt immer so viel', hat er gesagt.

‚Ich fand sie ganz nett', hat Vicky gemeint und sie habe viele tolle Spielsachen. ‚Sie hat sich auch dafür interessiert, was ich da spiele. Aber doof war, dass wir früher aus dem Hort mussten.' Dann hat Maxi mich gefragt: ‚Kannst du nicht wieder zu uns ziehen, Papa? Wenn du bei uns wohnst, dann fühle ich mich stärker. Mit Mama und Biggi gehen wir immer in Geschäfte und einkaufen und am Wochenende ist mir langweilig. Mama will nie ins Schwimmbad, weil es nach Chlor riecht, und Biggi sagt, ihr sei es dort zu laut.'

Vicky ist gleich auf den Zug aufgesprungen. ‚Papa, es wäre toll, wenn du wieder bei uns wohnen würdest. Dann würde Mama auch wieder mehr lachen. Außerdem geht Biggi jetzt weg und wer weiß, wie lange das neue Au-pair braucht, bis alles so klappt, wie Mama das möchte. Am Anfang hat sie mit Biggi viel geschimpft und die war dann sauer auf uns.'

Am Sonntagabend habe ich mit Biggi gesprochen. Sie hat mir bestätigt, dass die Kinder morgens manchmal ein ziemliches Theater machen würden, weil sie keine Lust hätten, aufzustehen, und nicht in die Schule wollten. Dass Vicky und Maxi nicht alleine bis zur Schultür gehen würden, konnte sie nicht bestätigen, da Elvira die Kinder in die Schule fährt. Mein Eindruck bei der Sache ist, dass Elvira das Thema Schulangst übertreibt, die Kinder auch nicht zu einer Psychologin gehen müssen, aber dass sich die Situation, die vorher eigentlich ganz gut war, durch verschiedene Umstände verschlechtert hat. Ich habe daher am Nachmittag mit Elvira telefoniert und ihr angeboten, vorläufig nach Hause zu ziehen, bis das neue Au-pair-Mädchen eingearbeitet ist und sich die Situation beruhigt hat. Meine Hoffnung ist, dass sich die Kinder, wenn sie in die zweite oder spätestens in die dritte Klasse kommen, soweit stabilisiert haben, dass sie es verkraften, dass Mama und Papa in verschiedenen Wohnungen leben. Elvira und ich haben uns darauf geeinigt, dass ich das Gästezimmer beziehe und die Kinder an den Tagen, an denen ich in München bin, in die Schule fahren werde. Der Psychologin werde ich absagen."

Nachdem Rainer geendet hatte, war es still.

Schließlich fragte er: „Was sagt ihr dazu?"

Sarah sah Helen an. Helen schluckte. Dann

antwortete sie: „Was soll ich dazu sagen, Rainer? Du hast Entscheidungen getroffen, die dich und deine Familie betreffen. Ich kann nicht beurteilen, ob sie richtig sind. Ich kann nur allgemein dazu sagen, dass es für Kinder immer schöner ist, wenn sie die Eltern um sich haben. Ob es für dich gut ist, kannst nur du beurteilen."

„Und wie fühlt es sich für dich an?"

„Für mich?"

„Ja, für dich."

Helen dachte nach. „Wenn ich ehrlich sein soll, ist es für mich schrecklich. Du bist plötzlich so weit weg, lebst wieder mit deiner Frau zusammen."

„Ich lebe nicht mit meiner Frau zusammen. Wir sind nur in derselben Wohnung."

„Rainer, mach dir doch nichts vor. Du kannst doch an deinen Abenden und Wochenenden nicht einfach verschwinden und Zeit mit mir verbringen. Was willst du deinen Kindern erzählen, warum du am Freitagnachmittag auf eine Berghütte fährst und erst am Sonntagabend zurückkommst?"

„Zum Beispiel, dass ich wandern gehe", entgegnete Rainer.

„Ja, aber dann werden sie mitkommen wollen und du wirst viele Fragen beantworten müssen. ‚Mit wem fährst du, mit wem verbringst du die Zeit?' Ich glaube, ich hätte dann immer das Gefühl, dass ich dich deinen Kindern wegnehme."

„Sei nicht albern, Helen …"

„Ich glaube, ich geh jetzt lieber", warf Sarah ein, „ich kann die Küche auch später aufräumen."

Helen und Rainer waren so mit sich beschäftigt, dass sie ihr nicht antworteten.

„Wieso bin ich albern?"

„Weil ich ein freier Mann bin, auch dann, wenn ich mit meiner Familie zusammenwohne. Ich kann ihnen doch sagen, was ich für Pläne habe. Wenn ich die Kinder in die Schule bringe, muss ich allerdings, wenn ich bei dir übernachte, morgens eine halbe Stunde eher gehen. Aber das dürfte kein Problem sein."

Helen atmete tief durch. „Rein organisatorisch ist das sicher kein Problem. Aber es fühlt sich für mich anders an. Solange du alleine gelebt hast, hattest du die Wahl zwischen allein sein oder zu mir kommen. Nun hast du die Wahl zwischen Familie und mir. Das gibt mir das Gefühl, dass ich in Konkurrenz zu deiner Frau stehe und dass sie darunter leiden wird, weil sie weiß, dass du die Nacht bei mir verbringst. Ich fühle mich unwohl dabei."

„Das werde ich ihr doch nicht ausdrücklich sagen."

„Rainer, sei nicht naiv. Deine Frau weiß in Kürze Bescheid."

„Gut, dann werde ich mit ihr sprechen, dass ich nur unter der Bedingung zurückziehe, dass sie an diesem Punkt kein Theater macht."

„Ich glaube, du verstehst nicht, Rainer. Es mag ja sein, dass deine Frau sich nicht bei dir beschwert, aber unsere Kontaktmöglichkeiten sind ab jetzt eingeschränkter und deine Frau weiß immer Bescheid, wann wir uns treffen."

„Das braucht dich doch nicht zu stören."

„Tut es aber."

„Was möchtest du dann von mir?", fragte er.

„Das kann ich dir jetzt nicht sagen. Es kam alles sehr plötzlich und ist für mich verwirrend."

„Ich glaube, ich gehe jetzt besser."

„Das ist wahrscheinlich das Beste."

Rainer stand auf. Er nahm Helens Hände, zog sie zu

sich hoch und umarmte sie.

„Es tut mir leid, wenn ich dir Sorgen mache. Ich möchte dir nicht wehtun."

„Das weiß ich", antwortete Helen. Sie brachte Rainer zur Tür und sah ihm zu, wie er die Treppe hinunterlief. Bevor er auf dem letzten Treppenabsatz aus ihrem Blickfeld verschwand, hob er noch einmal grüßend die Hand. Helen tat es ihm gleich. Dann schloss sie die Tür.

„So ein Mist", sagte sie, nahm den erstbesten Gegenstand, der ihr in die Finger kam und warf ihn auf den Boden. Es war ihr Geldbeutel, der prompt aufsprang, sodass sich sämtliche Münzen auf dem Fußboden verteilten. Sarah kam aus ihrem Zimmer und sah sich die Bescherung an.

„Wolltest du dein Geld loswerden?", fragte sie, aber als sie sah, dass Helens Augen voller Tränen waren, ging sie zu ihr und umarmte sie.

„Tut mir leid, so ein Mist."

„Genau das habe ich auch gesagt", schniefte Helen an ihrer Schulter. „Immer lerne ich die Männer kennen, die nicht wissen, ob sie zu Hause ein- oder ausziehen sollen, ob sie in dieses oder in jenes Land ziehen wollen oder weiß der Kuckuck was."

„Setz dich erst mal", bat Sarah, führte sie zu dem großen Sessel im Wohnzimmer und gab ihr eine Packung Taschentücher.

„Weine dich erst mal aus, ich mache uns einen Pfefferminztee."

Während Helen schniefend im Sessel saß, setzte Sarah Wasser auf, räumte nebenbei die Küche auf und brachte Tee und zur Auswahl Zucker und Honig ins Wohnzimmer.

„Wir haben die Erdbeeren mit der Sahne noch gar

nicht gegessen."

„Das ist das einzig Gute, dass Rainer davon nichts abbekommt", sagte Helen und lächelte ein wenig, „das hätte er heute nicht verdient."

„Keinesfalls. Wer zu seiner Ex zurückzieht, verdient keine Schlagsahne."

„Eigentlich ist er ja zu den Kindern zurückgezogen."

„Er bekommt in jedem Fall einen dicken Minuspunkt."

„Vielleicht sollte man nicht so streng sein."

„Vielleicht nicht. Aber in einem Punkt hat er versagt. Er hat bei seiner Entscheidung überhaupt nicht an dich gedacht."

„Und auch nichts mit mir besprochen, sondern mich vor vollendete Tatsachen gestellt."

„Genau! Allein das rechtfertigt schon einen Ausschluss von der Nachspeise."

„Da gebe ich dir recht. Bring die ganze Schüssel und einen Berg Sahne. Die lassen wir uns jetzt schmecken."

„So gefällst du mir schon besser", meinte Sarah und gab Helen eine extragroße Portion.

51. Kapitel

Am Dienstagvormittag steckte Kerstin ihren Kopf in Helens Büro.

„Was hältst du davon, wenn wir uns heute zum Mittagessen treffen? Dann könnte ich dich auf das vorbereiten, was unter Umständen während meiner Abreise auf dich zukommen kann."

Helen sah von ihrer Akte auf.

„Meinst du nicht, dass das meiste liegenbleiben kann? Du bist doch in einer Woche schon wieder da."

„Ja, aber ich fahre so weit weg. Das bin ich nicht gewohnt."

„Wir können dir auch eine E-Mail schicken, falls wir dringend deinen Rat brauchen."

„Gut, und wenn ein neues Mandat hereinkommt, kannst du es übernehmen."

„Wenn sie ausdrücklich dich wünschen, vertröste ich sie auf einen Termin in der übernächsten Woche."

Es entstand eine Pause. Kerstin sah Helen genauer an.

„Du siehst müde aus. Vermutlich hast du gar keine Lust, zum Essen zu gehen."

„Ich fühle mich nicht gut. Aber vielleicht lenkt es mich ab."

Helen überlegte, ob sie Kerstin von den neuen Entwicklungen erzählen sollte. Vermutlich würde das recht lange dauern. Daher sagte sie nur: „Lass uns um dreizehn Uhr gehen, dann erzähle ich dir, was passiert ist."

„Ich habe übrigens ein Fax in der Sache Bosch

erhalten, wonach die Gegenseite jetzt nicht mehr darauf besteht, dass die Kinder eine Therapie bei Frau Erdmann machen."

„Genau darum geht es", murmelte Helen, „diese Zusage hat einen hohen Preis. Für mich jedenfalls einen zu hohen."

Zwei Stunden später saßen die beiden beim Pschorr-Bräu. Helen hatte das Lokal vorgeschlagen und gemeint, ein Bier täte ihr heute gut. Falls sie danach zu müde wäre, würde sie einfach früher heimgehen.

„So kenne ich Helen gar nicht", hatte Kerstin gedacht, aber nichts gesagt.

Nachdem beide ihr eisgekühltes Bier und einen kleinen Schweinebraten erhalten und verzehrt hatten, sagte Helen: „Kerstin, ich muss dir sagen, dass Rainer und ich im Moment große Differenzen haben." Sie berichtete, wie der gestrige Abend verlaufen war.

Anschließend schwiegen beide.

„Was meinst du?", fragte Helen schließlich. „Reagiere ich zu empfindlich?"

Kerstin überlegte.

„Das ist eine schwierige Situation", sagte sie schließlich. „Als Vater macht Rainer vermutlich alles richtig. Wenn seine Frau den Kindern nicht genügend Stabilität vermittelt, hilft es ihnen, wenn er präsenter ist. Ich werde aber das Gefühl nicht los, dass seine Frau ihn hier um den Finger wickelt. Es kann gut sein, dass sie die Probleme, die bei allen Kindern auftreten können, übertreibt und zu sehr auf die Trennung zurückführt, weil sie sich besser fühlt, wenn sie ihren Mann wieder im Haus hat."

„Dieses Gefühl habe ich auch. Besonders geärgert hat mich, dass Rainer sämtliche Entscheidungen alleine getroffen hat, ohne vorher mit mir zu sprechen. Ich wurde vor vollendete Tatsachen gestellt. Ich habe es mir nicht leicht gemacht, mich auf Rainer einzulassen, aber dann, als ich so weit war, kommt er mit diesen gravierenden Änderungen an. Ich habe kein Interesse an einer Beziehung, wo ich mir den Mann mit seiner Ehefrau teilen muss. Mit mir lebt er den Sex und ein paar Highlights und mit ihr den Familienalltag. Dass er zwei Kinder hat, kann ich gut annehmen. Auch, dass er mit beiden möglichst viel Zeit verbringen will. Aber das Zusammenleben mit seiner Frau gefällt mir nicht."

„Vielleicht gönnt ihr euch einfach mal eine Pause und seht, wie sich das alles entwickelt. Es könnte doch sein, dass er das Zusammenleben gar nicht aushält, in drei Wochen wieder auszieht und die ganze Aufregung umsonst war."

„Das möchte man den Kindern auch nicht wünschen."

„Nein, sicher nicht."

„Ich glaube, eine Pause täte mir gut. Rainer hat heute Morgen eine SMS geschrieben und gefragt, ob es mir gut geht. Meine erste Reaktion war, darauf mit ‚Nein' zu antworten. Aber das klingt nur trotzig. Also habe ich bisher gar nicht geantwortet. Ich glaube, ich werde ihm eine E-Mail schreiben und vorschlagen, dass wir uns eine Pause gönnen. Dann kann er sich um seinen Umzug kümmern und erproben, wie alles so läuft."

„Rarmachen schadet nicht. Ich bin noch nie mit so großer Begeisterung von Mark empfangen worden wie nach dem einwöchigen Fortbildungsseminar, das ich in Nürnberg gemacht habe. Als ich nach Hause kam, war das Haus tiptop aufgeräumt, Blumen standen auf dem Tisch, die Kinder hatten einen Kuchen gebacken und Mark war die Aufmerksamkeit in Person. Er hatte sogar schon eine Planung für das Wochenende gemacht. Sonst ist es immer mein Part, mir etwas einfallen zu lassen."

Helen legte Kerstin ihre Hand auf den Arm.

„Vielen Dank, dass ich mich bei dir ausweinen konnte."

„Du hast doch gar nicht geweint."

„Du weißt schon, wie ich das meine."

„Wenn ich zurückkomme, geht es dir bestimmt schon wieder besser."

„Wenn man Liebeskummer hat, kann man sich gar nicht vorstellen, dass man sich irgendwann wieder gut fühlt. Aber die Erfahrung zeigt, dass es nach einiger Zeit besser wird."

„Vielleicht renkt sich alles wieder ein."

„Diese Hoffnung habe ich momentan nicht. Bisher hatte ich immer Pech. Aber wir werden sehen. Tut mir leid, Kerstin, dass wir die ganze Zeit über mich gesprochen haben. Ich wünsche dir und deiner Familie tolle Tage in New York."

„Ich bin schon richtig aufgeregt", sagte Kerstin, „wir müssen am frühen Abend zum Flughafen. Ich muss morgen Nachmittag also spätestens um drei Uhr gehen."

„Ich fände es besser, wenn du mittags nach Hause gehen würdest und noch eine kleine Pause machst, bevor ihr dann zum Flughafen fahrt. Immerhin fliegt ihr die ganze Nacht."

„Das klingt vernünftig", bestätigte Kerstin, „außerdem kann ich dann noch einmal die Koffer kontrollieren, bevor die Kinder von der Schule kommen. Lisa mogelt ständig weitere Kleidungsstücke ins Gepäck. Anscheinend möchte sie New York jeden Tag mit einem neuen Look überraschen."

„Ich denke, ihr braucht in jedem Fall wind- und wetterfeste Sachen, wenn ihr mit den Sightseeing-Bussen und den Schiffen unterwegs seid."

„Sag das mal meiner Tochter." Kerstin stand auf. „Ich komme mit, aber das Bier und die schlechte Nacht haben mich so müde gemacht, dass ich heute früher nach Hause gehen werde."

„Ruh dich aus und geh anschließend mit Sarah noch ein wenig spazieren."

„Ein guter Plan, das werde ich machen."

52. Kapitel

Als Helen am nächsten Abend die Wohnungstür aufschloss, fühlte sie sich bereits wieder besser. Noch am Morgen war ihr das Gefühl, einen großen Verlust erlitten zu haben, allgegenwärtig gewesen.

In der Mittagspause hatten sich die drei Frauen zusammengesetzt. Frau Vogt hatte von zu Hause eine Schüssel Kartoffelsalat und Kerstin Wiener Würstchen mitgebracht. Sie fand, dass das ein würdiges Abschiedsessen vor ihrer Abreise war.
Frau Vogt hatte beide Rechtsanwältinnen hinsichtlich ihrer Museumsbesuche auf den neusten Stand gebracht. Sie strahlte, als sie erzählte, dass am Wochenende ein gemeinsamer Ausflug ins Franz-Marc-Museum nach Kochel geplant war. Ihren Bericht hatte sie mit den Worten „Alles hat sich zum Guten gewendet" beendet und hinzugefügt: „Das habe ich Ihnen zu verdanken, weil ich mich anvertrauen konnte und Sie beide mir Rückhalt gegeben haben. Dafür bin ich sehr dankbar."
„Ich denke, dass Sie sich in erster Linie selbst geholfen haben", hatte Kerstin entgegnet. „Sie haben klug reagiert …"
„Das sehe ich genauso", hatte Helen hinzugefügt und zum ersten Mal seit Tagen wieder gelächelt. „Nur bei mir ist wieder mal alles schiefgegangen", ging es ihr durch den Kopf. Anschließend hatte sie versucht, sich auf das Positive zu konzentrieren. „Es gibt so vieles,

wofür ich dankbar sein kann. Für mein gutes Leben hier in München, meine schöne Wohnung, das Zusammenleben mit Sarah, den Erfolg in der Kanzlei und die Zusammenarbeit mit Kerstin und Frau Vogt. Ich sollte mich nicht beklagen." Aber das Gefühl, dass etwas fehlte, blieb.

Abends auf dem Heimweg hatte sie zum ersten Mal in diesem Jahr gespürt, dass der Sommer vor der Tür stand. Obwohl die Sonne bald unterging, war es immer noch warm. Helen überlegte, Sarah zu fragen, ob sie mit ihr joggen wollte. Sie fand sie auf dem Balkon in dem einzigen Liegestuhl, der dort Platz hatte. Sarah erhob sich, als sie Helen sah.
„Ich hab's mir hier gemütlich gemacht. Komm, setz dich und genieß die letzten Sonnenstrahlen."
„Ich wollte dich eigentlich zum Joggen überreden."
Sarah sah fast erschrocken aus. „Tut mir leid, dazu habe ich heute gar keine Lust."
„Warum denn nicht? Es ist schön warm, wir brauchen nicht einmal Jacken anzuziehen."
„Helen, mir ist heute einfach nicht danach."
„Geht es dir nicht gut?"
„Doch", sagte Sarah, und sah auf den Boden. „Setz dich bitte einen Moment. Ich werde uns etwas zu trinken holen. Was hältst du von einer Rhabarberschorle? Ich habe heute Saft gekauft."
„Gut, überredet", sagte Helen und legte sich in den Liegestuhl.
„Eigentlich bin ich ganz schön müde", dachte sie. Sie schloss die Augen und genoss die Wärme der Sonne auf ihrem Körper.
Sarah kam mit einem Tablett, auf dem Gläser, Wasser und Saft sowie eine Schale Salzbrezeln standen,

zurück. Sie mixte eine Schorle für Helen und reichte ihr anschließend die Schale mit den Brezeln.

„Seit wann gibt es denn bei uns vor dem Abendessen solche Sachen?"

„Ich hatte einfach Lust darauf", antwortete Sarah und sah Helen herausfordernd an. Beide schwiegen eine Weile.

„Helen, ich muss dir etwas sagen."

„Nur zu", sagte Helen und schloss die Augen.

„Eigentlich wollte ich es bis nach dem Wochenende bei meiner Mutter für mich behalten, aber ich denke, ich halte es nicht mehr so lange aus."

„Du machst es aber spannend."

„Es ist auch was Spannendes."

„Dann wäre es nett, wenn du jetzt endlich damit rausrücken würdest!" Helen kuschelte sich so in den Liegestuhl, dass man den Eindruck haben konnte, sie würde gleich einschlafen.

„Gut, dann sag ich's: Helen, ich bin schwanger."

Helen schoss mit ihrem Oberkörper in die Höhe, riss die Augen auf und sah Sarah an.

„Du bist was?"

„Du hast ganz richtig gehört. Ich bin schwanger."

„Ach du lieber Himmel! Damit hätte ich nicht gerechnet."

„Ich auch nicht", sagte Sarah, „ich bin auch aus allen Wolken gefallen. Rückblickend weiß ich, dass ich es hätte bemerken können. Deswegen habe ich mich manchmal so komisch und schlapp gefühlt. Der Eisenmangel hängt wohl auch damit zusammen, hat die Ärztin gemeint."

„Seit wann weißt du es?"

„Seit heute Morgen."

„Und wie geht's dir damit?"

„Du wirst es nicht glauben und mir kommt es auch seltsam vor, aber ich freue mich einfach. Wahrscheinlich habe ich mir schon lange ein Kind gewünscht, das heißt, eigentlich habe ich mir eine Familie gewünscht. Jetzt wird es wohl eher eine halbe Familie werden. Das Kind und ich."

„Weißt du, wer der Vater ist?", fragte Helen vorsichtig.

„Ben, mein letzter Freund in New York. Er ist einundfünfzig Jahre alt, hat schon zwei Ehen hinter sich, und wenn ich es richtig in Erinnerung habe, drei fast erwachsene Kinder."

„Hat er Geld?", fragte Helen weiter und überlegte bereits, welche Schwierigkeiten auftreten könnten, wenn ein Unterhaltstitel in den USA vollstreckt werden müsste.

„Ich denke schon. Er hat ein Haus in Maine und zwei Wohnungen in New York. Eine seiner Töchter studiert an einer Privat-Uni. Reich ist er nicht, aber wohlhabend."

„Das ist gut", murmelte Helen zufrieden, „dann kommen wir an den Unterhalt für das Kind heran."

„So weit habe ich noch gar nicht gedacht."

„Das brauchst du jetzt auch noch nicht. Wann soll es denn auf die Welt kommen?"

„Stell dir vor, ich bin schon in der dreizehnten Schwangerschaftswoche. Geburtstermin ist der vierzehnte November."

„Toll!"

„Bis dahin habe ich sicher eine Wohnung gefunden. Und ich wollte dich fragen: Können sie mir meinen Arbeitsplatz kündigen?"

„Nicht wegen der Schwangerschaft. Allerdings bist du in der Probezeit. Aber ich denke, das wird alles gut gehen."

„Das hoffe ich auch."

„Aber, Sarah, du musst nicht ausziehen, nur weil du ein Baby bekommst. Wir müssen uns überlegen, wie wir das hier gestalten können, wenn das Kind da ist, aber vielleicht wäre es hilfreich, wenn wir am Anfang zu dritt wären."

„Meinst du, das ginge?", fragte Sarah.

„Ich denke schon. Der Vorteil für mich wäre, dass ich auch mal so ein kleines Wesen aufwachsen sehen könnte. Mutter werde ich wohl nicht mehr, Großmutter daher auch nicht. Aber ich könnte doch eine gute Großtante sein."

Sarah ging zu Helen und umarmte sie.

„Ich glaube, das wäre wunderbar", lächelte sie, „zumindest für den Anfang."

„Außer du willst in die USA zurückgehen und die Beziehung wieder aufnehmen."

„Nein", Sarah schüttelte den Kopf, „das hat ohne Kind nicht funktioniert und wird auch mit Kind nicht besser werden. Ich will in Deutschland bleiben. Aber ich habe Bedenken, es meiner Mutter beizubringen."

„Nun, sie hätte dich vielleicht lieber in gesicherteren Verhältnissen gesehen und sie weiß, dass es nicht so einfach ist, Kinder alleine aufzuziehen. Schließlich ist euer Vater früh gestorben. Aber sie hat es geschafft, euch drei großzuziehen. Ich glaube eher, dass sie sich freut."

„Das hoffe ich", murmelte Sarah.

„Weißt du was? Wir sollten diese wunderbare Überraschung schon mal feiern. Ich lade dich zu dem Italiener ein, bei dem Kerstin ihren Geburtstag feiern wollte."

„Willst du das wirklich tun?"

„Auf jeden Fall! Schließlich habe ich gerade erfahren, dass ich Großtante werde. Endlich kommt Leben in die Bude!" Sie umarmte Sarah erneut.

53. Kapitel

Am Donnerstagmorgen war Helen guter Laune. Sarah saß neben ihr im offenen Cabrio. Beide trugen Sonnenbrillen, da es ein strahlender Morgen war.

„Wenn meine Mutter wegen der Neuigkeiten ausrastet, dann komme ich gleich heute Abend wieder zurück."

„Gib ihr ein bisschen Zeit, sich daran zu gewöhnen. Und wenn es wirklich Schwierigkeiten gibt, dann bitte sie, einfach mich anzurufen. Ich bin heute den ganzen Tag in der Kanzlei jederzeit erreichbar. Ich würde ihr sagen, dass sie sich keine Sorgen machen soll, weil wir das Kind schon schaukeln werden."

„Gut, dass es dich gibt."

„Ich bin froh, wenn ich dazu beitragen kann, dass auch die nächste Generation einen guten Start hat und dass es mit unserem Land und in Europa gut weitergeht."

„Es ist wunderbar, dass du das so siehst. So bin ich mit meiner Freude nicht allein."

„Das bist du nicht."

Inzwischen waren beide am Starnberger Bahnhof, einem Nebenflügel des Hauptbahnhofs, angelangt. Sarah drückte Helen einen Kuss auf die Wange, öffnete die Wagentür und sprang heraus. Vom Rücksitz griff sie sich ihren Rucksack.

„Und noch mal vielen Dank für den schönen Abend gestern. Auch wenn ich keinen Alkohol trinken durfte, die Pasta und der Fisch waren hervorragend."

„Ja, das Rossini ist immer einen Besuch wert",
erwiderte Helen. „Ich wünsche dir eine gute Reise und
freue mich, wenn du am Sonntag wiederkommst."
Dann fuhr sie los, Sarah winkte ihr hinterher.
Kaum hatte Helen in der Nähe der Kanzlei geparkt,
hörte sie das Summen ihres Smartphones.
Eine Nachricht von Rainer war angekommen. Helen
zögerte einen Moment, sie zu öffnen, entschloss sich
aber dann doch dazu.

„Liebste Helen, ich weiß, dass ich dich enttäuscht
habe. Hättest du dennoch die Gunst, mir noch einmal
einen Abend mit dir zu gewähren? Ich möchte dir
einen Wunsch erfüllen. Bitte gib mir Bescheid, ob wir
uns am Samstagabend im Restaurant vom Bayerischen
Hof treffen können. 19.00 Uhr? Herzliche Grüße
Rainer"

„Was soll das jetzt wieder? Ich bin froh, dass ich mich
an die Distanz, die zwischen uns entstanden ist,
langsam gewöhne. Mit der Antwort werde ich mir
Zeit lassen, um zu überlegen, was ich wirklich
möchte", dachte sie, während sie aus dem Auto stieg,
die Tür verschloss und zur Kanzlei ging.

Nachdem sie den ganzen Vormittag über konzentriert
gearbeitet hatte und keinen großen Hunger verspürte,
entschloss sie sich, ihre Mittagspause auf der Terrasse
des Cafés Rischart mit Blick auf den Viktualienmarkt
zu verbringen, um ein ordentliches Stück
Sahnekuchen mit einem Espresso zu genießen.
Mittlerweile war es immer wärmer geworden und
Helen war froh, einen Schattenplatz unter einem der
aufgespannten Sonnenschirme zu bekommen.

Nachdem sie ihre Bestellung aufgegeben hatte, sah sie sich noch einmal Rainers Nachricht an.

„Eigentlich habe ich nichts zu verlieren", überlegte sie. „Wahrscheinlich ist es gut, wenn wir uns in gediegenem Rahmen noch einmal treffen und verabschieden. Ich denke, es ist notwendig, dass ich deutlich mache, wie sehr mich sein Alleingang bei den Entscheidungen verletzt hat und dass ich mir eine Beziehung unter den eingeschränkten Bedingungen nicht vorstellen mag. Außerdem kann ich mich auch für das bedanken, was wir Schönes erlebt haben. Es ist immer wichtig, einen guten Abschluss zu finden."

Sie entschloss sich daher, folgende Antwort zu schreiben: „Lieber Rainer, ich denke, unsere Beziehung hat etwas abrupt geendet. Von daher finde ich es gut, wenn wir uns noch einmal Zeit für ein Treffen nehmen. Ich nehme deine Einladung gerne an. Viele Grüße Helen."

Kaum hatte sie ihre Nachricht beendet, als die Bedienung ein besonders großes Stück Zuppa Romana, eine kleine Tasse Espresso und ein Glas Wasser brachte. Helen klappte zufrieden das Smartphone zu, steckte es in die Tasche und widmete sich der Köstlichkeit.

„Ich glaube, das wird ein schönes Wochenende", dachte sie und lehnte sich entspannt zurück. „Ich werde es mir gemütlich machen." Sie hatte bereits für Samstagmorgen einen Termin bei ihrem Friseur reserviert und anschließend wollte sie bei schönem Wetter entweder joggen oder bei schlechtem Wetter die neue Ausstellung in der Hypo-Kunsthalle besuchen.

„Es geht doch nicht, dass mich Frau Vogt mit ihrem

wachsenden Kunstverstand abhängt." Sie lachte und steckte sich ein weiteres Stück der sahnigen Köstlichkeit in den Mund.

54. Kapitel

Am Samstagmorgen wachte Helen erst gegen neun Uhr auf.

„Das gibt's doch nicht", dachte sie. Zwar hatte sie am Freitagabend eine Flasche Weißwein geöffnet. Soweit sie sich erinnern konnte, hatte sie die halbe Flasche geleert und die zwei letzten Ausgaben der Süddeutschen Zeitung durchgesehen. Schließlich war sie so müde gewesen, dass sie gegen zweiundzwanzig Uhr ins Bett gegangen war.

„Jetzt habe ich tatsächlich elf Stunden geschlafen. Gut, dass ich die Kanzlei nicht alleine betreibe, sonst könnte ich das Wochenende nur zum Schlafen nutzen", überlegte sie und machte sich schleunigst auf den Weg ins Bad. Nachdem sie eine Kleinigkeit gefrühstückt hat, fühlte sie sich besser.

„Jetzt kann der Tag kommen", dachte sie und machte sich auf den Weg zum Friseur.

Nachdem ihre Haare gewaschen, geschnitten und geföhnt worden waren, schlenderte Helen an ihrem Lieblingsschuhgeschäft vorbei und erstand ein Paar türkise High Heels, die wunderbar zu ihrem gleichfarbigen Sommerkleid passten, und ein paar flache Sandalen für den Strand, für den Fall, dass sie wieder einmal einen Urlaub am Meer verbringen würde. Da das Wetter schön war, konnte sie sich nicht mehr für die Ausstellung begeistern, sondern ging nach Hause und legte sich dort auf den Balkon. Sie musste eingeschlafen sein, denn sie wurde erst wieder gegen fünfzehn Uhr wach und hatte Hunger. Helen ging in die Küche, machte sich ein Schinken- und ein Käse-Sandwich, nahm beides mit auf den Balkon und trank eine halbe Flasche Wasser dazu.

„Was soll ich jetzt mit der Zeit anfangen?", überlegte sie. Zum ersten Mal, seitdem Sarah verreist war, vermisste sie ihre Nichte. Sie ertappte sich bei dem Gedanken, dass es schön wäre, wenn sie jetzt einfach gemeinsam mit jemandem etwas unternehmen könnte, aber es fiel ihr niemand ein, den sie so kurzfristig hätte bitten können. Die meisten ihrer Freunde waren verheiratet oder hatten feste Partner, sodass sie eine gemeinsame Unternehmung früher hätte absprechen müssen.

„Eigentlich hätte ich jetzt endlich mal Zeit, einen Roman zu lesen", fiel ihr ein. Sie ging in ihr Schlafzimmer zum Nachttisch, auf dem ein Stapel ungelesener Bücher lag. Sie fischte einen Donna-Leon-Krimi daraus hervor, nahm ihn mit auf den Balkon und begann zu lesen. Obwohl ihr das erste Kapitel gut gefiel, schweiften ihre Gedanken immer wieder zum bevorstehenden Treffen ab.

„Was soll ich heute Abend anziehen? Wie erkläre ich Rainer am besten, dass ich diese Beziehung zu den jetzigen Bedingungen nicht mehr möchte? Ich hoffe, er denkt nicht, dass ich nur wegen ihm beim Friseur war."

Gegen halb fünf war Helen froh, dass das Telefon klingelte. Sie nahm ab.

„Hallo, ich bin es, Sarah. Helen, ich wollte dir sagen, dass Mama es gut aufgenommen hat, dass sie Großmutter wird. Sie war ganz gerührt und sie ist froh, dass ich eine Stelle gefunden habe."

„Schön, dass mein Schwesterherz auch begeistert ist.

Jetzt sind wir schon zu dritt." Helen konnte spüren, wie erleichtert Sarah war, und freute sich mit ihr.

„Es ist sicher auch gut für das Baby und den Verlauf der Schwangerschaft, wenn Sarah sich keine Sorgen machen muss", dachte sie. Laut sagte sie: „Und, was habt ihr die letzten Tage gemacht?"

„Ob du es glaubst oder nicht, Mama hat zwar keinen Notdienst, aber sie ist zwei Mal auf Bauernhöfe gefahren. Einmal zu einer kalbenden Kuh, da wollte sie mich unbedingt mitnehmen, damit ich sehe, wie eine Geburt abläuft. Ich habe darauf verzichtet und mir gedacht, das bekomme ich noch früh genug mit." Helen lachte.

„Typisch Anna."

„Ich hab mich ausgeruht, damit ich am Montag voller Energie meine neue Stelle antreten kann."

„Gut."

„Und was hast du heute vor?"

„Ich werde mich heute Abend mit Rainer zu einem Abschlussgespräch treffen, um reinen Tisch zu machen."

„Grüß ihn von mir und geh nicht zu hart mit ihm um. Ich glaube, er ist mit der Situation etwas überfordert und will dich nicht verletzen."

Beide schwiegen einen Moment.

„Ich komme morgen gegen fünfzehn Uhr in München an. Ich wollte nicht zu spät nach Hause kommen, damit ich mich noch für meinen ersten Arbeitstag schick machen kann."

„Ich freu mich, wenn du wieder da bist", sagte Helen, „ohne dich ist es etwas ruhig."

„Genieß die Ruhe, in ein paar Monaten wird es lauter."

„Ich freu mich drauf. Lass es dir gut gehen, Sarah,

und viele Grüße an Anna."

55. Kapitel

Ausnahmsweise war Helen nicht mit ihrem Cabrio, sondern mit der U-Bahn gefahren. Soweit sie wusste, hatte das Restaurant im Hotel Bayerischen Hof eine ausgezeichnete Küche und sie ging davon aus, dass sie auch das eine oder andere Glas Alkohol trinken würde. Sicherheitshalber hatte sie einen Schirm mitgenommen, denn es hatte mehrmals laut gedonnert.

Sie stieg am Odeonsplatz aus und fuhr mit der Rolltreppe nach oben. Dort empfing sie prasselnder Regen. Helen eilte in die nächstgelegene Passage und wartete zusammen mit anderen Passanten einige Minuten lang die größten Regenschauer ab.

Als der Regen nachließ, spannte Helen ihren Schirm auf und stakste um die Pfützen herum in Richtung Hotel. Sie ärgerte sich, dass sie lediglich ihr türkises Sommerkleid mit einer dünnen Stola und die am Morgen neu erworbenen High Heels angezogen hatte.

„Gummistiefel wären eher angebracht", dachte sie. Da es nach wie vor regnete und der Wind die Tropfen in alle Richtungen schleuderte, wurde auch ihr Kleid langsam feucht. Sie war daher erleichtert, als sie das Hotel Bayerischer Hof erreichte, ihren Regenschirm zusammenklappen konnte und sich auf dem gediegenen Teppichboden zum Restaurant begab.

Ein Ober empfing sie im Eingangsbereich und fragte, ob sie reserviert habe.

„Ich werde von Herrn Bosch erwartet. Ich gehe

davon aus, dass er einen Tisch reserviert hat."

„Sicher, die beiden Herren erwarten Sie schon", sagte er. „Wenn ich vielleicht vorausgehen dürfte?"

„Gerne", sagte Helen etwas verwirrt, und ging hinter ihm her.

In der rechten Ecke des Lokals sah sie Rainer und einen weiteren Mann sitzen. Rainer nahm sie bereits von Weitem wahr und stand auf, um sie zu begrüßen. Als Helen den Tisch erreicht hatte, gab er ihr rechts und links einen Kuss auf die Wange. „Helen, schön, dass du da bist. Ich möchte dir meinen Freund Stefan vorstellen." Der Mann erhob sich und gab Helen die Hand. „Schön, Sie kennenzulernen", sagte er.

„Sehr erfreut", erwiderte Helen und alle nahmen Platz.

„Helen, du erinnerst dich vielleicht nicht mehr, aber ich habe Stefan erwähnt, als wir auf der Hütte waren. Sie gehört ihm."

„Doch, ich erinnere mich."

„Stefan und ich kennen uns seit dem Studium und haben früher viel Zeit miteinander verbracht. Eigentlich bis ich geheiratet habe, weil Elvira die Ausflüge auf die Hütte nicht gefallen haben."

„Und jetzt bist du wieder zu deinem bösen Weib zurückgezogen", kommentierte Stefan und lächelte Helen freundlich an. „Das hätte ich nicht von dir erwartet."

„Ich auch nicht", rutschte es Helen heraus.

„Ist ja schön, wenn ihr beide euch einig seid. Ich hoffe, es ist dir recht, Stefan, wenn ich gleich mit der Tür ins Haus falle und Helen erkläre, warum ihr beide heute Abend meine Gäste seid."

In diesem Augenblick wurde er vom Ober unterbrochen. „Darf ich Ihnen etwas zu trinken bringen?"

Helen überlegte. „Tut mir leid, ich habe mir noch keine Gedanken darüber gemacht."

„Vielleicht kann ich weiterhelfen", sagte Rainer, „wir haben einen leichten Weißwein und etwas Mineralwasser bestellt. Wenn du dich uns anschließen möchtest?"

„Gerne", meinte Helen und war froh, dass ihr die Entscheidung abgenommen wurde.

„Zunächst einfach nur Wasser." Aber der Ober schenkte ihr sofort ein Glas Wein ein.

„Mit der Bestellung für das Essen müssen Sie uns noch etwas Zeit lassen. Die Dame ist eben erst angekommen", sagte Rainer zum Ober, der ihnen die Speisekarten überreichte und mit freundlichem Nicken wieder verschwand.

„Also, in der Hoffnung, dass wir nicht gleich wieder unterbrochen werden. Helen, du weißt, dass du mich sehr glücklich machst. Nun hat sich meine persönliche Situation etwas geändert und ich habe zugunsten meiner Kinder eine Entscheidung getroffen, von der ich erst in einiger Zeit sagen kann, ob sie richtig oder falsch war. Diese Entscheidung hat dich verletzt und ich kann verstehen, dass es dir schwerfällt, die Beziehung mit mir weiterhin zu pflegen wie bisher. Ich kann deine Bedenken nicht ganz nachvollziehen, aber ich respektiere sie. Ich hoffe nur, dass unsere Beziehung nicht vollkommen auseinandergeht und wir uns gar nicht mehr sehen. Da ich nicht weiß, wie es weitergehen wird, wollte ich dir einen lang gehegten Wunsch erfüllen, in der Hoffnung, dass dieser Abend, eventuell auch diese Nacht, etwas so Besonderes wird, dass du sie für den Rest deines Lebens nicht mehr vergessen wirst. Ich hoffe, du verzeihst mir, dass ich bereits mit Stefan darüber gesprochen habe, ohne deine Einwilligung, aber anders wäre die Erfüllung deines Wunsches vielleicht nicht möglich gewesen."

„Ich verstehe nicht ganz. Nein, eigentlich verstehe ich dich überhaupt nicht." Helen sah hilfesuchend zu Stefan, der vor sich hinlächelte.

„Ich bin auch noch nicht fertig", erwiderte Rainer. „Ich denke, du kannst dich noch an den Abend erinnern, als wir am See saßen und du gesagt hast, einer deiner Wünsche wäre, einmal von zwei Männern gleichzeitig verwöhnt zu werden."

Helen schnappte nach Luft und sah Stefan an. „Ist es wahr, dass Rainer Ihnen davon erzählt hat?"

Stefan nickte.

„Rainer, hast du sie noch alle? Ich erzähle dir etwas Vertrauliches und du posaunst es in der Welt herum? Was soll denn das?"

Erregt nahm Helen einen großen Schluck Weißwein.

Der Ober trat wieder an ihren Tisch. „Nun, haben Sie sich entschieden?"

„Nein, noch nicht", sagte Rainer, „es ist jetzt gerade ungünstig."

„Ich möchte nur darauf aufmerksam machen, dass das Lachs-Carpaccio von vielen Gästen verlangt wird und vielleicht bald nicht mehr vorrätig ist."

„Danke für den Hinweis", entgegnete Stefan, „aber das müssen wir riskieren."

Der Ober zog sich wieder zurück.

„Rainer, das hätte ich nicht von dir gedacht, das wird ja immer schlimmer", sagte Helen und wandte sich an Stefan. „Laufend trifft er Entscheidungen und ich habe dann damit klarzukommen."

„Helen", sagte Stefan, „Sie müssen hier gar nichts."

Dann wandte er sich an Rainer.

„Ich habe dir gleich gesagt, dass es keine gute Idee ist, eine Frau mit einem Zweitmann zu überraschen."

Er schaute Helen an. „Aber seien Sie versichert, Ihr kleines Geheimnis ist bei mir gut aufgehoben. Jeder von uns hat doch Vorstellungen und Wünsche. Die meisten trauen sich eben nicht, sie auch Wirklichkeit werden zu lassen. Viele Menschen möchten in ein bestimmtes Land reisen und wagen es nicht, weil es ihnen zu weit entfernt, zu unbekannt oder nicht sicher genug erscheint, aber das Leben gewährt uns keine hundertprozentigen Sicherheiten. Oft legen wir uns Verbote und Einschränkungen auf, die gar nicht notwendig sind. Mir hat Ihre Idee gefallen. Warum sollen Sie sich nicht einmal von zwei Männern, die sich gut verstehen und Freunde sind, verwöhnen lassen? Wie weit Sie gehen wollen, können Sie bestimmen. Es wäre sicher eine Illusion zu glauben, dass so eine Dreierbeziehung auf Dauer funktionieren würde, aber für eine Nacht … Manchmal stelle ich mir vor, ich sitze eines Tages hochbetagt in einem Sessel und überlege mir, was ich verpasst habe. Und da wäre es gut, wenn das möglichst wenig ist. Denn wir werden alle eines Tages diese Welt verlassen und Chancen, die wir gehabt haben, sind vielleicht vertan. Ich sage das nicht, um Sie zu überreden, Helen. Rainer hat uns zu einem leckeren Essen bei einem Spitzenkoch eingeladen, und ich denke, wir sollten erst einmal das Essen genießen und auch den Ober nicht weiter auf die Folter spannen. Soweit ich sehe, blickt er schon wieder zu unserem Tisch. Vielleicht tun wir ihm den Gefallen und wählen zumindest mal die Vorspeise aus."

„Die bieten auch Menüs an, vielleicht sollten wir uns dafür entscheiden", fügte Rainer an. „Was meinst du,

Helen?"

Helen dachte nach. „Es gefällt mir, was Sie gesagt haben, Stefan, aber Sie müssen verstehen, dass dieser Vorschlag von Rainer doch sehr unerwartet für mich kommt, sodass mein erster Impuls ist, sofort zu verschwinden."

„Sorry, Helen", entschuldigte sich Rainer, „ich bin immer etwas ungeduldig. Wahrscheinlich ein richtiger Rüpel. Können wir uns erst einmal darauf verständigen, dass wir hier gemeinsam essen und Spaß haben?"

„Wenn ich danach aufstehen, den Tisch verlassen und nach Hause gehen kann, ohne Feigling genannt zu werden, dann soll es mir recht sein", sagte Helen.

„Ich denke, das können wir Ihnen schriftlich zusichern", antwortete Stefan. „Soll ich es hier auf die Serviette schreiben?"

„Nein, Ihr Wort reicht mir", sagte Helen lachend.

„Dann lasst uns doch mal einen Blick in die Karte werfen", bat Rainer. „Langsam bekomme ich Appetit."

„Gut", sagte Helen, „ich auch."

56. Kapitel

Als das Zimmermädchen am Sonntagmorgen kurz nach elf Uhr an die Eingangstür der im Laura-Ashley-Stil gehaltenen Suite klopfte, antwortete niemand. Sie öffnete die Tür und wollte ihren Servicewagen gerade in den Eingangsbereich schieben, als ihr plötzlich eine blonde Frau im Negligé aus dem Bett entgegensah.

„Ich denke, eine Stunde müssen Sie sich noch gedulden", sagte sie zu ihr.

Das erschrockene Zimmermädchen nickte nur, schob ihre Gerätschaften wieder auf den Flur hinaus und schloss leise die Tür.

„Puh", dachte Helen, „leider bin ich jetzt wach."

Sie stand auf und suchte im Eingangsbereich nach dem üblicherweise vorhandenen „Bitte nicht stören"-Schild, fand es und hängte es draußen an die Tür.

Sie fuhr sich mit den Fingern durch die Haare und streckte sich.

„Ich bin noch müde", dachte sie. „Wie spät ist es eigentlich?" Sie sah sich um und fand im Wohnbereich eine Uhr, die den späten Vormittag anzeigte. „Vermutlich muss man die Räume hier bis spätestens zwölf Uhr verlassen. Am besten, ich gehe gleich ins Bad." Zuvor warf sie noch einen Blick auf das Bett, konnte darin aber nur einen dunklen Haarschopf entdecken, den sie Stefan zuordnete.

„Wo ist Rainer?" Während sie sich umsah, fiel ihr Blick auf einen Notizblock, der auf dem Schreibtisch lag. Dort konnte sie folgende Notiz lesen:

„Ihr Lieben, ihr schlaft tief und fest, aber ich werde mich jetzt auf den Weg machen, weil ich Maxi versprochen habe, heute mit ihm zu einem Wettschwimmen zu gehen, das der Schwimmclub veranstaltet. Leider geht der Wettbewerb schon um zehn Uhr los. Ihr könnt die Suite bis dreizehn Uhr nutzen. Sicherheitshalber habe ich euch den Wecker auf zwölf Uhr gestellt. Leider in Eile, dennoch ein Kuss für dich, meine Schöne. Rainer"

„Diese Notiz werde ich mitnehmen", entschied Helen, „das ist eine schöne Erinnerung an eine ungewöhnliche Nacht." Dann ging sie ins Bad.
Nachdem sie sich geduscht und so weit wie möglich fein gemacht hatte, zog sie ihre Kleidung vom Vortag an und war gerade dabei, das Negligé und die Zahnbürste (beides Geschenke von Rainer, die er umsichtig in der Suite deponiert hatte) in ihre Handtasche zu stecken, als Stefan wach wurde.
„Willst du schon gehen?", fragte er.
„Schon ist gut, es ist halb zwölf!"
„Ganz schön spät, aber wir sind ja auch wirklich nicht gerade früh ins Bett gegangen."
„Was auch an der guten Vorstellung im Nightclub lag."
„Soweit ich mich erinnere, haben wir danach auch nicht gleich geschlafen."
„So? Ich kann mich an nichts mehr erinnern."
„Das ist aber schade! Was hältst du davon, wenn wir diese besondere Nacht noch in edler Umgebung mit einem Frühstück ausklingen lassen? Hier im Haus gibt es ein Café, von dem aus man einen tollen Panoramablick über die Münchner Innenstadt hat."

„Ich weiß nicht. Eigentlich möchte ich das Haus gerne verlassen. Wenn du es schön haben möchtest, können wir auch im Tambosi am Hofgarten frühstücken."

„Das ist eine gute Idee! Dann gehen wir ein paar Schritte, das wird mich wach machen. Bist du so freundlich und wartest auf mich?"

„Wenn es dir nichts ausmacht, gehe ich schon mal runter in die Lobby. Vergiss die Zahnbürste nicht", sagte Helen, und fügte leicht verlegen hinzu: „Das heißt, ich habe meine mitgenommen."

„Gute Idee. Ich hätte zwar nicht gedacht, dass ich eine Zahnbürste einmal mit einer tollen Nacht in Verbindung bringen würde. Mein Zahnarzt wird begeistert sein, wenn ich jetzt in Erinnerung an dich motivierter putze."

Helen wurde ein wenig rot. „Ich gehe schon mal runter."

In der Lobby sah sie dem Kommen und Gehen der Gäste zu. Sie hatte kaum eine Viertelstunde gewartet, als Stefan mit vom Duschen nassen Haaren und einer Jacke über dem Arm, unter der er seine blaue Zahnbürste nur unzureichend versteckt hielt, entgegenkam. Helen stand auf und verließ mit ihm das Hotel.

„Wusstest du, dass Rainer früh wieder wegmusste?"

„Ja. Er hat mir gestern erzählt, dass Maxi jetzt in einen Schwimmverein geht. Er hofft, dass es seinem Sohn helfen wird, kräftiger zu werden und damit mehr Selbstbewusstsein zu entwickeln. Bei der Anmeldung hat man die beiden zu einem besonderen Wettbewerb des Vereins eingeladen. Maxi war begeistert und wollte unbedingt da hin. Elvira kriegt man nicht in ein Schwimmbad, also muss Rainer sich opfern."

„Vermutlich sitzt er dort jetzt müde herum."

„Vielleicht findet er einen Liegestuhl, auf dem er sich niederlassen und ein Nickerchen machen kann."

„Wir wollen es hoffen. Das Wort ‚Liegestuhl' wirkt auch sehr anziehend auf mich."

„Vielleicht können ein starker Kaffee und ein kleines Frühstück Gutes bewirken." Beim Hofgarten angekommen entdeckten sie einen schönen Platz. Nachdem Helen ihre Bestellung für das Express-Frühstück mit Cappuccino und Croissant und Stefan für das umfangreichere Classic-Frühstück aufgegeben hatten, wurden sie schnell bedient.

„Der Kaffee ist richtig gut", urteilte Stefan, nachdem er seinen ersten Schluck genommen hatte, „ich glaube, meine Lebensgeister kehren zurück."

„Möge es mir ebenso nützen", sagte Helen und nahm ebenfalls einen großen Schluck aus ihrer Tasse.

„Und?", meinte Stefan.

„Was und?"

„Angenommen, du sitzt eines Tages als alte Dame in einem Sessel und lässt dein Leben Revue passieren, bereust du dann die letzte Nacht oder bist du froh, dass du dich darauf eingelassen hast?"

„Ich bin noch zu verschlafen, um klar zu denken", sagte Helen. Sie hielt einen Moment inne. „Irgendwie kommt es mir vor wie ein Traum. Kennst du die Stelle im *Sommernachtstraum*, wo sich am Ende einige die Augen reiben und nicht sicher sind, ob sie das alles erlebt oder nur geträumt haben? Im Moment befinde ich mich in einer Art Zwischenreich und finde vermutlich erst nach und nach wieder in mein normales Leben zurück. Aber ich glaube, es wird sich auch dann nicht schlecht anfühlen."

„Das will ich hoffen."

„Wie ist es für dich?"

„Alles gut", meinte Stefan und grinste. „Darf ich dich noch etwas ganz anderes fragen?"

„Gerne."

„Du bist doch Anwältin."

„Bitte jetzt nichts Juristisches."

„Ich will nicht ausführlich werden, aber es könnte sein, dass ich in einer Ehesache deinen Rat brauche."

Helen sah erschrocken auf. „Du bist doch nicht etwa verheiratet?"

„So richtig eigentlich nicht mehr. Ich will dir heute die Details ersparen. Ich möchte dich nur fragen, ob du eine Ehesache bearbeiten könntest."

„Grundsätzlich ja, aber da wir uns jetzt in einem ganz anderen Zusammenhang kennengelernt haben, also ich meine, privat kennen, fände ich es besser, wenn meine Kollegin deinen Fall übernehmen würde. Sie bearbeitet auch Rainers Scheidung. Soll ich dir eine Visitenkarte geben?"

„Ich denke, das wäre gut. Dann habe ich auf alle Fälle schon einmal eine Telefonnummer von dir."

„Dann hast du eine Telefonnummer unserer Kanzlei."

„Sicher, ich wollte dir nicht zu nahe treten."

„Schon gut."

Nachdem beide ihr Frühstück beendet hatten, ließ Stefan es sich nicht nehmen, alles zu bezahlen. Als beide wieder auf der Straße standen, sagte er: „Also dann." Helen überlegte, wie sie sich am besten verabschieden sollte. Ihm nur die Hand zu geben erschien ihr etwas seltsam. Sie umarmte Stefan daher kurz und sagte: „Ich wünsche dir alles Gute."

„Ich dir auch." Dann gingen sie auseinander.

Helen entschloss sich kurzfristig, trotz ihrer Müdigkeit vom Odeonsplatz aus durch den Englischen Garten zu ihrer Wohnung zu laufen. „Das wird mich wach machen und in die Realität zurückbringen."

Als ihr nach einiger Zeit die Füße wehtaten, zog sie ihre hohen Schuhe aus und ging barfuß auf dem Gras.

„Ah, eine späte Party-Heimkehrerin!", rief ihr ein junger Mann, der mit einem Buch auf einer Bank saß, entgegen.

„Volltreffer", gab Helen zurück und lachte.

„Ich hoffe, es war schön."

„Das war es!"

„Das war es wirklich", überlegte sie. „Das Leben kann so bunt sein. Und ich freue mich. Ich freue mich richtig auf all das, was noch kommen wird. Heute Nachmittag kommt Sarah wieder. Morgen wird Frau Vogt erzählen, wie ihr Ausflug verlaufen ist. Am Dienstag kommt Kerstin zurück. Sarah und ich sollten ihre Familie bald einladen, damit sie von New York und wir ihnen von dem Baby erzählen können. Rainer werde ich auch irgendwann wiedersehen. Nicht als festen Partner an meiner Seite, aber etwas Schönes können wir uns von Zeit zu Zeit gemeinsam gönnen. Ich glaube, es wird ein wunderbarer Sommer werden."

DANKSAGUNG

So wie es ein ganzes Dorf braucht, um ein Kind zu erziehen, braucht ein Roman helfende Hände, um das Licht der Öffentlichkeit zu erblicken.

Mein herzlicher Dank geht zuallererst an meine Freundin (und Rechtsanwaltsfachkraft) Brigitte, die den Roman – DictaNet sei Dank – eigentlich geschrieben hat. Dann an meinem lieben Ehemann, der mir Mut gemacht und zusätzlich noch eine Menge Kommata eingefügt hat. Ohne ihn hätte das Werk allenfalls die Hälfte. Auch vielen Dank an Julia, sie weiß, wofür.
Der Roman läge heute noch in der Schublade, hätten die klugen Kolleginnen aus meiner Supervisionsgruppe Heidi, Ruth, Irmgard, Ines und Patrica mir nicht vorgeschlagen, unter die Selbst-Publisher zu gehen. Besonderer Dank gilt dabei Dorothea für ihre zahlreichen Vorschläge und Frau Dr. Mechthilde Vahsen, die durch ihre sorgfältige Arbeit das Niveau des Textes erheblich gesteigert hat.
Alles wäre gescheitert, hätte mein lieber Sohn Mattis nicht geholfen, die Hürden, die das Internet bietet, zu überwinden, und das Manuskript liebevoll designet.

Nun ist es geschafft und mein Dank gilt allen, die sich für diesen Roman entscheiden und Freude daran haben, denn andernfalls wäre alles umsonst gewesen.